L'OR DES MAURES

Du même auteur

La Ferme d'en bas, Balland et Livre de poche, 1985.
La Dénonciation, Balland et Livre de poche, 1986.
La Druzina, Balland et Livre de poche, 1987.
La Rumeur du soir, Balland et Livre de poche, 1988, *Éditions Hors Commerce*, 1999.
La Gitane de Formentera, Ramsay, 1989.
De l'Autre côté de la rivière, Balland et Presses Pocket, 1990.
Le Retour de Jean, La Table Ronde, 1992.
Adapté pour FR3 sous le titre *Le Secret de Julia*.
Le Pré aux corbeaux, Plon et Presses Pocket, 1995.
Adapté pour FR3 sous le titre *Le Cri du corbeau*.
Nuremberg 46, Gallimard, 1995.
La Dame blanche, Plon, 1996.
La Vieille Dame et l'enfant, France-Loisirs, 1996.
Le Voyage de ma mère, Plon, 1998.
La Malédiction de Bellary, Plon, 1999.
Le Pont de l'aigle, Lattès, 2000.

www.editions-jclattes.fr

Jacques Mazeau

L'OR DES MAURES

roman

JC Lattès

« PAV, NAY, LORON plus feu qu'à sang sera,
Laude nager, fuir grand aux surrez :
Les agassas entree refusera,
Pampon, Durance les tiendra enserez. »

Nostradamus

En cette fin de nuit du mois d'août, la brume avait envahi le petit village de Esquiule. Un froid intense descendait des Pyrénées toutes proches. Les halos diffus de quelques réverbères éclairaient la rue principale, encore déserte.

Dans l'une des maisons, près de la place, une seule fenêtre était éclairée. Claire Demaille, tirée du sommeil par la sonnerie de son réveil, venait d'allumer. Elle bâilla, s'étira puis, machinalement, jeta un regard vers le cadran. Il était 5 heures.

Après une douche rapide, elle s'habilla et vérifia le contenu de son sac à dos. Satisfaite de son inventaire, elle enfila une épaisse parka, laça ses chaussures de marche et sortit après un coup d'œil désolé sur le désordre de son studio.

Dehors, il faisait encore nuit. Elle frissonna sous l'effet du vent glacial qui balayait le parking. Elle monta dans sa voiture, mit le chauffage à fond et démarra. Pour combler le silence, elle chercha une station de radio, se carra dans son siège et laissa vaguer son esprit. Songeant à ce qui allait arriver, elle se sentait heureuse, excitée même. Enfin, le grand mystère après lequel elle courait depuis des années lui serait révélé ! Enfin, elle saurait ! D'ici à quelques heures, son travail, entrepris de longue date, aboutirait.

Encore adolescente, elle s'était rendu compte de la complexité des origines et de l'évolution de la vie. Quant à la connaissance de l'esprit, elle avait compris que l'on en était aux balbutiements. Une époque bénie, où elle s'était emballée pour des hommes débarrassés des préjugés, qui traçaient le chemin vers d'autres horizons spirituels plus passionnants et convaincants plutôt que pour ces gourous scientifiques, selon lesquels tout s'expliquait par des lois physiques et mathématiques, prétendument immuables. Elle pensa avec amusement à la tête de ses collègues du lycée de Pau s'ils savaient ce qu'elle allait faire ! Elle, l'enseignante de philosophie qui ne professait que des points de vue « acceptables »...

À l'entrée de Barcus, elle ralentit, dépassa un calvaire, puis s'engagea dans un chemin en pente raide qui se perdait dans les bois.

Non loin de là, dans le salon de la vieille ferme béarnaise qu'il venait de rénover, Jules Conan vérifiait avec soin son matériel de randonneur : cartes d'état-major, boussole, lampes torche, corde, nourriture, médicaments, vêtements. Le vrombissement lointain d'un moteur le sortit de son inventaire : il gagna précipitamment la cuisine pour préparer du café. Dieu qu'il était pressé de retrouver Claire ! Il la considérait désormais comme sa future femme. Une onde de désir le submergea qu'il s'efforça de contrôler. Ce n'était vraiment pas le moment de songer à batifoler.

S'ils voulaient s'en tenir à leur programme, ils devaient partir sur-le-champ en direction de la grotte. C'était une simple grotte, comme il en existait des centaines dans le coin de Sainte-Engrâce. Mais celle-ci allait enfin leur offrir l'occasion de percer l'un des plus grands mystères de l'humanité.

La sonnette d'entrée retentit. Il se précipita, impatient de serrer la jeune femme dans ses bras.

Trois heures plus tard, après avoir longé les gorges de Kakouetta par le GR, puis gravi les contreforts du Grand Étroit, les deux jeunes gens s'arrêtèrent pour contempler le panorama et grignoter quelques fruits secs. Ils restèrent silencieux, subjugués par le spectacle. Le massif environnant, sévère et aride, à la végétation parsemée, se fondait dans une grisaille brumeuse. Au loin, on distinguait vaguement les quelques maisons du village de Sainte-Engrâce, dominées par l'église romane. Plus loin encore, tout était indistinct, comme estompé par le brouillard et la nuit finissante.

— Je suis vraiment heureux de faire ça avec toi ! dit Jules.

Claire lui sourit et se leva.

— Allons-y ! Tu sais que nous devons arriver le plus tôt possible !

Ils marchèrent encore pendant une heure, d'un pas lent et régulier, avant de déboucher sur un chemin étroit serpentant au pied d'une paroi rocheuse. Quelques centaines de mètres plus haut, ils s'arrêtèrent pour s'encorder. Leur progression était périlleuse, la voie étant difficile et la roche friable.

Plus tard, profitant d'un méplat assez large, ils firent une courte halte pour boire et manger. Ce versant était complètement plongé dans l'ombre et la brume. Il faisait froid. Le silence était total, l'air paraissait immobile.

Jules observa l'amont de la paroi et désigna à Claire une excavation dans la roche à une vingtaine de mètres au-dessus d'eux.

— Nous y voilà, fit-il.

Sans attendre, il commença à escalader, suivi de la

jeune femme. Aussi agiles l'un que l'autre, ils atteignirent vite l'entrée de la grotte et y pénétrèrent.

Un cri de corneille retentit au lointain, sans provenance précise, puis ce fut à nouveau le silence. Un silence si pesant qu'il évoquait une menace.

1

À cette heure matinale, une foule dense allait et venait dans le hall de l'aéroport d'Orly ouest. Attendant l'ouverture du guichet d'enregistrement pour Pau, Michel Fabre, inspecteur chargé des affaires spéciales à la PJ, s'installa à la terrasse d'un bar, alluma une cigarette et commanda un café.

Il lui fallait au moins cela pour se calmer. La veille, croyant bien faire, il avait réservé sa place par téléphone, mais le billet, prétendument envoyé chez lui, n'était jamais arrivé. Ce matin, le taxi, commandé d'avance, était venu le chercher affichant une somme exorbitante au compteur. Il avait refusé de payer, d'où une engueulade homérique avec le chauffeur qui avait fini par transiger en découvrant que Michel était flic. Et maintenant, l'avion était retardé...

Heureusement, les sujets de réflexion ne manquaient pas pour lui occuper l'esprit. En particulier cette curieuse histoire que Malthus, l'un de ses vieux amis guides de montagne, lui avait contée dans une lettre. Un couple de sa connaissance, Jules Conan et Claire Demaille, venait de disparaître aux alentours des grottes de Kakouetta, près d'Oloron-Sainte-Marie, dans les Pyrénées.

Jusque-là, rien d'extraordinaire, si ce n'est que cette

disparition faisait suite à beaucoup d'autres, au même endroit, et ce, depuis près de soixante ans, sans que l'on ait jamais pu en éclaircir les causes. Malthus relatait l'histoire d'un radiesthésiste qui, en 1938, était persuadé d'avoir découvert un trésor. Parti l'exhumer de la grotte, on ne l'avait jamais revu. Suivait l'expérience d'un rescapé qui s'était sorti d'un aven de la région en clamant y avoir trouvé le message de paix. Cet étrange individu s'était ensuite volatilisé, avant d'être repéré au sommet du mont Sinaï, là même où Moïse avait rencontré Dieu.

La lettre de Malthus se terminait par le récit d'un dernier fait troublant. Au mois d'août 1967, une équipe d'une dizaine de spéléologues avait investi le même aven. Munis d'un matériel électronique sophistiqué, ils avaient pratiqué des relevés précis avant d'être surpris par un tremblement de terre qui avait causé la destruction du village d'Arette, à quelques kilomètres de là. Tous leurs repères ayant disparu dans les éboulements et glissements de terrain, le groupe avait dû repartir bredouille. Suivaient quelques remarques incidentes : la région serait un lieu de prédilection pour l'atterrissage d'OVNIS, Nostradamus aurait évoqué Oloron dans l'une de ses centuries, une légende locale racontait qu'un trésor sarrasin était enfoui dans une grotte de la région, etc.

Ces élucubrations avaient évidemment laissé Michel de marbre, sa seule préoccupation étant de comprendre pourquoi tant de gens disparaissaient dans cette région sans qu'on pût en déterminer la cause. Cette question ne l'aurait sans doute pas intéressé plus que cela si elle n'avait été suscitée par Malthus. Il devait beaucoup à ce dernier. Malthus l'avait initié à la grimpe et, surtout, lui avait fait découvrir le bonheur de conquérir un sommet en en faisant une métaphore de la vie. Ce souvenir du passé éveilla chez Michel une forte culpabilité. Au regard de ce qu'il était devenu, il était évident qu'il avait été un très mauvais élève.

Son vol venant d'être annoncé, il gagna la porte d'embarquement.

Alors que l'Airbus semblait glisser sur une mer de nuages, Michel sirotait son café, le regard perdu vers l'horizon. Il songeait à ce qui l'attendait à Pau. Malgré l'aspect un peu délirant de l'histoire racontée par Malthus, il était convaincu qu'une fois encore tout s'expliquerait de manière rationnelle, avec en toile de fond les mauvais travers de l'homme.

Cependant, après son expérience dans les Cévennes, en compagnie de Muriel, il était moins catégorique. La jeune femme lui avait appris que, si l'on voulait comprendre une situation, il fallait la regarder sous plusieurs angles, sans prévention. On constatait alors que des pans entiers de ce que l'on nomme la réalité pouvaient échapper à l'entendement. Pour cette raison, et pour d'autres plus inavouables, Michel lui avait faxé la lettre de Malthus sitôt pris sa décision d'aller enquêter sur les lieux, puis il l'avait appelée.

Comme d'ordinaire, leur conversation était restée strictement professionnelle. Il lui avait à peine demandé des nouvelles de son fils Andrew. Mais, au détour de quelques phrases, peut-être à leur insu, de discrets sous-entendus s'étaient glissés signifiant sans doute autre chose...

Par peur de se faire des idées, il préféra ne plus y penser et se plongea dans son journal.

Rue Tournefort, à Toulouse, Muriel Lacan, docteur en physique et membre émérite de l'unité de parapsychologie de l'université, chargeait son vieux break Volvo, garé en bas de chez elle. Un vrai déménagement à en juger par le nombre de sacs de voyage et autres cartons qu'elle s'évertuait à faire entrer dans le coffre. En fait, il s'agissait de son « barda », comme elle le désignait, composé non seulement d'effets personnels, mais aussi de matériels électroniques et informatiques indispensables à ses enquêtes.

Après avoir terminé, elle se réjouit de voir le soleil réapparaître. La route serait plus plaisante jusqu'à Pau. Mais son excitation n'était pas uniquement due aux conditions météorologiques. Elle était heureuse de retrouver Michel, elle ne l'avait croisé qu'à de rares reprises depuis leur dernière enquête dans les Cévennes. Elle se réjouissait aussi d'entamer de nouvelles recherches. Bien entendu, elle mélangeait sciemment les motifs de son euphorie pour ne pas admettre son trouble face à Michel. Afin d'échapper à ses contradictions, elle referma le coffre et remonta jusqu'à son appartement embrasser Andrew, son fils de huit ans. Elle le laissait à la garde de Martine, sa meilleure amie, chercheuse au CNET et actuellement en congé.

— Surtout, dit-elle à Andrew, tu m'appelles chaque soir pour me raconter tes journées et les bêtises que vous allez faire avec Martine.

L'enfant haussa les épaules, l'air grognon.

— Je ne veux pas que tu partes !

— Allons, mon chéri ! Tu sais que j'y suis parfois obligée pour mon travail et que...

— Emmène-moi avec toi !

— Ce n'est pas possible. Je...

Elle s'interrompit, Martine lui faisant discrètement signe de s'en aller. Son amie avait raison. Rien ne servait de prolonger ce genre de conversation qui risquait de se conclure par des pleurs. Refrénant son envie de convaincre Andrew, elle l'embrassa, puis sortit, les larmes aux yeux.

À la sortie de la ville, le voyage devint agréable. La route était dégagée, le soleil, semblant s'imposer, embellissait la campagne. Muriel glissa un CD de Ben Harper dans son lecteur et, adoptant une vitesse de croisière, se mit à réfléchir aux informations contenues dans le fax de

Michel, ainsi qu'à celles recueillies dans la base de données de l'unité de parapsychologie.

À première vue, l'énigme semblait passionnante. Elle mettait en scène Nostradamus, les Neuf Supérieurs Inconnus, les templiers, les cathares et « Ces dieux venus d'ailleurs » dans leurs OVNIS. La grotte, mythique ou non, avait suscité au cours des âges les rêves les plus fous, les hypothèses les plus invraisemblables, mais avait aussi provoqué des drames épouvantables. La grotte était l'élément central dans la mort de plus d'une centaine d'individus, dont, peut-être, celle de ce pauvre couple. Cependant, le plus étonnant restait que, après chaque disparition, l'affaire était classée sans suite, faute de preuve tangible. De quoi intriguer, dès lors que des enquêtes policières avaient été diligentées et menées sérieusement.

En l'absence d'autres éléments, Muriel finit par penser à autre chose. Il serait toujours temps de déterminer une stratégie lorsqu'elle serait sur le terrain.

Michel et Muriel se retrouvèrent, comme convenu, à l'hôtel Darroze, situé sur la place de la mairie d'Oloron. Quand la jeune femme s'annonça, en début de soirée, Michel était déjà arrivé depuis plusieurs heures. Consciencieux, il avait d'abord rangé ses affaires, puis fait un tour dans la ville, histoire de s'imprégner de son architecture et de son atmosphère. Amoureux des vieilles pierres, il n'avait pas été déçu. L'église Sainte-Croix, un édifice roman datant du XIIe siècle, dominait la ville et présentait un clocher en forme de beffroi. Après l'avoir visitée, il avait parcouru les rues de la vieille ville et le chemin du Vicomte d'où l'on apercevait les remparts et les maisons bâties sur les fortifications. Tout rappelait les temps anciens de la Reconquista contre les musulmans et du pèlerinage de Saint-Jacques-de-Compostelle. Toutefois, pour Michel, le plus beau restait le panorama qu'offraient les premiers contreforts enneigés des Pyrénées. En le découvrant, il avait été saisi d'une furieuse envie de grimper.

Michel retrouva Muriel pour le dîner dans la salle de restaurant de l'hôtel. Profitant de la douceur, ils s'étaient installés sur la terrasse. À quelques mètres d'eux, des enfants jouaient à s'éclabousser autour d'une fontaine sous le regard bienveillant de leurs mères, assises sur les marches de la mairie.

Durant un long moment, Muriel et Michel gardèrent le silence. Ils avaient besoin de cet intermède pour se retrouver. Le « sas des retrouvailles » comme l'appelait Michel.

— Ça fait drôle de se revoir ici après si longtemps, lâcha-t-il soudain.

Muriel sourit.

— C'est vrai, répondit-elle, consciente de la banalité de son propos, mais c'est pour la bonne cause.

— Celle du fantasme ou de la réalité ?

— Je crois que le débat est dépassé, non ? Nous savons pourquoi nous sommes là et nous avons suffisamment d'heures de vol ensemble.

Michel sourit à son tour.

— OK ! Dans ce cas, rentrons tout de suite dans le vif du sujet... Tu as lu la lettre de Malthus ?

— Oui ! À ce propos, l'as-tu vu depuis ton arrivée ?

— Non. Il ne sait même pas que je suis là. Avant de discuter avec lui, je souhaitais d'abord faire le point avec toi.

— C'est gentil. Je vois que depuis notre dernière enquête tu as changé de méthode.

— J'ai appris...

Ils furent interrompus par la serveuse venue prendre la commande, une jeune fille boulotte et souriante. Muriel la détailla discrètement, tant elle trouvait son accoutrement ridicule. Tout l'enlaidissait outrageusement. Son chemisier blanc trop étroit pour son opulente poitrine, sa jupe noire plissée, trop courte découvrant des jambes épaisses, et enfin ses horribles chaussures à semelles compensées. Elle ne portait cependant pas de jugement sur la jeune fille, au demeurant sympathique, mais plutôt sur son patron qui l'obligeait à porter un tel uniforme.

Ils commandèrent une garbure, le potage béarnais, une truite et se laissèrent tenter par un dessert régional, la « rosquille », le tout arrosé d'un vin de Monein.

— Donne-moi tes premières impressions, murmura Michel.

— À vrai dire, je n'en ai aucune. Il me manque trop d'éléments. Cela m'inspire pourtant quelques réflexions. Il est évident que cette grotte est un réel mystère, reconnu comme tel. Des gens disparaissent dans cette région sans qu'on puisse expliquer pourquoi.

— Malthus évoque un trésor...

— Oui. J'ai mené quelques recherches à ce propos. D'après ce que j'ai lu, mais cela demande confirmation, il ne s'agirait pas d'un trésor classique, genre pièces en or, bijoux ou autres, mais plutôt de documents portant sur la connaissance. Une sorte de bibliothèque du savoir...

— J'aimerais bien que tu sois plus explicite.

— Tu sais, je peux essayer, mais tu vas devoir abandonner tes idées préconçues.

— Ça ne me fait pas peur. J'ai pris l'habitude de t'entendre divaguer...

Ignorant la pique, Muriel enchaîna :

— Il faut que je remonte à l'origine de l'histoire qui se situe en 711. Selon ce qu'on raconte, le dignitaire Tariq Ibn Ziyad aborda alors les côtes espagnoles à la tête de troupes sarrasines et débarqua avec lui d'innombrables caisses. Leur existence a été confirmée trois ans plus tard lors de la prise de Saragosse. Mais, en 715, Tariq Ibn Ziyad a été rappelé à Damas. Il a donc été contraint de confier ces caisses à ses fidèles qui les ont dissimulées dans une grotte en passant les Pyrénées. La légende veut que ce trésor contenait le secret de la science infuse. Les Maures auraient donc été les dépositaires des « Secrets du monde ». Autrement dit, ils auraient su, déjà à l'époque, maîtriser l'énergie nucléaire et la conquête de l'espace...

Michel ne put se retenir de rire.

— C'est sûr. À Poitiers, Charles Martel a repoussé des OVNIS !

— Ricaner ne résout rien ! s'énerva Muriel. Je te rapporte ce que je sais, c'est tout. Tu en feras bien ce que tu en voudras.

— Excuse-moi ! Mais je suis toujours tellement surpris par tes... divagations !

— On présume, continua Muriel, que les Maures n'auraient pu utiliser leur savoir durant la conquête de l'Espagne faute de matières premières. En revanche, au niveau de l'architecture et de l'agriculture, ils firent des miracles. Ce qui laisse supposer qu'ils étaient bien plus avancés que leurs adversaires... Il y a un autre élément intéressant : c'est l'attachement tout particulier des ésotéristes à la région d'Oloron. Spécialement de Nostradamus. Il évoque l'endroit à plusieurs reprises, notamment dans le 27e quatrain de la 1re centurie et dans le 1er quatrain de la 8e centurie, il mentionne également un trésor qui y serait dissimulé...

Elle fouilla dans son sac à main et en sortit une feuille sur laquelle elle avait gribouillé quelques notes.

— Je les ai recopiées pour te les lire. Écoute le 1er quatrain : « Dessous de ciel de Guien du Ciel frappé, Non loing de là est caché trésor, qui par longs siècles avoir été grappé, Trouvé mourra l'œil crevé de ressort... »

— Est-ce que tu peux me le traduire ? demanda Michel.

— C'est simple. Guien est ici employé pour Guyenne, autrement dit le nom qu'on donnait à l'époque à cette région et dont les Pyrénées font partie. On peut donc en conclure que, selon le texte, un trésor est caché dans les Pyrénées...

Elle s'interrompit pour laisser la serveuse disposer les assiettes et la soupière sur la table.

— Je vous sers ? proposa celle-ci.

— Non, répondit Michel, je ferai le service...

— Vous savez, ce n'est pas mauvais non plus quand je m'en charge, plaisanta la jeune fille en s'en allant.

— En voilà une au moins qui, à défaut de goût, a de l'humour, remarqua Muriel. Et à voir son regard, je jurerais que tu ne lui es pas indifférent.

Michel haussa les épaules et reprit :

— Tu disais qu'un trésor est caché dans le coin et que Nostradamus en parlait...

— Oui, et cela pourrait se situer dans la région d'Oloron qu'il décrit par ailleurs dans le 1er quatrain de sa 8e centurie, signalée sous le nom de Loron. Or, si l'on décompose ce mot selon certaines règles phonétiques, on obtient « l'or Rond », ce qui désignerait à la fois le trésor et sa localisation. Quant à Sainte-Marie, c'est le synonyme de Notre Dame, à savoir Nostradamus. Autrement dit, en accolant son nom à celui de la localité, le visionnaire de Salon-de-Provence aurait voulu signifier de manière irréfutable le lieu d'enfouissement de ce trésor.

Michel commença de manger sa soupe avec appétit, suivi bientôt par Muriel.

— Vraiment, dit-il entre deux cuillerées, j'admire ta façon de résoudre si facilement le problème du trésor, surtout à partir de deux bouts de phrases écrites par un illuminé. Tu n'as pas le moindre doute ? Il ne t'est même pas venu à l'esprit que ces disparitions pourraient être tout simplement le fait d'accidents, de crimes déguisés, de disparitions volontaires ?

— Ou d'enlèvements par des extraterrestres, enchaîna Muriel d'un ton sérieux.

— Eh bien voyons ! s'exclama Michel. Déjà en plein délire ! Pourtant tu n'as pas encore bu !

Muriel le dévisagea.

— Tu sais que l'incrédulité te rend beau !

— Ça va ! rétorqua Michel, légèrement déstabilisé. Parle-moi plutôt de tes soucoupes volantes.

— Tu sais que dans la région de Pau et d'Oloron un grand nombre d'OVNIS ont été signalés ; beaucoup plus que partout ailleurs en France. Je vais juste te raconter ce qui s'est passé ici le 17 octobre 1952. Ce jour-là, aux environs de midi, il faisait très beau. Le ciel était complètement dégagé. Or le directeur du collège, qui avait auparavant exercé la profession de météorologiste, put, durant une demi-heure, observer à la jumelle une véritable escadrille de soucoupes, accompagnant un vaisseau amiral en forme de long cigare... Il n'était pas le seul témoin. Tous les élèves du collège, alors en récréation, firent le même constat ainsi que leurs professeurs. Mieux encore ! Au bout d'un moment, l'endroit se recouvrit de fils tombant de ces engins. Les professeurs tentèrent de les conserver mais ceux-ci se transformèrent en matière gélatineuse avant de s'autodétruire complètement. Tu n'y crois évidemment pas ?

— Pas le moins du monde ! répliqua Michel. Mais je serai sans doute plus convaincu quand tu auras fait le lien avec nos disparitions ?

Muriel se tut, attendant qu'on leur servît le poisson. Elle scruta Michel qui la dévisageait d'un air amusé. Elle lui sourit, sous le charme. Pas à dire, il l'attirait ! Tâchant de dissimuler son trouble, elle détourna les yeux vers la place où les mères rappelaient leurs enfants pour dîner. Elle éprouva alors un fugitif sentiment de bonheur. Tout lui paraissait beau, apaisé : la nuit qui tombait, les derniers feux du soleil sur les cimes lointaines, le silence gagnant le village, le ruissellement de la fontaine. Soudain frissonnante, elle enfila un gilet, but un peu de vin et commença à manger en évitant toujours le regard de Michel.

— Alors, ce lien ? demanda-t-il.

— Je n'ai pas vraiment d'éléments. Il semble cependant qu'au moment de certaines disparitions des témoins aient aperçu une grande lueur dans le ciel. Sur le mont Sinaï, également, des engins volants ont été signalés lorsque le seul rescapé dont a parlé Malthus s'y est rendu après avoir exploré la grotte. Voilà où j'en suis. Mais je ne désespère pas d'en savoir davantage dans les jours qui viennent. Et toi, homme de peu de foi, comment comptes-tu t'y prendre ?

Michel ne répondit pas tout de suite. Feignant de trier les arêtes de son poisson, il songeait à son émotion face à Muriel, à son envie de lui prendre la main et de lui dire combien elle était belle. Puis, trouvant ses réflexions très puériles, il déclara :

— Je vais d'abord voir Malthus. Ensuite, j'irai faire un tour à la gendarmerie de Pau. J'imagine qu'ils doivent disposer d'informations qui nous seront utiles. Je m'intéresserai après aux disparus... On peut faire tout cela ensemble, si tu veux.

— Je ne sais pas ! On verra... A priori, j'ai d'autres projets.

— Lesquels ?

— Je ne sais pas encore très bien. Il faut que je réfléchisse.

Michel préféra changer de sujet et interrogea la jeune femme sur son fils. Celle-ci se prêta au jeu, même si elle avait bien compris que c'était pour lui une manière de botter en touche. Elle évoqua les difficultés d'Andrew à l'école. L'enfant n'acceptait toujours pas l'absence de son père, ce qui rendait son rôle de mère-célibataire d'autant plus difficile.

— C'est très délicat d'assumer à la fois la charge de père et de mère, comme si on avait une double personnalité. Il faut toujours réfléchir sur deux registres. Que doit-on dire pour répondre à l'attente de l'enfant au moment précis où le problème se pose, quel comportement adopter ? Tu vois ?

Michel acquiesça.

— Je comprends, mais je me sens incapable d'ajouter

quoi que ce soit. Je n'ai aucune expérience en matière d'éducation, tu sais.

Bien que honnête, cette réponse déçut Muriel. Il venait en quelque sorte de lui claquer la porte au nez, la renvoyant à sa propre solitude. Elle n'en laissa rien paraître, mais éprouva l'envie de monter dans sa chambre. Prétextant la fatigue du voyage, elle se leva.

— Tu ne veux pas prendre un café ? s'étonna Michel.

— Non ! J'ai vraiment besoin de dormir. Retrouvons-nous demain matin vers 8 heures pour le petit déjeuner...

Comprenant qu'il s'agissait d'une fuite, Michel n'insista pas. Il commanda simplement son café, se disant qu'une telle attitude collait avec le caractère de la jeune femme.

2

À 8 heures le lendemain, Michel se rendit dans la salle à manger. Muriel n'était pas encore arrivée. Cela l'arrangeait. Il aurait le temps de recouvrer ses esprits et d'avaler sa première tasse de café en fumant une cigarette. Décidément, songea-t-il, il n'aimait pas les réveils, surtout après la mauvaise nuit qu'il venait de passer.

La veille au soir, après le dîner, il s'était aventuré dans le centre d'Oloron et en était revenu complètement déprimé. Comme dans la plupart des petites villes de province, tous les commerces étaient fermés, à part quelques restaurants vides et un seul café, situé dans l'artère principale. Il y était entré pour boire un Bayley's. Il aurait mieux fait de s'abstenir ! Voir une bande de jeunes à moitié éméchés se trémoussant sur des airs de rap lui avait donné un tel coup de vieux qu'il avait préféré s'enfuir, une fois son verre terminé. Déambulant au hasard des rues, il avait essayé de se convaincre qu'il avait encore de l'allure. Mais le mal était fait : sa jeunesse appartenait définitivement au passé.

Nostalgique et furieux, il était rentré à l'hôtel pour s'affaler sur son lit devant la télé où un présentateur, stupidement béat, faisait gagner des millions à des candidats, tout aussi béats et stupides. Surpris par le sommeil, il s'était réveillé en pleine nuit, habillé et frigorifié. Cette situation était grotesque pour un insomniaque comme lui ! Trois heures plus tard, remuant toutes sortes de pensées aussi inintéressantes les unes que les autres, il ne s'était toujours pas rendormi ! Et, évidemment, il avait fini par trouver le repos au lever du jour...

— On dirait que monsieur a fait la fête hier ! s'exclama gaiement Muriel en s'asseyant face à lui.

Il ricana.

— Tu parles d'une fête ! Au fond de mon lit, sans pouvoir fermer l'œil !

— Il fallait m'appeler, j'aurais pu te divertir !

Cette réponse provocatrice hérissa Michel. Tant mieux pour elle si elle avait bien dormi mais qu'elle ne vienne pas l'aguicher maintenant !

— Très bien, répliqua-t-il, ce soir, je n'y manquerai pas...

La serveuse fit diversion en apportant leurs petits déjeuners. Contrairement à Michel qui continuait à remâcher sa mauvaise humeur, Muriel avala sans attendre ses deux croissants.

— L'air des montagnes ! expliqua-t-elle à Michel qui la regardait, effaré.

Comme il ne se déridait pas, elle reprit :

— À ta place, je changerais de literie !

Obtenant alors une esquisse de sourire, elle demanda :

— Maintenant que la glace est brisée, on pourrait peut-être parler de notre affaire ? As-tu un programme en tête ?

— Le même qu'hier, voir Malthus... Et toi ?

— T'accompagner ! J'ai hâte de connaître celui qui t'a initié à la montagne ! Il habite où ?

— Sainte-Engrâce, un village proche de la frontière espagnole.

— Tu l'as prévenu ?

— Non !

— Il n'a pas le téléphone ?

— Non, et quand tu verras sa manière de vivre, tu comprendras.

Ils décidèrent de prendre la voiture de Muriel. Prétextant connaître la route, Michel s'installa au volant et suivit la direction d'Arette.

Lorsqu'ils pénétrèrent dans le bourg, Michel expliqua que celui-ci avait été le théâtre d'un violent tremblement de terre en 1967.

— Je sais, l'interrompit Muriel. D'ailleurs, je pense que c'est lié à notre affaire.

— Comment ça ? s'étonna Michel qui s'arrêta devant le seul hôtel restaurant, face à l'église.

— J'ai trouvé quelques indications. Cette catastrophe a eu lieu le 13 août 1967... Or, j'ai lu que les spéléos dont parle Malthus étaient des amateurs. Ils n'étaient absolument pas mandatés par une quelconque autorité. D'où les rumeurs... Ils seraient venus chercher le fameux trésor des Maures et la montagne aurait tremblé pour qu'il fût enfoui et impossible à localiser.

Michel coupa le moteur.

— Il me faut un autre café, fit-il en sortant. Tu viens en prendre un avec moi ? On en profitera pour interroger la patronne. Peut-être sait-elle quelque chose à propos de ces... légendes !

Muriel descendit, souriante.

— Mais c'est qu'il fait des efforts notre mécréant, plaisanta-t-elle.

La vaste salle dans laquelle ils entrèrent était vide. Tables et chaises formaient un ensemble parfait. Un bar en bois massif occupait un mur entier à la droite de la porte d'entrée. Ils s'attablèrent à côté d'une verrière donnant sur un jardin fleuri. Tandis que Muriel étudiait la carte de la région, Michel se leva et fit le tour de la pièce.

Accrochées au mur, de vieilles publicités du début du siècle, peintes à la main, vantaient les vacances dans les Pyrénées. Biarritz... Bagnères-de-Bigorre... Lourdes... Pau... Quelle que fût l'affiche, on y montrait toujours un train avec des voyageurs élégants, extasiés devant les paysages qu'ils traversaient, que ce fût un massif montagneux ou une plage. Michel éprouva une certaine nostalgie. Tout semblait alors si simple et évident.

Il se retourna au son d'une porte claquant dans l'air. Une femme accorte, la soixantaine épanouie, venait d'entrer dans la salle par une issue, proche du bar.

— Je ne vous avais pas entendus ! expliqua-t-elle avec un accent légèrement rocailleux, typique du Béarn. Il faut dire que j'écoutais la radio... Qu'est-ce que je vous sers ?

— Deux cafés ! répondit Muriel.

Michel vint se rasseoir au moment où la femme apportait les tasses.

— Alors, en vacances ? demanda-t-elle.

— Non ! rétorqua vivement Muriel, nous enquêtons.

— Policiers ?

— Moi oui, dit Michel.

La femme le dévisagea, soudain méfiante.

— Il y a eu un crime dans le coin ?

— Non, des disparitions...

— Ah bon ?

— Vous n'en avez jamais entendu parler ? interrogea Muriel.

— Ma foi non ! répliqua la femme en passant derrière le bar.

Muriel et Michel n'insistèrent pas mais échangèrent un regard de connivence. De toute évidence, leur interlocutrice savait de quoi ils parlaient.

Muriel se replongea dans la carte pour repérer l'itinéraire : le col de Souder et enfin Sainte-Engrâce.

— Tu vas voir, lui dit Michel, c'est magnifique...

Leur café terminé, ils s'approchèrent du bar pour payer. La femme lavait des tasses, penchée sur l'évier.

— Pourquoi venez-vous mettre votre nez là-dedans ? De toute façon, à quoi bon réveiller les morts ?

Satisfaite de la voir entamer une conversation, Muriel ne put réprimer un sourire.

— Que voulez-vous dire ?

La patronne lui lança un regard où se mêlaient tristesse et colère.

— Que tous ceux qui ont disparu profanaient la montagne et ses mystères. D'ailleurs, je suis convaincue que c'est à certains d'entre eux qu'on doit le tremblement de terre de 1967...

Michel s'assit sur l'un des hauts tabourets.

— Vous étiez dans le village, cet été-là ?

— Je suis née ici...

— Dites-nous, que s'est-il passé ?

— Dame ! Presque toutes les maisons sont tombées comme un château de cartes ! Vous voyez l'hôtel, ici ? Eh bien, il a été rasé ! Un miracle si mes parents s'en sont sortis !

— Qui sont les profanateurs auxquels vous faites allusion ?

— Ce jour-là, une bande de types se trouvait dans la région avec toutes sortes de machines, soi-disant pour étudier la montagne... En fait, ils venaient pour autre chose !

Michel et Muriel attendirent qu'elle continuât. Rien ne vint.

— Ça fera douze francs, lâcha-t-elle, signifiant ainsi qu'elle n'irait pas plus loin dans ses confidences.

Fouillant dans sa poche à la recherche de monnaie, Michel reprit :

— Vous savez, nous ne sommes pas là pour la même raison qu'eux... Nous voulons juste trouver une réponse. Un jeune couple de la région vient à nouveau de disparaître...

— Je suis au courant... Je l'ai lu dans le journal... Bien fait pour eux ! Ils n'avaient qu'à pas aller fourrer leur nez là où il ne faut pas.

— Je comprends que vous ne vouliez rien nous dire, ajouta à son tour Muriel. Mais tout ce que nous pourrions apprendre à ce sujet nous serait très utile...

La femme continuait d'essuyer une tasse, sèche depuis bien longtemps. À ses gestes saccadés, on la devinait nerveuse. Après un regard circulaire sur la salle, comme si elle redoutait la présence de quelqu'un, elle chuchota :

— Ils viennent tous chercher le trésor, les imbéciles...

— Quel trésor ? s'enquit Michel, l'air détaché.

— D'après la légende, un trésor serait enfoui dans une grotte, pas loin de Sainte-Engrâce. Les Maures, les Arabes quoi, l'auraient caché là, il y a très longtemps. C'est pour ça qu'ici, avec ce qui est arrivé depuis, on l'appelle le trésor des morts... M-o-r-t-s ! Mais bon, c'est tout ce que je sais... Si vous voulez en connaître davantage, allez donc voir le curé de...

Elle s'interrompit, rouge de confusion. La porte, proche du bar, venait de grincer légèrement.

— Douze francs ! dit-elle à voix haute, et merci d'être passés !

Michel, en inspecteur averti, était convaincu que quelqu'un avait écouté leur conversation.

Ils sortirent, heureux de retrouver l'air frais et humide. Le ciel gris et la bise qui s'était levée laissaient présager une pluie prochaine, peut-être même de la neige. Ils demeurèrent immobiles, regardant l'église reconstruite après le tremblement de terre. Bien que récente, elle restituait toutefois le style architectural du pays.

— Qu'est-ce qu'on fait ? demanda Muriel en se recroquevillant dans sa veste.

— Filons directement à Sainte-Engrâce, suggéra Michel. Mais je crois que nous devrons revenir ici, tôt ou tard. Il y a certainement des gens qui savent quelque chose...

Sur la route sinueuse menant vers la frontière espagnole, Muriel était émerveillée par la sombre forêt de conifères qui lui rappelait les contes pour enfants que sa mère lui lisait autrefois.

— Je n'aimerais pas tomber en panne ici, dit-elle, alors qu'ils amorçaient un virage donnant sur un aven.

— Moi non plus, répondit Michel.

À cet instant, le moteur de la voiture se mit à toussoter, l'obligeant à se rabattre sur le bas-côté.

— Arrête tes conneries ! s'exclama Muriel, la voix chevrotante. Ce n'est pas drôle !

— Je n'y peux rien ! s'excusa-t-il en tentant de redémarrer.

Muriel haussa les épaules, amusée.

— Je sais que c'est toi... C'est une blague ! Mais après tout, tu as bien fait ! C'est magnifique ici ! Surtout le torrent, là-bas. Je vais aller voir ça de plus près et prendre quelques photos !

Michel acquiesça vaguement, cherchant toujours à relancer le moteur.

— Ne te donne pas cette peine ! lança Muriel en s'éloignant, je sais que c'est un canular !

Michel sourit niaisement pour donner le change puis, ayant ouvert le capot, sortit vérifier le moteur. Malgré une inspection attentive des niveaux, des courroies et de l'allumage, il ne décela aucune anomalie. Cette panne était incompréhensible !

Alors qu'à une centaine de mètres de là, juchée sur un rocher, Muriel prenait des clichés, il fit une nouvelle tentative, en vain. Il ne restait qu'une alternative, essayer de redémarrer en poussant la voiture dans la pente, ou retourner à Arette et trouver un garagiste ! Agacé, il remonta dans le véhicule pour y prendre son paquet de cigarettes, quand un cri de Muriel le fit se retourner. L'air paniqué, celle-ci l'appelait en agitant son bras en direction de la forêt. Il se hâta de la rejoindre.

— Que se passe-t-il ?

— Là, dit-elle en désignant le bois sombre d'où surgissait le torrent, j'ai vu quelqu'un !

— Comment ça, quelqu'un ?

— Je ne sais pas, répondit-elle en se réfugiant dans ses bras, tremblante. On aurait dit un homme, mais je n'en suis pas certaine.

Michel éclata de rire.

— Arrête de rire stupidement ! s'exclama Muriel en se dégageant. Je ne suis pas idiote. Je te dis qu'il y avait quelqu'un qui m'observait...

À la fois pour la rassurer et pour en avoir le cœur net, Michel s'enfonça dans la forêt, à la recherche de traces de pas.

— Il ressemblait à quoi ton bonhomme ?

— Je ne sais pas...

Progressant toujours, Michel pénétra dans le lit profond du torrent, creusé à même la terre. Les racines des arbres, découvertes par l'érosion, formaient comme un entrelacs de tentacules prêts à se saisir des intrus. Michel observa minutieusement le sol. Soudain, dans la terre meuble, il distingua l'empreinte d'une chaussure de montagne, aux larges dessins, puis une seconde... Rien d'autre. L'inconnu avait dû ensuite marcher sur le tapis de feuilles et d'herbages. Michel n'aurait su dire si ces traces étaient récentes mais en tout cas leur existence accréditait ce qu'avait vu Muriel.

— Alors ? demanda celle-ci, demeurée à la lisière du bois.

— Je ne trouve rien ! mentit-il afin de ne pas l'effrayer. Sans doute un bûcheron ou un chasseur, qui ne tenait pas à être vu ?

Un doute subsistait cependant au fond de lui. Le moteur s'était arrêté précisément à l'endroit où Muriel avait aperçu quelqu'un : cela constituait plus qu'un hasard ! De retour à leur voiture, il démarra sans aucun problème.

— Tu aurais pu éviter de me ficher la trouille ! lui reprocha Muriel.

Michel sourit pour lui laisser croire qu'effectivement il lui avait fait une bonne blague...

Ils continuèrent leur route sans autre incident jusqu'à un virage, d'où ils pouvaient apercevoir Sainte-Engrâce. Michel arrêta la voiture pour montrer le point de vue à la jeune femme. Entouré d'une chaîne de montagnes formant une sorte de cirque naturel, le village était constitué de quelques maisons construites autour d'une église romane, elle-même érigée sur un petit éperon rocheux. À ses pieds, on distinguait un cimetière composé de quelques dizaines de tombes, alignées en rangs serrés.

— C'est incroyable, dit-elle, on a l'impression que là-bas c'est un autre monde...

Face au panorama, Michel désigna les montagnes lointaines, aux teintes sombres, percées d'avens profonds.

— Là, à droite, ce sont les gorges de Kakouetta et, à gauche, celles d'Ujarra.

— Brrr... C'est beau, mais inquiétant, je trouve... C'est là qu'habite Malthus ?

— Oui...

— On voit sa maison d'ici ?

— Oui. Elle se trouve juste en face de l'église.

Soudain, une ondée fine et serrée se mit à tomber, formant un voile entre eux et le paysage, gommant les contours et les reliefs. Ils se réfugièrent dans la voiture.

— Le temps est toujours aussi incertain ici ? s'inquiéta Muriel.

— Nous sommes en montagne, tu sais... Cela peut changer en quelques secondes...

La jeune femme le dévisagea, un léger sourire aux lèvres.

— Qu'est-ce qu'il y a ? demanda Michel.

— Je ne sais pas... Quand tu parles de montagne, tu es... différent... Presque beau...

— Merci du compliment !

— Ah ! Tu es trop bête ! répliqua-t-elle, se tournant ostensiblement vers la vitre.

Michel démarra et reprit la route.

Muriel regardait défiler le paysage grandiose qui s'ouvrait devant eux à chaque virage. Puis, elle s'intéressa à la bourgade, en contrebas. Accolées les unes aux autres, sur un seul côté de la route, les maisons étaient toutes orientées vers l'église.

Peu après, ils pénétrèrent dans le village, désert. Seule la fumée s'échappant de quelques cheminées témoignait d'un peu de vie.

— Je n'aimerais pas habiter ici toute l'année ! fit Muriel. Surtout l'hiver !

Michel stoppa devant la dernière maison, légèrement à l'écart des autres, construite juste en face de l'église. Muriel la trouva sombre, altière, pour tout dire, inquiétante. D'autant plus qu'un rapace, apparemment énorme, se tenait immobile sur la croix du clocher, telle une vigie sur la hune d'un mât. Muriel l'observa, s'imaginant qu'il la regardait puis, secouée par Michel, elle lui emboîta le pas.

— Ça fout la trouille ton coin ! murmura-t-elle tandis qu'il frappait à une porte de vieux bois, devenu grisâtre à cause des intempéries.

— Je ne vois pas ce qu'il y a d'inquiétant. C'est un petit village de montagne pareil à tant d'autres.

— Tu as déjà vécu ici ?

— Non, pas vraiment. Quand je faisais de la montagne en sa compagnie, il ne m'invitait pas chez lui.

Comme personne ne répondait, Michel essaya de distinguer l'intérieur de la maison par la fenêtre du rez-de-chaussée. Muriel s'écarta pour déceler une éventuelle présence à l'étage.

Soudain, percevant le grincement d'une grille dans

leur dos, ils se retournèrent et aperçurent un homme de haute stature, sortant du cimetière. À ses yeux rapprochés, son front bas et ses poings serrés, on le devinait plus disposé à ficher son poing sur la figure qu'à donner un renseignement.

— Cherchez quelqu'un ? demanda-t-il d'une voix rauque et hostile.

— Oui. Malthus ! répondit Michel en s'approchant. Vous ne savez pas où je peux le trouver ?

Le regard mauvais, l'autre le détailla posément de la tête aux pieds. Puis il fit de même avec Muriel qui n'en menait pas large, tout juste réconfortée en songeant que Michel était armé.

— Malthus ? s'écria l'autre comme si le nom venait seulement de parvenir à son cerveau. Qu'est-ce que vous lui voulez ?

Michel masqua son agacement derrière un sourire.

— C'est un ami et nous devons le voir.

— A c'te heure ? L'avez prévenu ?

— Non pourquoi ? Je suppose qu'à l'âge qu'il a, il ne doit pas être bien loin.

L'autre sourit, découvrant une rangée de dents gâtées qui dégoûta Muriel.

— Eh ! Le cabri n'a pas d'âge !

Après un éclat de rire menaçant, il poursuivit son chemin vers la sortie du village, ses longs bras musculeux ballant contre son corps.

— On est chez les débiles ou quoi ? marmonna Muriel. Ce n'est pas la peine d'enquêter sur les disparus. Il doit en faire son ordinaire au dîner !

Michel sourit.

— On pourrait aller prendre un café à l'auberge.

Muriel le dévisagea.

— Quelle auberge ?

— Derrière toi, niquedouille ! répliqua Michel en lui désignant une maison à quelques mètres d'eux.

Ils s'approchèrent. Une pancarte, peinte à la main et

clouée sur le mur en crépi beige, annonçait un relais pour randonneurs. On y proposait le gîte et le couvert bon marché.

Ils poussèrent la porte, heureux d'échapper à la pluie qui redoublait.

Dans la salle du bar, sombre et exiguë, se trouvait un comptoir, niché sous un escalier, face aux deux seules tables destinées aux consommateurs. Entre la porte et la fenêtre, de vieilles cartes postales racornies étaient disposées en désordre dans un présentoir. Michel et Muriel s'assirent, surpris par le silence et le fait de ne trouver personne pour les accueillir.

Ôtant son manteau, Muriel regarda autour d'elle. Les murs noircis et craquelés par endroits n'avaient pas été repeints depuis des lustres. Une fine couche de poussière recouvrait le rebord de la fenêtre, aux vitres sales. Elle se pencha vers Michel.

— Ils ne doivent pas avoir beaucoup de clients ! Tu étais déjà venu à l'époque ?

— Oui ! Mais dans mon souvenir c'était bien plus gai et il y avait du monde.

— Ça a drôlement changé, alors...

— Oui. C'est curieux...

Sans oser l'avouer à Michel, Muriel était inquiète. Elle n'aurait su dire pourquoi, mais elle éprouvait une sensation d'isolement, d'enfermement même. Elle mit cela sur le compte de sa claustrophobie. Quand ils entendirent un bruit de pas au-dessus de leurs têtes, stupidement, Muriel éclata de rire, se libérant ainsi de son angoisse.

— S'il vous plaît ! s'exclama Michel pour se faire entendre.

— Ça vient ! Ça vient ! répondit-on.

C'était une voix de femme, assez âgée. Celle-ci descendit quelques instants plus tard et vint les rejoindre, traînant les pieds. Elle avait le souffle court et ronflant des asthmatiques. S'approchant d'eux, elle apparut à la lumière de la fenêtre. Muriel dissimula mal l'aversion qu'elle lui inspirait, tant elle était laide et négligée. Son sourire édenté évoquait une vieille sorcière de conte pour enfants, prête à vous transformer en grenouille !

Tandis que Michel commandait un café, Muriel hésitait, cherchant quelle boisson elle pourrait avaler qui ne soit pas contaminée par la saleté ambiante. Elle finit par opter pour un thé. La vieille acquiesça en ricanant doucement et gagna le bar. Tandis qu'elle préparait les boissons, Muriel et Michel gardaient le silence, échangeant des regards de connivence.

— Alors ? demanda soudain la femme d'une voix nasillarde. Vous êtes en randonnée ?

— Pas vraiment, répliqua Michel, nous venons voir Malthus.

— Ah Malthus ! répéta-t-elle en ricanant à nouveau.

— Vous savez s'il est là ?

— Il est toujours là !

— Pourtant on a frappé et il n'a pas répondu.

— Il n'a pas entendu, expliqua la femme en s'approchant avec les tasses.

Elle paraissait sur le point de les lâcher, Muriel les lui prit des mains pour l'aider. La vieille la remercia en lui adressant un large sourire, encore plus effrayant que le premier, tant il déformait son visage anguleux et ridé, puis elle plongea son regard acéré dans celui de Muriel qui ne put s'empêcher de frémir.

— Il n'y a pas beaucoup de monde en ce moment, fit Michel, histoire de reprendre la conversation.

— Dès que l'hiver approche, les gens s'en vont...

— C'est dur en cette saison ?

— Ça fait si longtemps que j'habite ici que je ne m'en rends plus compte, répondit-elle un curieux rictus posé sur les lèvres. Mais vous le verrez bien par vous-mêmes...

— Oh, on ne va pas rester longtemps ! précisa Muriel, comme pour se rassurer elle-même.

— Allez savoir, rétorqua la vieille en la fixant à nouveau. Quand on vient ici, on a du mal à en repartir.

Puis, elle gagna l'escalier qu'elle gravit à pas lents. Avant de disparaître à l'étage, elle leur suggéra de laisser la monnaie sur la table lorsqu'ils partiraient. Mal à l'aise, Muriel considéra sa tasse fumante, hésitant à la porter à la bouche.

— Ça va ? lui demanda Michel.

— Oui... marmonna-t-elle. Enfin... Les gens me semblent drôlement bizarres dans ce patelin.

Michel éclata de rire.

— C'est toujours comme ça dans les coins reculés de montagne. À force de vivre seuls et éloignés de tout, les gens deviennent un peu curieux...

— Il n'y a rien qui te gêne depuis notre arrivée ?

— Ma foi non ! À quoi penses-tu ?

— Je ne sais pas. Il règne une drôle d'atmosphère... Un peu pesante. Tu ne trouves pas ?

Michel haussa les épaules.

— Bah ! Ce n'est pas la grande ville ici. Tu vas vite t'y habituer.

— J'espère, murmura Muriel, pas convaincue.

Ils burent en silence, puis décidèrent de retourner voir Malthus.

Dehors, il pleuvait toujours. Un petit ruisseau s'était formé dans une ravine, sur le bas côté de la rue.

— J'espère que ça va bientôt s'arrêter de tomber ! dit Muriel en l'enjambant.

— Ça m'étonnerait, répondit Michel en regardant le ciel plombé, je crois même que ça va durer un bon moment !

3

Devant la maison de Malthus, ils frappèrent à la porte. Une fenêtre s'entrebâilla à l'étage. Un homme assez âgé, doté d'une abondante chevelure blanche s'y montra.

— Bon dieu ! Michel ! J'arrive ! s'exclama-t-il en refermant.

Peu après, il ouvrit la porte et embrassa Michel avant de se tourner vers Muriel.

— Ta femme ?

— Non ! Une amie qui m'aide dans mon enquête...

Malthus serra la main de la jeune femme, la dévisageant avec insistance, puis il les fit entrer. La pièce dans laquelle ils accédèrent occupait tout le rez-de-chaussée. Elle était vaste et chaleureuse. Un feu crépitait dans une immense cheminée, adossée au mur du fond. Malthus entraîna Michel vers la cuisine pour y préparer un café après avoir invité Muriel à s'asseoir dans un canapé face à la flambée.

— Alors, mon grand ! dit-il, le considérant de la tête aux pieds. Tu n'as pas changé ! Toujours aussi beau et jeune !

— Comme toi ! répliqua Michel.

— Flatteur ! Je commence à marquer le pas. Aujourd'hui, je serais bien incapable d'entreprendre ce qu'on faisait à l'époque.

— Rassure-toi, moi aussi !

Malthus passa derrière le bar et mit la cafetière en marche.

— Remarque, en ce qui te concerne, je suis certain qu'avec un peu d'entraînement tu reviendrais au meilleur niveau. Tu étais vraiment bon !

— Grâce à toi, vieux bouc !

Ils éclatèrent de rire.

— D'ailleurs, reprit Michel, ça me plairait bien de refaire une petite course avec toi !

Malthus haussa les épaules.

— Qui sait ? L'occasion pourrait bien se présenter...

— Mais qu'est-ce que tu veux dire ?

— Bah ! Avec cette histoire, il faudra peut-être que je t'emmène dans certains coins...

Malthus s'interrompit, il questionna Michel sur son boulot de policier et sa vie à Paris. Indifférente à leur conversation, entrecoupée de rires, Muriel examina la pièce. La grande quantité de photos de montagne, accrochée aux murs l'intriguait. Les clichés, la plupart en noir et blanc, parfois bistre, représentaient des défilés, des entrées de grotte ou des paysages encaissés. Le plus frappant, c'était l'aspect sombre de ces photos. Contrairement à certaines dont elle se souvenait, il n'y avait aucune vue panoramique prise d'un sommet, d'où l'on découvrait une chaîne de montagnes enneigées et un grand ciel bleu. Cette façon d'évoquer la montagne lui semblait décevante ; elle qui croyait que grimper vers les sommets avait un aspect libérateur sous l'effet de la lumière.

Michel et Malthus regagnèrent le canapé, apportant cafetière, tasses et gâteaux secs.

— Elles vous plaisent ? s'enquit Malthus en désignant les photos.

Muriel acquiesça d'un hochement de tête et rejoignit les deux hommes.

— Alors, demanda Michel, si tu nous en disais davantage sur cette disparition ?

— Et toutes les autres, ajouta Muriel.

Malthus servit le café, silencieux, puis se laissa aller contre le dossier, une tasse à la main.

— Vous avez lu ma lettre, je suppose ?

Les deux autres opinèrent.

— Il y un mois environ, le jeune Jules Conan et son amie, Claire Demaille, ont disparu près d'ici. Évidemment, dès que leur disparition a été signalée, la gendarmerie d'Oloron a entrepris des investigations. Nous avons monté un groupe de recherche avec des montagnards du coin, mais nous ne les avons pas retrouvés. Or, nous sommes certains qu'ils sont venus ici puisqu'on a repéré la voiture de Jules, intacte, sur le parking des gorges de Kakouetta.

— Tu connaissais le couple ? questionna Michel.

— Jules mieux que sa compagne. C'était mon médecin traitant. Enfin c'est surtout sa passion de la montagne qui nous avait rapprochés, comme toi à l'époque. L'année dernière, il est venu me voir à plusieurs reprises pour que je lui fasse découvrir la région.

— Quel genre d'homme était-ce ?

— Sérieux et très brillant dans son métier. Il avait une énorme clientèle, pour son jeune âge...

— Et sa compagne ? s'inquiéta Muriel.

— Je la connaissais moins. Il me l'avait présentée et elle est venue une fois ou deux faire des courses avec nous. Elle savait grimper, mais elle n'était pas montagnarde dans l'âme, comme Jules.

— D'après ce que tu as écrit, ce n'est pas la première fois que des gens disparaissent dans le coin ?

Malthus toussota, but une gorgée de café, le regard perdu au loin avant de répéter ce qu'il avait relaté dans sa lettre. Muriel l'observait. Le bonhomme était vraiment beau, portant avec panache ses soixante-dix printemps. Il faisait partie de ces hommes qui demeurent séduisants quel que soit leur âge et qui peuvent encore tourner les têtes. Elle était fascinée par son regard d'un bleu délavé et pourtant pétillant. Il semblait aussi très intelligent. D'ailleurs, sa façon de s'exprimer l'attestait. Il parlait avec une certaine lenteur, pesant ses mots. Comme s'il voulait que chacun d'entre eux fût employé à bon escient et exposât le plus précisément possible l'idée qu'il développait. Muriel l'imaginait professeur, ou en tout cas homme transmettant un savoir. Il se dégageait de lui une autorité naturelle qui lui plaisait. Elle redevint attentive lorsqu'il évoqua les disparitions qui s'étaient succédé depuis un siècle dans la région.

— Pour certains, il y aurait une sorte de malédiction sur tous ceux qui recherchent ce fameux trésor des Maures...

— Tu y crois, toi, à ce trésor ?

Malthus haussa les épaules.

— Comment veux-tu que j'adhère à de pareilles fadaises ? Je n'y crois pas davantage qu'aux soucoupes volantes qui, paraît-il, passent régulièrement au-dessus de la région, ou aux délires autour de Nostradamus ou des cathares qu'on entend régulièrement...

— Quelle est votre explication, alors ? demanda Muriel.

Malthus éclata de rire.

— Je n'en ai pas... Instinctivement, je dirais qu'ils ont tous trouvé la mort par imprudence. Il y a tellement de dangers ici...

— Tu penses qu'on a une chance de retrouver ce couple au fond d'un ravin ?

— C'est mon sentiment.

Après ce premier échange, Michel abandonna le sujet et s'enquit des activités du guide depuis qu'ils ne s'étaient vus, plus de vingt ans auparavant. Ce dernier avoua qu'avec l'âge, était venu le temps de la retraite, de la réflexion. La proximité de la montagne l'y avait aidé. Il se préparait maintenant à rejoindre ces lointains horizons, qui dissimulaient, d'après lui, sinon Dieu, du moins l'explication de la vie.

— Vous vous êtes souvent posé ces questions au cours de votre vie ? intervint Muriel.

— Disons que j'ai depuis longtemps été attiré par la réflexion sur le sens de la vie, c'est vrai. Michel vous l'a peut-être dit, quand nous grimpions, c'était habituellement l'occasion de discussions sérieuses. N'est-ce pas, Michel ?

Celui-ci acquiesça.

— Plus que sérieuses même ! D'ailleurs gamin, je me suis toujours demandé où tu étais allé pêcher une telle science...

— Je lis beaucoup... Du moins, je lisais... Et puis la solitude, ça aide à réfléchir...

— Vous avez toujours été seul ? s'étonna Muriel, ne pouvant l'imaginer sans femme.

— Depuis la mort de Bernie, oui !

— Bernie, ce n'est pas un prénom d'ici ?

— Non, c'est vrai. C'était le diminutif de Bernadette. Je ne sais pas d'où cela venait.

— Vous n'avez pas eu d'enfants ?

— Nous n'avons pas eu le temps...

Muriel n'insista pas, elle pourrait revenir sur ce sujet avec Michel. Malthus resservit du café et la conversation reprit sur des banalités, tandis que la pluie cinglait les carreaux.

Muriel n'écoutait que par bribes. Elle cherchait à comprendre pourquoi, malgré l'ambiance chaleureuse, elle ne se sentait pas à l'aise. Était-ce parce qu'il faisait trop chaud ? Ou bien étaient-ce ces photos, face à elle, qui la troublaient ? Elle ne savait... Toutefois, quelque chose la gênait dans cet environnement sympathique. Une impression désagréable de pesanteur, d'immobilisme, l'avait saisie, et commençait de l'étouffer. Elle se leva.

— Je crois que, si nous ne voulons pas rentrer trop

tard, il va falloir y aller, fit-elle en réprimant une soudaine envie de fuir ces lieux.

Michel la dévisagea, surpris.

— Ne t'inquiète pas ! On n'est pas pressé... Il faut à peine une heure pour rejoindre Oloron en roulant normalement...

— Très doucement même ! ajouta Malthus en s'esclaffant. D'ailleurs cela m'ennuierait vraiment que vous partiez maintenant. J'ai de quoi préparer une fondue... Vous pourriez filer après le dîner.

Muriel comprit aussitôt qu'elle ne pourrait convaincre Michel de s'en aller. Tant pis ! Elle ferait contre mauvaise fortune bon cœur, mais dans ce cas, elle voulait tout de même sortir prendre l'air. Les deux hommes, visiblement heureux de ressasser quelques souvenirs communs, l'y encouragèrent.

— Allez donc visiter l'église ! suggéra Malthus. Elle n'est vraiment pas ordinaire !

— C'est une bonne idée ! s'enhardit Muriel en enfilant sa parka. Je vais aller me sanctifier un peu !

— Ça ne te fera pas de mal ! ajouta gaiement Michel alors qu'elle refermait la porte.

Sitôt dehors, Muriel coiffa son bonnet et remonta le col de son pardessus. Elle leva son visage vers le ciel, sentit la pluie dégouliner sur sa peau, traversa la rue en courant avant de pénétrer dans le cimetière. La terre détrempée exhalait une odeur acide se mêlant à celle du buis, planté ici et là.

Muriel se rappela alors l'enterrement de sa grand-mère maternelle quelques années auparavant. Cette femme exceptionnelle lui avait légué son enthousiasme et son énergie. Elle lui portait beaucoup d'admiration à la fois pour son caractère bien trempé et pour les sentiments forts qu'elle exprimait. Sa mort l'avait touchée plus qu'aucune autre. À tel point qu'aux moments difficiles de sa vie, elle avait toujours éprouvé le besoin de s'en remettre à elle.

La pluie martelait les pierres tombales. Des rigoles d'eau coulaient dans les travées. Muriel sourit en pensant à l'expression « triste à mourir », on ne peut plus appropriée. Elle se dirigea vers le porche, puis s'arrêta. Elle se sentait observée. C'était évidemment stupide puisqu'il n'y avait pas âme qui vive alentour. Et pourtant... Elle se retourna, attentive à tout signe. De là, elle dominait l'ensemble du cimetière.

Soudain, elle comprit. Toutes les tombes étaient tournées vers l'église ! D'habitude, l'agencement des cimetières était beaucoup plus anarchique. Là, au contraire, on devinait le dessein de figurer une foule tournée vers un même point. Abandonnant son poste d'observation, elle gravit les marches. Sur la droite, elle remarqua un petit enclos verdoyant où quelques stèles rondes, ornées de croix de Saint-André, étaient disséminées, témoignant de l'ancienneté du lieu.

Muriel pénétra dans l'église plongée dans l'obscurité. Le froid était intense, le silence total. Ses yeux habitués aux ténèbres, elle avança. La nef, de taille réduite, était partagée en deux, dans le sens de la longueur, par une grille ouvragée interdisant l'accès à l'autel. Cette disposition étrange évoquait certains couvents où une grille semblable empêchait le visiteur de pénétrer dans l'enceinte sacrée. Frissonnante, elle tenta, sans grand succès, de distinguer les bas-reliefs ornant les colonnades. Apparemment, ils étaient peints de couleurs assez vives, mais il était impossible de voir ce qu'ils représentaient.

La jeune femme s'apprêtait à sortir quand un bruit, venu du fond de l'église, la fit sursauter. Soudain, sans qu'elle ait eu le temps de comprendre d'où elle venait, une vieille femme, petite et légèrement voûtée, s'approcha d'elle et la prit par le bras.

— C'est beau, hein ?

Réprimant sa peur, Muriel acquiesça en se dégageant.

— C'est ma maison ! expliqua l'inconnue dans un petit rire. Je viens prier ici tous les jours pour le repos de leurs âmes...

Elle se dirigea vers la sortie, s'arrêta devant le bénitier pour y plonger la main, se signa et fit une génuflexion avec difficulté. Toujours effrayée, Muriel la rejoignit, contente de retrouver enfin la clarté du jour.

— Vous venez souvent ici ? demanda-t-elle.

— Tous les jours, ma petite fille ! Et depuis très longtemps !

Parvenue en bas de l'escalier, la vieille recouvrit sa tête d'un châle et s'engagea dans l'allée centrale du cimetière.

— C'est impressionnant cet endroit ! fit Muriel qui se lança derrière elle.

— Plus que vous ne le pensez.

— Ah bon ! Pourquoi ?

La vieille s'arrêta et se tourna vers Muriel. Elle avait le visage sillonné de rides profondes, et le même regard bleu que Malthus.

— Parce que c'est le repaire de Dieu sur terre ! expliqua-t-elle. Faites-vous remettre vos péchés, sinon...

Sur ces mots, elle reprit son chemin, plantant Muriel au milieu des tombes qui resta figée à la suivre des yeux jusqu'à ce qu'elle eût disparu derrière le mur d'enceinte. Après quoi, frigorifiée, trempée et mal à l'aise, elle retourna chez Malthus d'un pas pressé.

Michel et le guide discutaient, affalés dans le canapé.

— Alors ? s'inquiéta Michel. Cette balade ?

— Étrange, répondit Muriel en se défaisant de ses vêtements.

S'approchant de la cheminée, elle leur raconta sa curieuse rencontre.

— Ah, c'est Marie ! expliqua Malthus. Effectivement, elle passe le plus clair de son temps dans l'église ou le cimetière.

— Vous la connaissez bien ?

— Si je la connais ! C'est la mémoire du village. Si elle n'a pas fêté ses cent ans, elle n'en est pas loin !

— Ça ne se voit pas ! Elle a encore bon pied bon œil et du répondant en plus.

Muriel s'assit et accepta la tasse de café que lui tendait le guide.

— En tout cas, reprit-elle, cette église est très... surprenante.

— Pourquoi ? demanda Michel.

— Je ne sais pas. On a l'impression d'être ailleurs...

Michel éclata de rire.

— Ne t'inquiète pas, dit-il à Malthus, elle est toujours comme ça.

— Remarque, répliqua ce dernier, elle n'a pas tout à fait tort. Ceux qui découvrent cette église pour la première fois sont toujours frappés par son originalité, elle n'a aucun rapport avec d'autres de la même époque. Elle a quelque chose de différent, c'est vrai...

— Pourquoi est-elle dédiée à sainte Engrâce ? interrogea Muriel.

— Je vais vous raconter l'histoire de sainte Engrâce qui vécut en 304 ap. J.-C. Elle était la fille d'un noble portugais promise à un comte de Roussillon. Passant à Saragosse pour le rejoindre, elle y apprit les persécutions dont étaient victimes les chrétiens. Comme elle avoua à son tour sa foi en Dieu, elle fut condamnée à être traînée attachée à la queue d'un cheval, puis déchiquetée par des ongles en fer. Malgré ces supplices elle résistait encore. On décida, pour en finir, de lui enfoncer un clou dans le front...

— C'est horrible ! s'exclama Muriel.

— Chochotte, ironisa Michel.

— Oh, en ce temps-là, ils ne prenaient pas de gants ! fit Malthus en se levant. Bon, ce n'est pas le tout. Je vais préparer le dîner.

Muriel lui proposa son aide.

— Non ! Non ! Profitez de la chaleur du feu... Je n'en ai pas pour longtemps.

Lorsqu'il se fut éloigné, Muriel se rapprocha de Michel.

— Alors, ça va ? demanda celui-ci.

— Oui... Enfin, je trouve que c'est un drôle d'endroit.

— Mais pourquoi donc ?

— Je t'en parlerai ce soir, en rentrant.

— C'est-à-dire... avec Malthus, on a pensé que ce serait sympa qu'on dorme là...

— Oh non ! se désola Muriel. Je n'ai rien à me mettre ! En plus je ne veux pas rester ici. J'ai besoin de retrouver la ville...

— Tu as la trouille, ou quoi ? chuchota-t-il.

— Eh bien oui, figure-toi ! Une panne inexplicable, des gens bizarres, une drôle d'ambiance... Ça suffit pour me ficher les jetons. Non, vraiment, je t'assure, je préfère quitter ce village.

— OK, dit Michel, visiblement déçu. On repartira tout à l'heure...

Malthus réapparut dans l'embrasure de la porte.

— C'est bon. Tout est prêt. Il n'y a plus qu'à mettre le couvert.

Ils dressèrent la table devant la cheminée. En attendant que les pommes de terre cuisent, ils entamèrent une bouteille de Madiran.

La conversation s'engagea sur leurs vies respectives. Michel évoqua ses problèmes de policier mis au rancart, Muriel ses difficultés de mère célibataire. Malthus, quant à lui, leur avoua son bonheur d'être à la fois seul dans la vie et isolé du monde...

— Mais maintenant que vous ne grimpez plus, il vous faut bien meubler vos journées ? s'enquit Muriel.

— Oh, ne croyez pas cela ! Je grimpe encore pas mal ! Enfin, moins que jadis, c'est vrai ! Disons que je me consacre davantage à la contemplation...

Tout en parlant, il plongea son regard dans celui de

Muriel. Soudain, celle-ci se détendit. Une sensation de sérénité l'envahit. C'était si apaisant qu'elle s'appuya contre le dossier du canapé, dévisageant toujours le guide. Indubitablement, songeait-elle, il possédait un réel magnétisme. Cela lui donnait envie de discuter avec lui, d'en savoir davantage sur sa vie. Elle pressentait aussi qu'il pourrait comprendre sa propre vision du monde, si différente des autres et en particulier de Michel.

— Tout à l'heure, vous évoquiez le sens de la vie, commença-t-elle. Est-ce que vous pouvez m'en dire plus ?

— Je crois que nous n'en sommes qu'aux balbutiements quant à la compréhension du monde qui nous entoure. C'est à la fois plus compliqué que ce que l'on croit communément, et en même temps très simple. Par exemple, je suis convaincu que l'échelle du temps sur laquelle nous vivons n'a rien à voir avec le temps réel.

— Oh là là ! s'exclama Michel. Tu dérailles ou quoi ? Si toi aussi tu t'y mets ! Je préférerais qu'on s'intéresse à la disparition du couple. Ce ne sont pas vos élucubrations qui vont les faire réapparaître !

— Qu'en sais-tu, d'abord ? ironisa Malthus en se levant. Toi, le flic, tu devrais savoir que les solutions sont souvent évidentes mais que l'on ne veut pas les voir...

— Dans ce cas, répliqua Michel en allumant une cigarette, donne-moi tout de suite la clé de cette disparition. Ça nous fera gagner du temps...

Malthus disparut dans une autre pièce sans répondre.

Tandis que Michel fumait, regardant le plafond constitué de grosses poutres anciennes, Muriel admirait la flambée. Le bois craquait et se disloquait en braises rougeoyantes. Parfois, une bûche s'effondrait, faisant jaillir des gerbes de flammèches luminescentes qui s'envolaient dans le conduit de cheminée.

Malthus rapporta le caquelon de fromage ainsi que les pommes de terre. Michel s'apprêtait à relancer la conversation sur le couple, quand Muriel commença d'expliquer au guide son travail sur le paranormal à l'université de Toulouse. Le guide parut très intéressé et l'écouta jusqu'au bout, sans l'interrompre.

— C'est passionnant, dit-il lorsqu'elle eut terminé. Vous devriez venir passer un peu de temps ici. Je suis certain que vous apprendriez beaucoup de choses sur ce vaste sujet.

— Pourquoi ?

— Je crois que c'est la seule région de France où il existe autant de spécialistes du paranormal. Rien que moi, qui ne suis pourtant pas versé là-dedans, j'en connais au moins trois ou quatre de réputation. À Arette par exemple, le père Cardec est un expert des écrits de Jean Sendy.

— Qui c'est encore celui-là ? demanda Michel.

— Un exégète de la Bible, expliqua Muriel. Il prétendait que la traduction de l'hébreu Eloïm dans les Saintes Écritures était erronée. Selon lui, il ne s'agissait pas de Dieu, au singulier, mais de dieux, au pluriel. Ce qui évidemment change tout et peut laisser supposer que la terre fut créée, colonisée en quelque sorte, par des extraterrestres venus à un moment de notre histoire initier les hommes au savoir... d'où le titre de son livre le plus célèbre, *Ces dieux qui firent le Ciel et la Terre...*

— Je vois, bougonna Michel.

— Mais tu ne vois rien du tout, plaisanta Muriel.

Se tournant vers Malthus, elle l'encouragea à continuer.

— À Tardets, reprit-il, habite Jean Leroy, un spécialiste des cathares... Là-haut, à la Pierre-Saint-Martin, un certain Ibanez Eygun est un passionné de soucoupes volantes... Sans compter un illuminé du nom de Melchior, un libraire de Pau très réputé, qui connaît parfaitement Nostradamus...Vous voyez, il y a de quoi faire !

— Eh bien dis donc ! s'exclama Michel, je ne te savais pas féru de telles idioties !

— N'oublie pas que je suis né ici et que je connais beaucoup de monde. D'ailleurs, tous les habitants sont au courant de leurs dadas.

— On peut les rencontrer ? demanda Muriel.

— Bien sûr...

— Ce serait sans doute intéressant, ironisa Michel, mais je ne vois pas en quoi cette jolie brochette de dingues pourra nous aider à résoudre notre problème.

— Écoute, répliqua Muriel. Je l'ignore également. Pourtant, je sens qu'il faut que je les rencontre et je le ferai.

Habilement, Malthus donna raison à Michel. Cette question relevait de lui et de la gendarmerie.

— Je te fais confiance pour mener rondement l'enquête. Tu sais que j'y tiens tout spécialement, j'appréciais vraiment Jules Conan.

Du même coup la tension entre Michel et Muriel retomba et la conversation continua sur d'autres sujets.

Il était 2 heures du matin quand Malthus proposa qu'ils se séparent. Il paraissait soudain nerveux, impatient de les voir partir. Surprise, Muriel mit cette précipitation sur le compte de la fatigue, légitime pour un homme de cet âge.

Alors que Malthus lui passait sa parka, elle remarqua une lueur d'inquiétude dans ses yeux. En quelques secondes, l'homme affable et gai lui semblait sombre à présent. Elle chercha le regard de Michel, espérant qu'il lui confirmerait son impression, mais celui-ci avait l'air détendu. Tandis qu'elle enfilait ses manches, elle nota que les mains de Malthus tremblaient légèrement. Puis, soudainement, elle éprouva la même sensation d'étouffement qui l'avait forcée à sortir quelques heures auparavant. C'était d'autant plus désagréable qu'elle se sentait épuisée et un peu ivre.

— J'ai été vraiment heureux de cette soirée, dit Malthus d'un ton enjoué, mais mécanique. J'espère que nous aurons l'occasion de nous revoir bientôt. Quoi qu'il en soit, tenez-moi au courant de vos recherches.

— Bien sûr, répondit Michel. Et puis, organisons un tour en montagne un de ces quatre !

— Pas de problème. Tu sais que je suis le gardien de ces lieux !

Cette déclaration, un brin solennelle, dérida Muriel. Elle serra alors la main du vieil homme qui la dévisagea d'une curieuse façon. Un peu comme s'il voyait en elle... ce qui la fit frémir, d'autant que ses doigts étaient glacés et son sourire figé. Éméché, Michel ne semblait s'apercevoir de rien. Il échangea une chaleureuse poignée de main avec Malthus et lui donna l'accolade. Lorsqu'ils sortirent, le guide leur adressa un dernier signe et referma aussitôt derrière eux.

La pluie avait cessé, cédant la place à un vent glacé et violent. Muriel s'engonça dans sa parka et supplia Michel de se dépêcher, ne rêvant plus que d'une douche chaude et de son lit à l'hôtel.

Alors qu'ils atteignaient leur véhicule, Muriel jeta un œil vers le ciel dégagé et éclairé par un croissant de lune très lumineux. Sous cette clarté lunaire, l'église se dressait au-dessus d'eux, gigantesque. Dès qu'ils furent dans la voiture, Muriel pressa Michel pour qu'il démarrât et mît le chauffage.

— Si tu veux de l'air froid, pas de problème !

— Je m'en fiche, roule !

Michel démarra en sifflotant et s'engagea sur la route en direction d'Oloron.

— Sympa, le bonhomme, hein ? dit-il.

Muriel ne répondit pas. En effet, à cet instant, ils croisèrent une dizaine de personnes, marchant en file indienne en direction de l'église.

— Mais, où vont-ils ? demanda Muriel.

— Je n'en sais rien ! répliqua Michel, soudain dégrisé. Une drôle d'heure et de lieu pour se balader...

Il ralentit. Ces femmes et ces hommes avançaient en regardant droit devant eux comme s'ils ne voyaient pas la voiture. À leur démarche mécanique on aurait cru des ectoplasmes sous influence. À la fin de la queue, Muriel aperçut la vieille qu'elle avait croisée dans l'église. Pareille aux autres, elle fixait un point imaginaire devant elle, indifférente à leur véhicule.

— Ils sont curieusement habillés. Tu ne trouves pas ? remarqua Muriel. On dirait qu'ils viennent d'une autre époque !

Une fois le groupe dépassé, Muriel les scruta à travers la vitre arrière. La nuit avait déjà tout effacé...

— Dis-moi que je n'ai pas rêvé ! s'exclama-t-elle.

— Non ! J'ai vu la même chose que toi. Il n'y a pas de quoi fouetter un chat, tu sais. C'était peut-être une procession religieuse pour fêter...

— Tu as raison ! le coupa-t-elle. D'ailleurs, c'est l'heure de la messe...

Michel garda le silence. C'était certes un peu bizarre, mais finalement, pas davantage que d'autres comportements humains considérés comme normaux. Et puis il ne voulait pas se tracasser. L'heure était aux souvenirs heureux après ces douces retrouvailles. De plus, il avait fait un excellent repas et ne songeait plus qu'à passer une bonne nuit... Si des gens prenaient du plaisir à se balader à 2 heures du matin par un temps glacial et en pleine montagne, c'était leur affaire !

Agacée par cette indifférence, Muriel tentait de juguler sa colère. Enfin quoi, lui qui prétendait être un flic d'exception, il n'avait rien trouvé d'étrange lors de cette soirée ! Ah, il pouvait parler de son flair infaillible, prétendre qu'il avait résolu des quantités d'affaires scabreuses ! À plusieurs reprises elle manqua lui dire ses quatre vérités. Mais bientôt, bercée par le ronronnement du moteur et le tangage de la voiture, elle finit par s'endormir, happée par ses rêves.

Le regard rivé sur l'asphalte, Michel reprenait lentement ses esprits, récapitulant sa soirée. Certains faits l'avaient troublé. La panne au bord de la route ainsi que la certitude d'avoir été observé par quelqu'un... Leur rencontre avec cet homme étrange dès leur arrivée à Sainte-

Engrâce, puis cette curieuse conversation avec la tenancière de l'auberge, si peu ragoûtante. Quant à Malthus, il semblait différent de celui qu'il avait connu naguère. Il l'avait trouvé beaucoup plus éthéré, et surtout préoccupé de sens, voire d'ésotérisme. Ses propos paraissaient assez obscurs, comme s'ils dissimulaient un autre sens, uniquement accessible à des initiés.

Toutefois, le plus troublant pour Michel était qu'ils n'avaient pas progressé d'un pouce au sujet de Jules et Claire. Bien qu'il l'eût sollicité pour enquêter, Malthus ne lui avait fourni aucune piste sérieuse, si ce n'est celle d'une chute en montagne... Plus il y réfléchissait, plus il avait l'impression d'être passé à côté de l'essentiel...

Il se tourna alors vers Muriel. Constatant qu'elle dormait, il n'eut pas le cœur de la réveiller et revint à son raisonnement solitaire. Il devait prendre des décisions, orienter sa recherche autrement, de manière plus rationnelle.

Dès le lendemain, il se rendrait à la gendarmerie pour en savoir davantage sur cette disparition, mais aussi sur toutes les autres. Il demanderait à visiter leur domicile. S'il ne s'agissait pas d'un acte volontaire, ce qui était envisageable, l'un comme l'autre avaient dû laisser des indices sur leur projet. Cette résolution, bien que banale, finit de le réveiller. Et, alors qu'il se garait devant leur hôtel, il se sentit tout à fait dispos ! Cela le mit en pétard. Il allait encore se payer une nuit d'insomnie comme il les détestait !

Quand il eut coupé le moteur, Muriel émergea de son sommeil.

— J'ai dormi comme une bûche ! admit-elle en s'étirant. Et toi ?

Michel éclata de rire.

— Heureusement non ! Sinon, tu ne serais pas là pour me poser la question.

— J'espère que tu as pu réfléchir !

— Et comment ! Ce petit périple de nuit, au travers

de forêts sombres et inquiétantes m'a été rudement profitable !

— J'imagine ! ironisa Muriel en sortant du véhicule. Je ne t'ai jamais vu aussi peu flic.

— Qu'est-ce que tu veux dire ?

— Que tu n'as rien vu de ce qui se passait autour de toi !

Michel la rattrapa alors qu'elle atteignait le perron de l'hôtel.

— Ce que tu racontes est tout à fait injuste. Certaines questions me préoccupent. Tu veux qu'on en parle ?

— Quoi ? Maintenant ? s'exclama-t-elle en ouvrant la porte. À 3 heures du matin dans un hôtel pourri de province ? Tu rêves ou quoi ? Je vais dormir et basta.

Alors qu'elle décrochait la clé de sa chambre, Michel s'approcha et la prit par la taille.

— Je n'ai aucune idée derrière la tête, si c'est ce que tu crois. Je veux juste faire le point. Comme ça demain, nous aurons les idées claires...

Muriel ne se défendit pas. Sentir le bras de Michel autour de sa taille lui faisait du bien. Elle se refusait à toute aventure depuis suffisamment longtemps pour qu'enfin elle se laissât aller. En même temps, l'angoisse de se tromper, de perdre son temps, de se leurrer la retenait toujours.

Après quelques secondes d'hésitation, elle se dégagea.

— Nous serons certainement plus efficaces devant nos cafés et croissants, conclut-elle. Je te propose demain 8 heures, dans la salle de restaurant.

Michel n'insista pas. Il lui sourit et lui souhaita bonne nuit avant de grimper l'escalier quatre à quatre.

4

La salle du restaurant était bondée quand Michel et Muriel s'y retrouvèrent le lendemain matin. Des clients, à moitié endormis, mangeaient d'un air absent, d'autres, plus gaillards, étaient plongés dans la lecture du journal. À une table, des fêtards parlaient haut et fort, vantant leurs exploits de la soirée précédente dans une boîte de nuit. Accoudés au bar, des ouvriers, visiblement habitués à se lever tôt, jacassaient bruyamment en patois mi-français, mi-béarnais.

Le couple choisit une table à l'écart, proche de la baie vitrée donnant sur la place. Il continuait de pleuvoir. Les passants marchaient d'un pas pressé, à moitié cachés sous leurs parapluies. À l'image du ciel gris et nuageux, les maisons entourant la place étaient sales et tristes.

— Je préférais les Cévennes, remarqua Muriel. Au moins il y faisait beau et chaud...

— À chaque région ses charmes.

— Je n'ai pas encore vu ceux du Béarn.

— Ça viendra, répliqua Michel en la regardant d'un air amusé. Cette région est comme une femme, elle se laisse désirer...

Muriel ne releva pas. Le serveur s'approcha et prit

leur commande très rapidement dans la mesure où il n'y avait guère le choix : croissants, pain, beurre, thé ou café !

— Alors grand flic ? commença Muriel. Quelles sont tes conclusions à propos de la soirée d'hier ? J'imagine que tu as passé une bonne partie de la nuit à y penser...

— Et à autre chose...

— Pour cela, je ne crois pas être la bonne interlocutrice.

— Pas encore...

Il lui fit alors part de ses réflexions de la veille. Effectivement, bien des choses lui avaient donné l'impression qu'il existait une vie autre, là-haut. Cela méritait donc d'être pris en compte dans leur analyse. Ce serait les contours du « paysage », comme il aimait en dresser un, chaque fois qu'il entamait une nouvelle affaire.

— Félicitations, railla Muriel, je vois que tu ne te laisses pas abuser...

À son tour, elle relata les sensations désagréables qu'elle avait éprouvées. En découvrant le cimetière et son curieux agencement, l'église sombre et hostile et la vieille si énigmatique. Sans compter le troublant comportement de Malthus, ses propos parfois sibyllins, la sensation d'oppression en sa présence, et pour finir cette surprenante procession de gens dans le village.

— Je ne sais pas ce que nous allons apprendre au cours de nos investigations, conclut-elle, mais je te fiche mon billet que la clé de tout réside dans ce village et nulle part ailleurs.

Michel approuva vaguement. Comme ils en avaient pris l'habitude, ils devaient à présent mener leur enquête selon leur propre sensibilité. Lui irait voir les flics, jetterait un coup d'œil dans leurs dossiers. Quant à elle, elle n'avait qu'à rendre visite à tous les « charlots » que Malthus avait cités.

Muriel n'y vit aucune objection, elle souhaitait seulement l'accompagner pour inspecter les appartements du couple. Elle en avait besoin pour mieux appréhender la personnalité des deux disparus.

Ce « plan de campagne » établi, selon l'expression de Michel, ils attaquèrent leur petit déjeuner et parlèrent d'autre chose. En particulier d'Andrew, le fils de Muriel, que celle-ci avait appelé avant de descendre.

— Comment va-t-il ? s'inquiéta Michel. Souffre-t-il toujours de l'absence de son père ?

— Oui, bien sûr. À part cela, il est comme les autres enfants. Plutôt gai, pas plus capricieux qu'un autre et je le sens très proche de moi. Il n'empêche que c'est parfois lourd et que j'aimerais bien que son père fasse un effort... Enfin, on ne change pas un égoïste congénital.

— Il n'a peut-être pas tous les torts ? hasarda Michel. C'est souvent facile pour vous, les femmes, de vous défausser de vos responsabilités en chargeant les hommes... Il y a d'ailleurs quelque chose de fascinant à vous entendre. Ce sont toujours les hommes qui sont égoïstes comme si vous étiez des modèles de désintéressement et de générosité...

Muriel ricana.

— Tu t'entendrais bien avec lui, je crois... Nous ne sommes des modèles en rien, mais dans les situations difficiles, en l'espèce, assumer un enfant pour moitié, ce qui semble normal après une vie de couple, ce sont souvent les hommes qui se tirent et les femmes qui assurent.

— Tu as en partie raison, concéda Michel, cependant je crois que c'est de moins en moins vrai. Je lis souvent que les hommes revendiquent leur paternité, toutefois ils se heurtent au droit qui donne toujours l'avantage à la femme...

— Soit ! Mais je ne n'essaie pas d'avoir une vue générale sur la question. Je suis dans cette situation et je m'efforce de m'en sortir le mieux possible en assurant à Andrew une vie équilibrée.

Sentant que Muriel était au bord de l'emportement, Michel se fit rassurant.

— Je suis certain que tu es une excellente mère. Peut-être qu'avec le temps ton bonhomme le comprendra et reviendra à de meilleurs sentiments...

— J'en doute... C'est déjà difficile quand on habite à deux pas l'un de l'autre, alors quand un océan vous sépare...

Se redressant sur son siège, elle coupa court à la conversation en demandant une cigarette à Michel.

— Tu n'es pas psy, conclut-elle, et moi je n'aime pas me plaindre...

Michel n'insista pas. Souriant, il lui prit la main. Elle lui rendit son sourire et se leva.

— Allez, flic de mes deux ! Il est temps de jouer à qui cherche trouve ! Moi, je vais voir Cardec à Arette...

— Tu ne le préviens pas ?

— Non ! Un enquêteur m'a appris qu'il fallait surprendre les gens...

À Oloron, la gendarmerie se situait à la sortie de la ville. La caserne, datant des années 70, avait l'aspect grisâtre et peu accueillant de la plupart des bâtiments administratifs de cette époque.

Michel se présenta à la réception. Après avoir argué de sa qualité d'inspecteur de la PJ parisienne, il demanda le capitaine. Il lui sembla percevoir un certain dédain dans le regard de son interlocuteur, ce qui ne l'étonna pas. Malgré les déclarations des politiques, la rivalité entre les deux corps demeurait assez vive.

Comme on le faisait patienter, il s'assit sur l'une des chaises en skaï réservées aux visiteurs. Des prospectus vantant la gendarmerie étaient étalés en désordre, sur une table basse. Pour tuer le temps, Michel les parcourut, songeant à la façon dont il aurait réagi à leur lecture à l'âge de vingt ans. Aurait-il plongé dans cet univers ? Probablement non. La gendarmerie évoquait trop la province qu'il exécrait.

Un quart d'heure plus tard, un gendarme vint le chercher et l'introduisit dans le bureau du capitaine Massard, une vaste pièce, assez lumineuse, arrangée de manière très conventionnelle et sans décoration. Il s'assit, cherchant des yeux un cendrier. N'en voyant pas, il attendit, impatient de découvrir son interlocuteur. Une rencontre avec un inconnu était comme une pièce de théâtre. Chacun allait jouer pendant la durée de l'entretien. La porte s'ouvrit brusquement, livrant passage à un grand gaillard, à l'allure dégingandée. Sa calvitie faisant des ravages, il avait opté pour une coupe parachutiste qui lui allait plutôt bien. Sa poignée de main était franche et vigoureuse mais son sourire avait l'air forcé ce qui le rendait *a priori* antipathique.

— Alors inspecteur ? commença-t-il avec un fort accent rocailleux. Quel bon vent vous amène dans notre Béarn ? Je ne crois pas avoir été prévenu de votre visite ?

— C'est exact. J'ai été rapidement embarqué dans l'affaire qui nous intéresse et je n'ai pas eu le temps de vous téléphoner.

— Mon dieu ! Qu'y a-t-il donc de si urgent qui mérite la venue précipitée d'un OPJ parisien chez nous ?

— La disparition de Jules Conan et de Claire Demaille.

— Ah ? s'étonna l'officier. Ils font partie des RG, du contre-espionnage pour mériter une telle attention ?

— Non ! Ils sont simplement les amis de quelqu'un qui m'est proche et qui m'a demandé de venir...

— Faire le travail à notre place !

Michel, ne voulant pas froisser son interlocuteur, expliqua le type d'enquête sur lequel il intervenait. Il restitua également le contexte ésotérique, ce qui amusa Massard.

— À croire que la police judiciaire n'a rien à faire pour accorder un tel crédit à des élucubrations de ce genre.

— Vous savez, plaida Michel, je n'y crois pas non

plus. Pourtant dans certains cas c'est le point de départ pour découvrir des motivations plus banales et sordides.

Pour mettre en confiance l'officier, il lui raconta alors quelques-unes de ses investigations dont le point de départ était ancré dans le paranormal. Quand il eut terminé, Massard le considéra avec une lueur d'ironie dans le regard.

— Je ne conteste pas l'intérêt de votre travail, mais rien ne justifie que vous vous immisciez dans cette affaire, sauf si mes supérieurs me l'ordonnent, bien entendu. Tout ce que vous me dites à propos de ce trésor des Maures, des ufologues et autres adeptes de Nostradamus, nous sommes au courant. C'est d'ailleurs notre lot quotidien. Vous n'imaginez pas le nombre de gens qui croient avoir aperçu des soucoupes volantes ou encore avoir été témoins de je ne sais quelle manifestation étrange dans nos montagnes, vous seriez étonné. Cela tient à la nature humaine. Quoi qu'il en soit, je ne vois toujours pas ce que votre contribution pourrait nous apporter d'utile dans le cas présent.

Embarrassé par la résistance de son interlocuteur, Michel cherchait un argument susceptible de le convaincre. En désespoir de cause, et persuadé qu'il ne pourrait travailler sans la gendarmerie locale, il feignit d'abdiquer.

— Je n'insisterais pas, capitaine. Je comprends votre réticence à laisser un officier de la PJ s'immiscer dans votre secteur. Je vais dire à mon ami que ce n'est pas possible...

— De qui s'agit-il, au fait ?

— D'un guide de Sainte-Engrâce, Malthus. Il m'a initié à la montagne il y a très longtemps.

— Malthus ? Alors, c'est différent. Vous avez de la chance. Je le connais et il m'a rendu plus d'un service, en particulier lors d'enquêtes en liaison avec l'Espagne, si vous voyez ce que je veux dire. Ses amis sont également les miens.

Michel se détendit. Il se demandait cependant pourquoi Malthus ne lui avait pas parlé de Massard. Cela aurait été plus facile...

— Vous êtes donc disposé à m'aider ? demanda-t-il.

— Autant que vous le serez à notre égard.

— C'est acquis d'avance...

— Dans ces conditions, je vais vous mettre en liaison avec le brigadier Olivier Seignolles, en charge du dossier. Vous verrez avec lui...

Joignant le geste à la parole, il décrocha son téléphone.

Quelques secondes plus tard, un jeune gendarme à l'allure sportive pénétra dans le bureau. Tandis que Massard lui expliquait ce qu'il attendait de lui, Michel l'observait. Ce type lui plaisait. Jeune, souriant et apparemment intelligent, il se dégageait de son physique une force sereine, rassurante. Seignolles se tourna alors vers l'inspecteur et lui tendit la main en se présentant.

— Olivier Seignolles, brigadier. À votre disposition. Si vous voulez bien me suivre...

Michel lui emboîta le pas après avoir remercié Massard qui lui lança un dernier regard ironique.

Le bureau de Seignolles paraissait exigu. Tous les murs étaient cachés par de grandes armoires en ferraille kaki. Une montagne de papiers et de rapports, au milieu de laquelle trônait un portable allumé, envahissait la table. À la vue de ce capharnaüm, on devinait quelqu'un d'indépendant, d'hyperactif et sans doute peu méthodique. Cependant, Michel évita de porter un jugement trop hâtif. D'expérience, il savait qu'on pouvait être bordélique et organisé...

À nouveau, il raconta l'objet de sa venue et exposa les quelques éléments dont il disposait. Puis, il conclut en soulignant qu'il ne s'intéressait que vaguement à l'aspect ésotérique de l'affaire. Il lui importait surtout de connaître la personnalité des disparus, leur passé, et le maximum de détails sur leurs vies respectives. Bref du concret qui lui permettrait d'avancer !

Seignolles se carra dans son fauteuil et étendit les jambes avant de répondre.

— Je vais vous décevoir, inspecteur...

— Appelez-moi Michel...

— Michel... Mais nous ne connaissons pas grand-chose sur eux. L'enquête vient seulement de commencer. Jules Conan était médecin à Oloron et Claire Demaille, sa petite amie, prof de philo à Pau. *A priori* c'était un couple sans histoire, jouissant d'une bonne réputation. Jules était connu comme un docteur hors pair. Quant à la fille, elle était appréciée, aussi bien de ses collègues que de ses élèves. Enfin, selon les parents et les familiers que j'ai interrogés, ils devaient se marier prochainement...

— Donc, rien d'anormal !

— Rien ! Des vies transparentes...

Michel sourit.

— Ça ne vous étonne pas ? demanda Michel.

— Pas plus que ça... Il y a suffisamment de dingues en tous genres pour qu'on ne vienne pas s'inquiéter quand on a affaire à des gens normaux.

— C'est vrai, admit Michel, mais enfin, aucune vie n'est limpide à ce point... Le plus grand des saints a quelque chose à cacher. Un mystère, un secret... Voire pire... *A priori* je n'aime pas cette entrée en matière. Plus c'est simple, plus j'ai l'impression que cela dissimule quelque chose d'inavouable.

Seignolles haussa les épaules.

— Pour ma part, je suis persuadé que des gens peuvent ne rien avoir à dissimuler.

— Vous avez fouillé leurs appartements ?

— Bien sûr... Nous n'y avons rien découvert de bizarre. Excepté des livres indiquant que l'un et l'autre étaient passionnés par l'irrationnel. Enfin bon... Ce ne sont pas les seuls.

— C'est vrai... À ce propos, avez-vous trouvé quelque chose concernant le trésor des Maures ?

— Le trésor de quoi ?

Au fur et à mesure que Michel lui donnait des explications, Seignolles affichait un sourire de plus en plus épanoui. À la fin, il riait franchement.

— Quelle belle histoire ! Mais je ne comprends pas en quoi elle nous intéresse ici ! Pour moi, ce sont deux passionnés de montagne qui se sont probablement écrasés au fond d'un ravin ou dans un gouffre. En tout cas, je n'ai pas de raisons de penser à autre chose.

— Et s'il s'agissait d'un acte volontaire ?

— Pour quelle raison auraient-ils voulu disparaître ? Ils étaient heureux, promis à un bel avenir, s'entendaient bien avec leurs familles respectives... Non ! Je n'ai à aucun moment envisagé qu'ils aient voulu se faire la malle ! D'autant plus qu'en abandonnant leur voiture aux gorges de Kakouetta, je ne vois pas trop où ils auraient voulu se rendre !

Michel opina avant de se lever.

— Pourriez-vous me laisser visiter leurs appartements ? Avec vous, bien entendu.

— Je n'y vois aucune objection. Pour Claire, c'est son concierge qui a les clés. Quant à celles de Jules vous les trouverez au restaurant du village. Je vais les prévenir de votre venue.

Michel l'avertit qu'il s'y rendrait avec Muriel ; il la présenta comme une stagiaire de la police. Seignolles accepta puis, ramassant un dossier, le tendit à Michel.

— Voici tout ce dont je dispose. Rapports d'interrogatoire, visites aux uns et aux autres, fouilles des appartements... Bref, tout y est... Lisez-le. Peut-être y découvrirez-vous quelque chose que je n'ai pas vu ?

Michel le remercia et s'en alla, refusant que Seignolles le raccompagne jusqu'à la sortie.

De retour à l'hôtel, après avoir emprunté les quais bordant le gave, il remâchait sa déception. Dans cette affaire, il ne pouvait se raccrocher à rien. En attendant le retour de Muriel, il décida alors de se plonger dans l'étude du dossier.

Arrivée à Arette, peu avant 10 heures, Muriel se rendit directement au même hôtel que la veille pour y prendre un café mais surtout afin d'obtenir quelques informations préalables sur Cardec. La salle vide, la patronne absente, elle s'installa, songeant à la manière dont elle allait interroger ce soi-disant curé, émule de Jean Sendy.

Dans son livre, *Ces dieux qui firent le Ciel et la Terre*, ce dernier prétendait que les dieux en question étaient des extraterrestres. C'était le seul lien que Muriel pouvait établir entre Cardec, les ufologues, si nombreux dans cette région, et ceux qui pensaient que le trésor des Maures existait, celui-ci étant en fait la clé du Savoir...

Interrompue dans ses réflexions par l'arrivée de la patronne, celle-ci marqua un temps d'arrêt lorsqu'elle reconnut Muriel.

— Vous revoilà ! Toujours à la recherche de ce fameux trésor ? demanda-t-elle en se rapprochant de la table.

— Pas précisément, je souhaiterais rencontrer le père Cardec...

La femme haussa les épaules.

— Cardec ? Il est curé comme moi je suis bonne sœur ! Un illuminé oui ! Il se fait appeler père pour en imposer, mais en fait c'est un charlatan. Enfin, vous verrez par vous-même ! Vous voulez boire quelque chose, ou vous êtes venue ici pour un renseignement ?

— Les deux, répliqua Muriel. J'aimerais bien un café et savoir où habite ce Cardec.

— Je vais d'abord préparer votre petit jus, répondit la femme en rejoignant le comptoir.

Muriel, en la regardant faire, lui trouva un comportement étrange. Tournant sans arrêt la tête vers la porte adjacente au bar, elle semblait sur le qui-vive. Comme si quelqu'un la surveillait. Son attitude était d'autant plus troublante que l'issue était close.

Muriel tenta de discerner un œil, ou un trou quelconque permettant de voir dans la salle. Elle était beaucoup trop loin pour s'en assurer. Quelques minutes plus tard, la femme revint avec deux tasses et s'assit d'autorité en face de Muriel. Celle-ci ne broncha pas. Elle devait avoir envie de parler. Effectivement, après avoir jeté un œil à gauche et à droite, elle se rapprocha.

— Je sais des choses, chuchota-t-elle.

— Quoi ? s'enquit Muriel, à voix basse.

— Je ne peux pas parler ici... C'est trop risqué...

— Je vous en prie...

L'hôtelière regarda à nouveau vers la porte puis s'exprima très vite :

— Ils sont plusieurs... Je suis certaine que ce sont des extraterrestres. En tout cas, ils ne sont pas comme nous...

Soudain, elle s'interrompit, l'air affolé.

— C'est-à-dire ? demanda Muriel.

— Plus tard...

Comprenant qu'elle ne parlerait plus, Muriel reprit :

— Comment puis-je faire pour rencontrer Cardec ?

— Il habite à côté de l'office de tourisme. Il y a une plaque sur sa porte.

Au bruit étouffé venant de l'arrière-salle, la femme se redressa et continua à voix haute :

— Pour aller à Oloron c'est très simple : vous prenez à gauche puis tout droit...

Face à l'angoisse de son interlocutrice, Muriel joua le jeu. Elle la remercia à voix haute, puis demanda combien elle devait.

— Six francs...

Son regard plongé dans celui de Muriel, l'hôtelière enchaîna en chuchotant :

— Rendez-vous demain midi à la cathédrale Sainte-Marie à Oloron...

Sur ces mots, elle se leva et, ramassant sa tasse, ajouta :

— Continuez votre enquête... Il le faut. Mais faites attention ! Très attention...

Muriel se leva à son tour et gagna la sortie, perplexe. Elle ne comprenait pas ce qui pouvait inquiéter cette femme à ce point.

— Merci de votre aide, dit-elle. Comme vous me l'avez conseillé, j'irai visiter l'église Sainte-Croix.

La femme lui sourit. Son regard exprimait tant de frayeur et de tristesse que Muriel eut pitié d'elle.

Une fois dans la rue, elle huma l'air frais et humide. La pluie avait cessé de tomber. Cependant, à voir le ciel chargé de nuages bas, ce n'était sans doute qu'une accalmie. Frileuse, elle remonta le col de sa parka et se dirigea vers l'office de tourisme. Autour d'elle, aucune trace du séisme de 1967 n'était décelable.

Après avoir suivi une ruelle, elle déboucha sur une place, face à un bâtiment ancien et en bon état. Sans doute l'un des rares ayant résisté au tremblement de terre. Elle en fit le tour et aperçut la plaque de Cardec, à l'entrée d'une maison individuelle, enchâssée entre de petits immeubles.

Muriel leva les yeux vers les fenêtres où il lui sembla voir un rideau bouger. Sans doute était-ce le fruit de son imagination ? Elle gravit les quelques marches menant au perron et tira sur une poignée. La sonnette retentit, lointaine. Comme personne ne venait, elle recommença et observa les immeubles entourant la place.

D'une architecture banale, aux façades aussi grises que le temps, ils respiraient cette même tristesse qu'on retrouve dans les petites villes de province.

Elle s'imaginait que certains habitants, inoccupés, devaient l'observer quand la porte s'ouvrit sur un grand échalas. Tout de noir vêtu, le genre gourou, avec des cheveux très longs retenus par un catogan, il portait une grande croix en bronze, en évidence sur la poitrine.

Muriel éprouva une antipathie immédiate à son égard. Son sourire, plein de fausseté, découvrait des dents brunies par l'excès de tabac. Quant à son physique, disgracieux, il la révulsait carrément. Seul son regard, ressemblant de façon troublante à celui de Malthus, était intéressant. Bien qu'il exprimât de l'agressivité, il témoignait d'une vive intelligence.

— Oui ? demanda-t-il.

Surprise par cette entrée en matière, peu amène, Muriel improvisa :

— Bonjour, je suis journaliste à Toulouse et je mène une enquête sur les voyants de la région...

— Qui vous a dit que je le suis ?

— Je ne sais plus exactement. Votre réputation n'est plus à faire...

Apparemment vaniteux, le bonhomme hésitait. Il considéra Muriel de la tête aux pieds, la déshabillant du regard. Enfin, d'un hochement de tête, il l'invita à entrer après avoir jeté un regard alentour.

Muriel le suivit le long d'un couloir étroit, peu éclairé et bordé de bibliothèques regorgeant de livres. Discernant quelques titres ici et là, elle comprit qu'il s'agissait pour la plupart d'ouvrages traitant d'ésotérisme. Le froid polaire régnant dans la maison la surprit ainsi que l'odeur d'encens, tenace, vaguement écœurante qui flottait dans l'air.

Ils débouchèrent dans une pièce sombre, éclairée par des bougies. De lourds rideaux en velours rouge masquaient en partie une fenêtre aux volets clos. Cardec s'assit à l'unique table, trônant au milieu de cet espace confiné, et invita Muriel à y prendre place face à lui.

Le plateau était recouvert d'un épais tapis sur lequel étaient disposés plusieurs jeux de cartes, une boule de cristal et un pendule.

Vaguement impressionnée, mal à l'aise, Muriel sourit.

— Que voulez-vous que je vous révèle ? lui demanda-t-il tout de go, son regard planté dans le sien.

— Euh... Je suis très intéressée par les interprétations

inédites que l'on peut avoir sur l'origine de notre monde. Or, j'ai entendu dire que vous vous passionniez pour les ouvrages de Jean Sendy. Voire, que vous étiez l'un de ses disciples...

— Eh bien ! Vous en savez des choses sur moi. J'aimerais en connaître autant sur vous.

— Je vous en prie. Posez-moi les questions que vous souhaitez, je vous répondrai.

Il éclata de rire.

— Je n'ai pas besoin de vous interroger. Il suffit que vous tiriez des cartes...

— Je... Combien cela va-t-il me coûter ? s'inquiéta Muriel qui cherchait une échappatoire.

— Rien. Mais c'est la condition pour que nous ayons une conversation. Je ne parle qu'avec des gens en qui j'ai confiance.

Muriel piocha quelques cartes. Son choix terminé, il les retourna et les considéra en silence.

Certaine qu'il s'agissait d'une mise en scène, Muriel regarda autour d'elle. Des icônes et des tableaux représentant des saints étaient accrochés au mur, de même que des photos de montagne ressemblant à s'y méprendre à celles de Malthus. Ce détail l'intrigua. Comme s'il témoignait d'un lien inattendu entre son interlocuteur et le guide. Elle examina également trois représentations de croix, difficiles à détailler à cause de la lumière dansante des bougies.

Soudain, il se mit à parler.

— Je vois que vous êtes séparée d'un homme... Il habite très loin... Vous avez également un enfant qui vit avec vous...

Au fur et à mesure qu'il s'exprimait, Muriel blêmissait.

— Ce que vous ne comprenez pas vous inquiète, n'est-ce pas ? Comment dire ? Bien que scientifique, vous êtes attirée par le spirituel. Cependant, vous souffrez de la solitude, de l'impossibilité de partager vos sentiments et vos émotions. Je devine la présence d'un homme, proche de vous. Mais vous avez peur...

— Comment savez-vous tout cela ? s'exclama Muriel, soudain paniquée.

Il ricana, sans la regarder.

— C'est mon métier. Et je tiens à vous convaincre de mon talent. Si un journaliste vient chez moi, je veux qu'il soit certain de ne pas se trouver face à un charlatan.

— Ça ira comme ça ! répliqua Muriel, je vous crois et...

— Permettez-moi de terminer, l'interrompit-il en lui prenant la main d'autorité et en la retournant paume en l'air. Vos lignes confirment tout. Oh, mais il semble que vous soyez aussi très intrépide. C'est même l'un des traits de votre caractère les plus marqués. Méfiez-vous ! Cette intrépidité peut vous être dommageable. Faites attention de ne pas franchir les limites...

— Comment cela ? demanda Muriel qui éprouvait une furieuse envie de dégager sa main.

— Je l'ignore... Peut-être qu'en tant que journaliste vous avez une fâcheuse tendance à vous immiscer dans la vie des autres et à leur déplaire ? Je me trompe ?

Plongeant son regard dans celui de Muriel, il lâcha sa main.

— Est-ce que je me trompe ? répéta-t-il, un sourire aux lèvres déformé par la lueur dansante des bougies.

— Cela peut arriver, ânonna-t-elle, prête à s'enfuir.

— Dans ce cas, maîtrisez votre curiosité. Vous verrez, votre vie s'améliorera.

Muriel, suffisamment maîtresse d'elle-même, comprit qu'il s'agissait d'une mise en garde. Ces mots n'avaient pas été prononcés par hasard. Il les avait proférés telle une menace ! S'il voulait l'agresser, elle n'aurait aucune chance...

Soudain, il se leva et s'étira. Sa taille devint gigantesque à cause du jeu d'ombres et de lumières.

— Ne vous inquiétez pas, dit-il. J'ai besoin de me

détendre après chaque exercice de voyance. C'est épuisant.

Il se rassit et enchaîna :

— Alors ? Que voulez-vous apprendre à mon sujet ?

Sortant stylo et papier de son sac pour donner de la crédibilité à son personnage, Muriel répondit :

— Euh... Je serais heureuse de découvrir d'où vient votre talent et...

Il dressa la main, un brin théâtral.

— Je suis un initié, mademoiselle...

— Soit ! Mais alors que connaissez-vous qu'une profane comme moi ignore ?

— Croyez-vous justement que je puisse tout révéler à une profane ?

— Mais au moins donnez à nos lecteurs...

— Au fait ? la coupa-t-il. Vous ne m'avez pas dit pour quel journal vous travaillez.

Muriel cita le journal régional de Toulouse dont le rédacteur en chef était l'un de ses amis.

— Je vois... Eh bien, pour vos lecteurs, insista-t-il, je vais lever un coin du voile. Dire ce que les hommes peuvent et doivent savoir. À eux, ensuite, de faire l'autre partie du chemin. Vous êtes au courant, comme moi, que des OVNIS vont et viennent sans cesse dans notre ciel. Je vous passerai la longue litanie de faits avérés prouvant leur existence. Einstein, lui-même, prétendait que ces soucoupes volantes sont pilotées par un peuple ayant quitté la terre il y a des milliers d'années. Et qu'il revient ainsi en pèlerinage aux sources...

— D'après vous...

— Ne m'interrompez pas. Tout ce qui sera utile à la rédaction de votre article sera contenu dans mes propos. Donc, ces hommes reviennent, mais cherchent à nous éviter. Pourquoi, justement, ne veulent-ils pas entrer en contact avec nous ? Tout simplement, mademoiselle, parce que notre terre a connu le déluge du feu et de la guerre ! Oui ! Une sorte de fin du monde provoquée par une race supérieure qui vivait ici, il y a des dizaines de milliers d'années. Ce peuple, et c'est attesté par des textes hindous très anciens, connaissait la bombe atomique et surtout la manière de faire voler des engins... Pour des raisons que nous ignorons, un conflit majeur a débouché sur la destruction d'une grande partie des populations d'alors... Après cette catastrophe, les survivants dégénérés tâchèrent de se fixer là où ils avaient une chance de survie pour que notre race ne s'éteigne pas tout à fait. Ils le firent dans les régions de notre globe les moins touchées, l'Inde et l'Amérique du Sud. Cependant en 3113 av. J.-C., les rescapés appartenant à la race supérieure décidèrent d'émigrer vers le cosmos dans des vaisseaux spatiaux qui avaient réchappé au conflit. Ils souhaitaient rejoindre d'autres planètes, plus hospitalières, afin de préserver leur savoir, estimant sans doute que ceux qui resteraient pourraient évoluer sans leur aide.

— Comment pouvez-vous dater ce départ aussi précisément ? demanda Muriel, au bord du fou rire.

— C'est une date maya le « 4 ahau 8 cumhu ». Mais je vous en prie, ne me coupez plus ! ajouta-t-il d'un ton autoritaire. Cela nous amène à la tradition des Neuf Supérieurs Inconnus apparue aux Indes en 273 av. J.-C. et répandue par l'empereur Asoka, petit-fils de Chandragupta, le premier unificateur de l'Inde. Écœuré par la guerre qu'il venait de mener contre les Kalingalais qui avait fait plus de cent mille morts, il déclara que la vraie conquête était celle du cœur des hommes grâce à l'exercice du devoir et de la bonté. Aussi décida-t-il de leur interdire l'usage de l'intelligence à des fins mauvaises. Pour cela, il réunit huit sages afin d'occulter la connaissance aux hommes, et il constitua une société secrète.

— Celle-ci existe-t-elle toujours aujourd'hui ? demanda Muriel.

Ignorant la question, Cardec reprit :

— En fait, ces sages et Asoka, en liaison avec les maîtres cosmiques déjà partis vers d'autres planètes, possédaient un savoir immense dans toutes les disciplines liées à l'entendement. Leurs secrets sont demeurés inconnus, sauf peut-être pour quelques initiés...

— Dont vous êtes ?

À nouveau, Cardec ne répondit pas et continua son récit :

— Parmi eux, il y eut par exemple Sylvestre II, connu sous le nom de Gerbert d'Aurillac qui mourut en 920 après avoir inventé les orgues à vapeur, l'horloge, ainsi qu'un système permettant de décrire le mouvement des planètes, et des règles de calcul de nombres entiers et fractionnaires. Une formidable intelligence dont l'essentiel du travail demeure enfoui dans la bibliothèque du Vatican...

— Excusez-moi d'insister, mais cette société de neuf sages existe-t-elle encore ?

— Je ne sais pas... Peut-être... En tout cas...

Soudain, le téléphone sonna dans une pièce voisine. S'excusant, Cardec se leva et disparut. Muriel en profita pour se détendre. Prendre des notes sur un sujet aussi abscons l'avait complètement épuisée.

Lorsqu'il revint, Cardec paraissait soucieux.

— Pardonnez-moi, dit-il avec précipitation, mais j'ai un rendez-vous urgent. Repassez un autre jour si vous voulez. Je vous raconterai le reste de cette fabuleuse histoire...

Heureuse de se retrouver bientôt à l'air libre, Muriel le suivit. Cardec la regarda avec insistance, retenant sa main dans la sienne, avant de claquer la porte derrière elle.

Muriel respira profondément. Un mal de tête lancinant commençait à la faire souffrir. Rien d'étonnant, songea-t-elle, après avoir écouté un tel salmigondis, n'importe qui serait dans mon état ! Incapable de mener à bien une réflexion, elle gagna alors sa voiture et prit la direction d'Oloron.

5

Michel n'avait pas bougé de sa chambre d'hôtel depuis son retour de la gendarmerie. Il étudiait avec minutie le dossier remis par Seignolles, lisant et relisant les divers rapports. Il cherchait à découvrir un indice, une contradiction quelconque à laquelle se raccrocher. Mais il avait beau faire, tout paraissait limpide !

La disparition avait été signalée par les parents de Jules après qu'ils se furent étonnés de ne le voir ni à son cabinet, ni chez lui. Puis, ils avaient prévenu ceux de Claire qui s'étaient associés à la plainte. La gendarmerie avait aussitôt entamé les recherches, avertissant tous les services de police de la région.

Le lendemain, grâce au signalement de la voiture abandonnée sur le parking des gorges de Kakouetta, ils avaient supposé que les deux jeunes gens étaient partis en balade et avaient ainsi dirigé leurs investigations dans les montagnes environnantes. Plusieurs appelés d'un régiment de chasseurs alpins avaient été mobilisés avec l'appui d'un hélicoptère de la sécurité civile, afin de repérer plus facilement les disparus. La réquisition des forces avait duré trois jours, jusqu'à ce que l'hypothèse d'un accident fût devenue une certitude, puis tout avait été arrêté.

Depuis, la gendarmerie d'Oloron continuait ses explorations, mais sans trop d'efforts. La voiture ayant été retrouvée à Kakouetta, on savait qu'ils étaient partis en montagne et on pensait peu probable de les retrouver un jour.

Abruti par sa lecture prolongée et agacé de faire chou blanc, Michel s'allongea sur le lit et fit le vide dans sa tête. Chaque fois qu'il se retrouvait dans une impasse, il appliquait la technique héritée d'un professeur de yoga, bien des années auparavant. Il libérait ainsi son inconscient et laissait l'essentiel s'imposer.

Écoutant le silence, il finit par ne plus penser à son dossier, et de fil en aiguille, il se retrouva à Paris, s'interrogeant sur la péniche où il habitait. Allait-il la revendre ou au contraire entreprendre des travaux d'amélioration ? Il n'en savait fichtre rien. En revanche, il sentait qu'il voulait changer de vie. Ne plus être balancé, seul, au fil de l'eau. Au fond, ce n'était pas tant la péniche qui était en question, mais son avenir. Depuis quelques mois, il avait l'impression de faire du surplace. Le même boulot, la même solitude, les mêmes amis et lieux de divertissement... Bref, de quoi lui ficher le bourdon, lui qui avait toujours aimé bouger et changer.

Soudain, il se redressa. Une évidence venait de lui traverser l'esprit : ce dossier était trop parfait, trop lisse, comme sa vie justement ! Il y manquait cette part d'imperfection qui prouvait qu'on s'était intéressé à l'affaire ! Tout y était, et pourtant rien n'y était !

À nouveau motivé, il commanda un double café à la réception. Une nécessité pour se remettre au travail.

Il se tint à la fenêtre en attendant le serveur. La pluie tombait encore. Les gens marchaient courbés sous leurs parapluies, tandis que les voitures roulaient au pas, lanternes allumées. Ce spectacle lui sapa le moral. Il n'était pas un enfant du soleil, mais tout de même !

Quelques coups frappés à la porte le sortirent de sa réflexion. Il alla ouvrir. Découvrant une ravissante soubrette qu'il n'avait pas encore croisée dans l'hôtel, son naturel dragueur reprit le dessus. Il lui décocha un large sourire et il lui demanda, stupidement, si elle était de la région. Elle acquiesça, précisant qu'elle venait d'Arette, le patelin détruit par le tremblement de terre. Soudain intéressé, Michel voulut savoir si elle connaissait le père Cardec chez qui Muriel devait se trouver en ce moment. La jeune fille rigola.

— Le fou qui fait le voyant ? Qui ne le connaît pas ! Les gens n'arrêtent pas d'aller le consulter !

— Et alors ?

La serveuse haussa les épaules.

— On croit ce qu'il dit. Évidemment !

— Et vous, non ?

— Tous ces dingues, je m'en tape ! Je sais à l'avance ce qu'ils vont dire ! Qu'on va rencontrer l'homme de sa vie, avoir beaucoup d'enfants et être riche !

— Il vaut mieux entendre ça que l'inverse !

— C'est sûr ! Mais je n'ai pas besoin d'eux pour l'espérer !

Sur ces mots, elle se retira. Mais Michel surprit son dernier regard. Insistant... Comme si elle avait voulu photographier sa chambre. Oubliant la gamine, il s'assit sur le lit et, sa tasse chaude entre les mains, reprit son raisonnement. Au fond, se dit-il, c'était comme si ce dossier était destiné à donner le change ! Pour s'en convaincre, il le feuilleta à nouveau, ignorant les rapports de police. Il voulait d'abord isoler les noms des témoins et retourner les voir. Peut-être recueillerait-il alors des réponses plus utiles ?

Les parents, les voisins de palier et quelques collègues de l'un et de l'autre avaient été interrogés. À cela s'ajoutait le témoignage d'un représentant de commerce de Pau qui les avait aperçus, quittant le parking où lui-même stationnait pour admirer le paysage. L'inspecteur relut les déclarations des uns et des autres, sans plus de succès qu'auparavant. Tout était limpide. Sur les plans personnel et professionnel, les deux disparus étaient irréprochables. Ils étaient amoureux et heureux. Allaient se marier prochainement, etc.

Agacé, Michel referma le dossier. Qu'importait ! Il mènerait sa propre enquête sans rien en dire à Seignolles, en tout cas dans l'immédiat. Là-dessus, il alluma la télévision et il s'endormit quelques images plus tard.

Après un passage par Pau où elle avait fait quelques courses, Muriel arriva à l'hôtel vers 16 heures, sous une pluie battante. Fatiguée par la route, elle se rendit au bar, commanda un café et appela Michel. Au ton de sa voix, elle comprit qu'elle venait de le réveiller.

— Je te rappelle que nous ne sommes pas en vacances, plaisanta-t-elle.

— Malheureusement...

— Allez la marmotte ! Saute de ton lit et viens me rejoindre. J'ai du croustillant à nous mettre sous la dent...

— J'arrive...

Muriel s'attabla près de la baie vitrée, le plus loin possible du flipper sur lequel s'excitait un adolescent solitaire.

Elle était contente. Son entretien avec Cardec ouvrait des perspectives intéressantes. Certes, elles étaient encore insuffisantes pour échafauder une hypothèse, mais suffisamment précises pour s'engager sur d'autres pistes. En particulier, au sujet de ces fameux Neuf Supérieurs Inconnus.

Repérant Michel en haut de l'escalier, elle lui fit signe. Il s'affala sur son siège, les yeux encore gonflés de sommeil.

— Comme toujours, ironisa-t-elle, les femmes travaillent et les hommes dorment.

Michel saisit sa tasse de café et la vida d'un trait.

— Merci pour la délicatesse..., s'offusqua Muriel. Je bois quoi, moi ?

— Ce que tu veux, je te l'offre !

— Merci.

— Excuse-moi, marmonna Michel, mais j'ai la tête en chou-fleur. D'ailleurs, si tu avais une aspirine ce serait formidable.

Elle en sortit une tablette de son sac et la lui tendit.

— Avale tous les cachets ! Avec ce que j'ai à te dire, il vaut mieux que tu aies les idées claires !

Il sourit.

— Tu es vraiment très belle. Tes mèches de cheveux mouillés collées sur le front...

Elle l'interrompit, racontant sa rencontre avec l'hôtelière, puis, elle enchaîna avec ce que lui avait dit Cardec, n'omettant aucun détail, en particulier sur l'environnement dans lequel il vivait. Michel l'écoutait attentivement, malgré des bâillements répétés qu'il avait du mal à contenir.

Quand elle eut terminé, il siffla d'admiration.

— Vachement intéressant ! Nous voilà sur la piste de neuf sages supérieurs et inconnus alors qu'on recherche un médecin et sa gonzesse disparus en montagne. Si je n'avais pas eu l'occasion de te voir à l'œuvre, je me marrerais franchement.

— Vas-y, rigole ! s'énerva Muriel. Enfin moi je te dis qu'il y a un rapport avec notre affaire.

Michel opina vaguement et commanda deux cafés au serveur qui rêvassait derrière le bar.

— Peut-être... En tout cas, continue. À force de rencontrer des olibrius de ce genre, nous allons sans doute dénicher un renseignement capital. Qui sait ?

À son tour, il lui fit part de son intuition au sujet du dossier qu'il trouvait étonnamment propre.

Quand il eut fini, Muriel le taquina :

— C'est tout ? Il t'a fallu un après-midi pour découvrir que les documents étaient bidonnés ! On dirait que tu es moins performant qu'avant...

Indifférent, Michel reprit :

— Je veux en avoir le cœur net. Dès demain, je vais

mener un contre-interrogatoire auprès des témoins cités. Après nous irons visiter les appartements.

— Ce ne sera pas un peu tard ?

— Pourquoi ?

— Je ne sais pas. Cela donne un temps supplémentaire pour faire disparaître des indices.

Michel haussa les épaules.

— Si quelqu'un a songé à le faire, il a déjà exécuté son plan ! La seule chose qu'on puisse espérer, c'est trouver d'éventuelles traces de visiteurs précédents.

Ils burent leurs cafés en silence, puis Muriel se leva.

— Je te quitte un peu précipitamment, mais je vais profiter du temps qu'il me reste jusqu'au dîner pour approfondir cette histoire des neuf sages sur la base de données de l'université...

— Et moi, je t'attends là ?

— Tu t'occupes comme tu veux... Tu es un grand garçon, non ?

— Ce que tu peux me malmener, plaisanta Michel.

— Oui ! Surtout quand tu es mou ! Si tu n'as rien d'autre à faire, cherche donc un bon restaurant pour ce soir, parce que l'idée de dîner ici me file déjà le bourdon...

— Français, chinois, japonais, ou italien ?

— Béarnais ! répliqua Muriel en s'éloignant, ce sera plus facile !

Sitôt dans sa chambre, elle brancha son portable sur la prise téléphonique afin d'avoir accès à Internet. Lorsqu'elle eut inscrit « Neuf Supérieurs Inconnus », un ensemble d'informations apparut. Outre ce que Cardec lui avait raconté, elle apprit que chacun de ces sages serait en possession d'un livre réécrit constamment et contenant l'exposé d'une science.

Le premier d'entre eux serait consacré aux techniques de propagande et d'influence psychologique, le deuxième à la physiologie, renfermant un exposé complet sur l'acupuncture et l'énergie vitale. Le troisième aborderait la microbiologie tandis que le quatrième traiterait de la transmutation des métaux. Le cinquième livre concernerait l'étude des moyens de communication terrestres et extraterrestres, le sixième, les secrets de la gravitation, le septième, la cosmogonie depuis l'avènement de notre monde. Enfin, le huitième s'intéresserait aux inventions futures et le neuvième à la sociologie.

Le collège de ces neuf sages incarnerait la science pure et le savoir dominé par la conscience. D'après la tradition, ces neuf livres ne seraient en fait que les chapitres d'un même ouvrage destiné aux initiés.

Muriel abandonna sa recherche après avoir lu divers articles sur la question, tout aussi ésotériques et relatant peu ou prou la même chose.

Toutefois, une ou deux idées émises ici et là retinrent son attention : parmi les initiés figuraient les cathares, les templiers et Nostradamus. Oloron-Sainte-Marie était désignée comme l'une des places solaires de la planète, dites champs de forces ou points telluriques, c'est-à-dire des endroits où l'énergie était particulièrement développée.

Bien qu'elle trouvât ce discours abscons, elle décida néanmoins de continuer dans cette voie. Ce qu'avaient dit Malthus et Cardec recoupait en partie ce qu'elle venait de lire. Restait cependant un problème de taille à résoudre : lier la disparition d'une centaine d'individus, dont celle de Jules et Claire, à ce qu'elle venait de découvrir ! Après quelques tentatives infructueuses, elle éteignit son ordinateur et laissa son esprit divaguer.

Elle avait toujours l'impression que cette affaire baignait dans une atmosphère d'ésotérisme prononcé. En quelques heures, elle avait basculé dans une autre réalité. Tout semblait « anormal ». Comme l'était aussi la peur palpable de l'hôtelière d'Arette ou le discours extravagant de Cardec !

Toutefois, elle se méfiait d'elle-même, trop souvent encline à gonfler des éléments mineurs. Après tout, cette sensation de bizarrerie n'était peut-être que l'expression inconsciente de son propre désir ? Celui de donner de l'importance à un ailleurs, à d'autres explications de la vie. Elle l'admit aisément. Elle n'aimait pas s'arrêter aux apparences, croire *a priori* aux seules théories scientifiques. C'était sa part de rêve à laquelle elle tenait.

Revenant à des considérations plus prosaïques, elle établit son propre plan de bataille : interroger les autres individus cités par Malthus et surtout découvrir l'univers intime des disparus.

Peu avant le dîner, elle éprouva l'envie de se préparer et gagna la salle de bains.

Face au miroir, elle sourit, satisfaite de son look. Malgré quelques ridules au coin des yeux, l'âge n'avait pas encore commis de ravages irréparables. Elle pouvait encore séduire. Elle songea à Michel. Oui, si ce soir elle voulait se faire belle, c'était pour lui...

À 20 heures, elle pénétra dans le bar. La voyant apparaître, Michel ne put retenir un sifflement d'admiration.

— C'est pour moi, cette robe noire ? s'enquit-il.

— Oui ! Je l'ai même mise pour t'allumer !

Michel rougit. Rien à faire ! Chez une femme, le discours direct le déstabilisait ! Muriel gloussa et lui demanda s'il avait trouvé un restaurant. Comme il n'y avait aucune table de premier ordre à Oloron, il l'emmena dans une pizzeria, proche de la gare.

Le lieu présentait l'avantage d'être très fréquenté, donc chaleureux. Aussitôt qu'ils furent installés, Muriel expliqua ce qu'elle avait découvert sur sa base de données. Face au sourire ironique de Michel, elle le supplia de ne pas négliger son interprétation.

— Je comprends ton scepticisme d'autant mieux que je le partage. Mais je t'assure que, d'une manière ou d'une autre, cette histoire de Neuf Supérieurs Inconnus est liée à la disparition du couple et plus largement aux quelques dizaines d'autres répertoriées depuis cent ans.

— Peut-être, répondit Michel sans conviction. Je préfère pourtant partir d'éléments concrets... Et mon seul espoir pour l'instant, c'est que les parents, un familier ou les appartements nous livrent des indices.

— OK ! fit Muriel, un brin agacée. Dans ce cas, attendons demain pour en savoir davantage. D'ici là, on pourrait parler d'autre chose.

— De quoi ?

— D'amour, par exemple ? Tiens, si tu me racontais tes extravagances de ces derniers mois ?

Pris de court, une fois encore, Michel ricana sottement.

— Tu serais bien déçue. Un vrai moine. Si j'ai porté un seul regard sur une femme, c'est vraiment parce que je ne pouvais pas faire autrement !

Elle haussa les épaules.

— Je n'en crois pas un mot !

— Et pourtant ! Métro, boulot, dodo... et seul !

Allumant une cigarette, elle plongea son regard dans le sien.

— C'est drôle comme on peut se faire des idées ! J'ai toujours pensé que tu étais un tombeur...

— Je l'ai été. Mais maintenant, j'ai d'autres préoccupations. Que vais-je faire de ma vie ? Par exemple. Si tu savais comme il m'arrive parfois d'avoir l'impression d'un ratage sur toute la ligne. Pas de femme, pas d'enfant, pas de projet à long terme... Et toi ?

Muriel se contenta de sourire en tirant sur sa cigarette.

— Bof ! Quelques flirts... Des gars qui me plaisaient de loin, puis qui devenaient de plus en plus inintéressants au fur et à mesure qu'ils se rapprochaient. Bref, rien de sérieux. Tout juste de quoi combler la solitude quand elle devenait insupportable...

Ils furent interrompus par le serveur venu prendre leur commande. L'odeur de la pâte cuite au feu de bois était appétissante. Ils optèrent pour deux pizzas reines, arrosées d'un petit chianti.

Le garçon repartit. Ils demeurèrent yeux dans les

yeux, hésitant à reprendre leur conversation. Comme si l'un et l'autre pressentaient un danger.

Du coup, ils en revinrent à l'affaire, évoquant toutes sortes d'hypothèses allant jusqu'à se dire que Jules et Claire, déçus par leur vie, avaient filé vers d'autres horizons pour y trouver un peu d'authenticité.

Alors qu'ils entamaient leurs pizzas, Michel croisa le regard de la jeune serveuse qu'il avait vue à l'hôtel l'après-midi. L'homme avec qui elle dînait leur tournait le dos. Michel trouva étrange de ne pas l'avoir remarquée alors qu'elle se situait exactement dans son champ de vision. Supposant qu'elle était entrée après eux, il s'intéressa à nouveau aux propos de Muriel. Toutefois, cette curieuse coïncidence le turlupinait. Son intuition lui soufflait qu'il n'y avait là rien de fortuit.

Il se leva pour voir le visage de son compagnon, prétextant auprès de Muriel qu'il allait aux toilettes. Il ne les regarda pas, estimant qu'il aurait tout loisir de le faire au retour. Mais quelques minutes plus tard, lorsqu'il regagna sa table, le couple avait disparu ! Agacé, il interrogea le serveur à leur sujet. Effectivement, la jeune fille et l'homme qui l'accompagnait venaient de partir précipitamment sans avoir commandé ! En revanche, il était incapable de décrire le type en question. Tout ce qu'il pouvait affirmer, c'est qu'il était beaucoup plus âgé que la jeune fille.

De retour à table, Michel ne fit aucune allusion à ce qui venait de se passer. Toujours inquiet, il tâcha cependant de hâter le mouvement en arguant qu'il souhaitait découvrir la base de données. Ce qui enchanta Muriel. Qui sait ? Peut-être y trouveraient-ils un détail sur Oloron qui pourrait leur être utile ?

Une demi-heure plus tard, après avoir marché le long du gave, ils arrivèrent à l'hôtel. Au bar, quelques habitués évoquaient bruyamment un récent match de football. Ils gagnèrent chacun leur chambre, non sans s'être donné rendez-vous dans celle de Muriel.

Michel se sentait nerveux. Cette serveuse au regard si pénétrant l'obsédait. Sa présence à l'hôtel, puis au restaurant, cachait quelque chose.

Il comprit que son intuition était juste en découvrant sa chambre. Bien que tout y fût apparemment en ordre, elle avait été fouillée ! Cela se voyait à d'infimes détails. La mallette dans laquelle il rangeait ses papiers n'était pas exactement à la place où il l'avait laissée sur le lit... Elle était couchée alors qu'il l'avait posée debout ! Dans sa valise, il constata aussi un léger changement : ses cravates n'étaient pas repliées exactement comme il le faisait. La salle de bains paraissait inchangée. Néanmoins, il l'inspecta dans les moindres recoins. Il vérifiait que le récepteur téléphonique ne contenait aucun micro, et se préparait à sortir, quand le téléphone sonna. C'était Muriel. Sa chambre, elle aussi, avait été visitée !

Avant de la rejoindre, Michel descendit à la réception. Montrant discrètement ses papiers au directeur de l'hôtel, il l'entraîna vers l'accueil, vide à cette heure, et le questionna sur la serveuse qui lui avait monté le café dans l'après-midi.

— Quelle serveuse ? s'étonna l'hôtelier. Nous n'assurons pas de service en chambre l'après-midi. C'est justement le moment où la petite se repose, ajouta-t-il en désignant la barmaid.

Michel se rendit compte alors qu'il avait vu juste. Cette serveuse n'était pas celle qu'il recherchait ! L'hôtelier s'inquiétant, Michel lui dit la vérité. Le bonhomme parut sincèrement étonné.

— C'est incroyable ! Croyez que je suis très embêté. Mon hôtel...

— Ce n'est rien, l'interrompit Michel. Vous n'êtes pas responsable...

— Oui, mais vous allez penser que cet établissement n'est pas...

— Je ne pense rien, assura Michel. Qui plus est, je ne veux pas que cela s'ébruite. Soyez gentil de garder cet incident pour vous...

L'air désemparé, l'hôtelier acquiesça d'un hochement de tête.

— Je compte sur vous, n'est-ce pas ? insista Michel.

Il approuva une nouvelle fois. Cependant, Michel ne se faisait pas d'illusion. Rien qu'à sa tête, il jugeait ce type incapable de garder le silence. Ce qui l'arrangeait toutefois. S'il parlait, la fille apprendrait que lui et Muriel n'avaient pas été dupes...

Il retrouva celle-ci dans sa chambre, assise sur son lit, au bord des larmes.

— Ne t'inquiète pas ! C'est mieux ainsi. Nous savons maintenant que nous en dérangeons certains. Cela va nous permettre d'avancer. Comment t'es-tu aperçue que la pièce avait été visitée ?

Muriel lui montra ses dossiers dont le contenu avait été bouleversé. Ce qui la préoccupait davantage, c'est que « son cambrioleur » était entré dans son disque dur, malgré le mot de passe ! De toute évidence, ceux qui avaient opéré étaient des champions en informatique !

Michel proposa d'aller boire un verre en ville. Muriel refusa.

— Dans ce cas, suggéra Michel, peut-être souhaites-tu que je reste près de toi cette nuit ? Je dormirais sur les draps.

Elle lui sourit tendrement.

— Si un jour nous devions dormir ensemble, je préférerais que nous soyons tous les deux sous les draps !

Sur ces paroles, elle l'embrassa sur la joue, de manière plus appuyée que d'habitude, et lui demanda de la laisser. Elle allait prendre un bain chaud et dormir.

Le lendemain matin, Michel se réveilla très tôt, d'excellente humeur. Ouvrant la fenêtre en grand, il constata avec satisfaction que le temps s'était amélioré. Le ciel était encore chargé, mais il ne pleuvait plus. Il respira profondément l'air frais, puis prit une douche très chaude avant de s'habiller et de sortir.

Il se rendit dans le centre-ville, à la recherche d'une maison de la presse et surtout d'un bar plus accueillant que celui de l'hôtel. Avant d'attaquer sa journée, il fallait qu'il eût avalé un café serré et lût le journal. C'était son rituel auquel il dérogeait rarement.

Une heure plus tard, rassasié d'informations plutôt désespérantes – vache folle, élections américaines, cohabitation tendue et écologistes déchirés –, mais requinqué par deux espressos, il revint prendre sa voiture à l'hôtel. Renonçant à réveiller Muriel, il suivit la route de Pau où résidaient les parents de Jules Conan.

Arrivé dans la capitale béarnaise sur le coup de 9 heures, il se gara au parking du château. Il projetait de le visiter après sa rencontre avec les Conan. Il monta par l'ascenseur jusqu'en haut du pic rocheux, où était érigée la demeure de la dynastie navarraise, puis pénétra dans la ville par la voie piétonne. De là, il remonta jusqu'à la rue des Cordeliers où logeait la famille. Une fois l'immeuble repéré, il flâna en attendant une heure plus décente pour s'annoncer.

Parfois distrait par les gens, souriant pour la plupart, qui déambulaient dans cette rue commerçante, Michel réfléchissait à la manière dont il allait engager la conversation avec les Conan.

Il se remémora le rapport. Celui-ci ne contenait à leur sujet que des informations parcellaires. Ils étaient médecins tous les deux. Jules était leur fils unique. D'après leurs déclarations, ils entretenaient avec ce dernier d'excellentes relations. Ils appréciaient Claire Demaille et se réjouissaient du prochain mariage. Ils ne voyaient évidemment aucune raison pour que le couple eût disparu volontairement, favorisant donc plutôt la thèse de l'accident. C'était surtout l'avis du père qui partageait avec son fils une même passion pour la montagne. Bref, l'inspecteur préféra s'en remettre à son intuition.

Lorsqu'il sonna à l'unique porte du second palier de l'immeuble, ancien mais récemment rénové, Michel possédait déjà quelques indices sur la personnalité des Conan. Au vu de leurs plaques respectives, tous les deux étaient psychanalystes. À en juger par le standing du lieu, ils étaient aisés, sinon riches. Enfin, la concierge à laquelle il s'était adressée ne semblait pas les porter dans son cœur.

La femme qui ouvrit était grande, la cinquantaine épanouie. Elle était dotée d'une chevelure auburn abondante, au désordre étudié. Sa mise, élégante et discrète, révélait qu'elle devait fréquenter les meilleures boutiques de la ville. Quant à son regard acéré, il en disait long sur son intelligence.

— Oui ? lâcha-t-elle avec morgue, comme s'il se fut agi d'un démarcheur indésirable.

— Madame Conan ? demanda Michel d'un ton sec.

— Elle-même, répondit celle-ci, soudain sur la défensive.

Satisfait d'avoir rééquilibré leur rapport, Michel se présenta. Il expliqua l'objet de sa démarche, s'excusant hypocritement de venir à l'improviste. Par une sorte de miracle, son interlocutrice lui décocha un large sourire, découvrant une denture parfaite, et le fit entrer.

— Ne vous excusez pas ! Je suis tellement inquiète au sujet de Jules. J'espère que vous avez une bonne nouvelle à m'annoncer.

Pénétrant à sa suite dans un salon aussi vaste que son propre appartement flottant, il se fit la réflexion que cette femme lui racontait des histoires. Tout dans son attitude, sa voix, son regard, indiquait qu'elle se fichait de son fils comme de l'an 40 !

Ils s'assirent dans un immense canapé, trônant au milieu de la pièce, face à deux tableaux abstraits, inintéressants, mais sans doute fort chers. Elle lui proposa un café, ce qu'il s'empressa d'accepter.

Le plus naturellement du monde, elle décrocha son téléphone et demanda à Marguerite de venir les servir. Enfin, se tournant vers Michel, elle l'interrogea du regard, ce que ce dernier interpréta comme un réflexe de psychanalyste, habitué à écouter plus qu'à parler.

— En fait, commença-t-il un brin provocateur, je n'ai pas grand-chose à raconter. Je suis plutôt ici pour vous entendre parler de votre fils.

— Mais j'ai déjà tout confié à la gendarmerie...

— Je comprends, mais tant qu'on ne les a pas retrouvés, l'enquête continue...

Soudain, fronçant les sourcils, elle se redressa sur son siège.

— Pourquoi un enquêteur venu de Paris s'intéresse-t-il à cette disparition ?

— Parce que l'un de mes proches amis, lui-même lié à votre fils, me l'a demandé.

— Je peux savoir qui ?

— Malthus... Un ex-guide de haute montagne.

— Ah oui... Je crois avoir entendu Jules en parler, dit-elle en se laissant à nouveau aller contre le dossier du canapé.

— Vous n'étiez pas au courant de sa passion pour la montagne ? s'étonna Michel.

La femme sourit.

— Bien sûr que si... Enfin, de là à connaître ses amis montagnards ! D'autant plus, voyez-vous, qu'à titre personnel, j'exècre la montagne. J'ai déjà le vertige perché sur mon tabouret, alors vous pensez, là-haut ! ajouta-t-elle en accompagnant son propos d'un geste ample du bras.

Convaincu qu'elle aurait dû faire du théâtre, Michel acquiesça puis changea de registre.

— C'est votre mari, le passionné de montagne, je crois ?

— Oh lui ? s'exclama-t-elle d'un ton dédaigneux. Il aime grimper, c'est certain... Mais pas que des montagnes ! Il...

On frappait à la porte. Elle s'interrompit, laissant Marguerite entrer. C'était une fort jolie jeune fille, blonde et élancée. Michel songea qu'elle était soubrette comme lui était curé. Il ne tarda pas à comprendre. Aux regards qu'échangèrent les deux femmes, il s'aperçut qu'elles en pinçaient l'une pour l'autre ! Il le regretta. Cette créature aurait satisfait plus d'un homme.

La porte refermée, il relança la conversation, d'un ton suave afin de ne pas inquiéter son interlocutrice.

— Vous évoquiez les penchants de votre mari, je crois...

— C'est exact ! Pourtant à la réflexion, je ne crois pas que cela ait un rapport quelconque avec la disparition de Jules. À mon sens, mon mari aime la montagne mais il n'est pas montagnard. Pour le reste, je crois que le mieux, c'est de s'adresser à lui. Son cabinet est juste en dessous.

— Vous avez raison, admit Michel. Sans doute pourriez-vous me parler plus facilement des passions de votre fils ?

Elle remua son café et prit le temps de le boire avant de reprendre.

— Jules avait deux amours : la médecine et la montagne, c'est vrai...

— ... Et Claire Demaille, sa compagne ? En tout cas, je le suppose, puisqu'ils allaient se marier.

La femme le dévisagea, puis éclata de rire.

— Oui, il l'aimait... Malheureusement !

— Pourquoi, malheureusement ?

— Parce qu'elle n'était pas de notre milieu et lui mettait des idées stupides dans la tête...

— Lesquelles, par exemple ?

— Mademoiselle était férue d'astrologie et de je ne sais quelle science occulte à la noix... Il a fini par devenir idiot à son tour et ne proférer que des bêtises.

— Vous pourriez m'en dire davantage ?

— Pas vraiment. Je n'y connais rien. C'était toujours des trucs insensés sur l'âme. La vie après la mort... Le karma... Le savoir universel... Les initiés... Ce que je sais ! Il a même tenté à plusieurs reprises de m'embarquer dans son délire. Cela n'a pas duré longtemps. Je suis complètement hermétique à ces niaiseries.

— Pourtant, risqua Michel, Jung n'était pas mal dans le genre...

— Je ne suis pas jungienne, monsieur, rétorqua-t-elle avec un sérieux de mère abbesse, mais freudo-lacanienne !

Prêt à pouffer, Michel ne lui demanda pas d'explication.

— C'est curieux, enchaîna-t-il. Ce que vous me dites n'a pas tout à fait la même tonalité que le rapport d'interrogatoire de la gendarmerie.

— Quoi d'étonnant ? Lorsque les flics sont venus, affirma-t-elle d'un ton acerbe en désignant l'étage inférieur, c'est lui qui a fait les questions et les réponses...

Michel hocha la tête, l'air entendu. Le mieux maintenant, songea-t-il, était d'aller rencontrer le bonhomme. Toutefois, avant de s'éclipser, il souhaitait en apprendre davantage sur les rapports qu'elle entretenait avec son fils.

— Voyiez-vous votre enfant aussi souvent qu'il est stipulé dans le compte rendu ? Une fois par semaine, si je me souviens bien ?

— Non ! Plus rarement. Mais je vous le répète, les gendarmes ont noté ce que disait Paul, mon mari. C'est vrai, il le voyait plus souvent que moi. Rien d'incroyable. À ses yeux, Jules était parfait. Il ne lui faisait aucune remontrance et il était proche de lui intellectuellement...

— Ce n'était pas votre cas ?

— Ce serait trop long à expliquer. D'une certaine manière, pour Jules, j'étais la castratrice. Il m'en a d'abord voulu, jusqu'à devenir indifférent à mon égard. Enfin ce sont des histoires de famille qui n'ont pas grand-chose à voir avec sa disparition...

Elle souhaitait visiblement mettre fin à l'entretien. Michel n'insista pas. Il était encore trop tôt pour essayer de déceler les ambiguïtés que révélait cette conversation.

Il se leva, la remercia puis lui demanda si Paul était là.

— Bien qu'il habite à l'étage d'en dessous, répondit-elle d'un ton glacé, je ne le fréquente pas assez pour connaître son emploi du temps. Vous n'avez qu'à essayer, vous verrez bien !

Elle lui tendit alors une main froide et sèche, puis le raccompagna jusqu'à la porte.

— J'espère que vous allez retrouver Jules, dit-elle en repoussant la porte. Malgré nos différends, je l'aime et je l'attends...

Ces quelques mots rassurèrent Michel. Cette femme éprouvait des sentiments réels, mais était incapable de les exprimer.

Il descendit lentement les marches le séparant de l'étage inférieur. Après ce qu'il venait d'entendre, il s'attendait au pire.

6

L'inspecteur sonnait sans succès depuis un moment quand il entendit une cavalcade. La porte s'ouvrit sur un grand gaillard souriant, aux cheveux poivre et sel coupés en brosse et au regard bleu, étonnamment clair. Un sportif, songea Michel en se présentant.

— Enfin ! Ça bouge ! s'exclama Paul Conan en le faisant entrer dans le salon.

De taille identique à celui du dessus, il était beaucoup plus chaleureux. Sans doute, à cause du désordre ambiant qui humanisait l'espace. Le sol était jonché de livres, un vélo était appuyé contre l'un des murs, un tissu en madras usé recouvrait le canapé ancien. Dans le coin réservé à la TV et à la chaîne Hi-Fi, des cassettes, DVD et autres CD s'étalaient, pêle-mêle, sur le sol.

Un petit air de bohème, pensa Michel, comme sur sa péniche ! Cela lui fit plaisir. Il n'était pas le seul homme désordonné sur cette terre !

Paul s'assit et, croisant les jambes, lui lança un regard inquisiteur.

— Ainsi, vous êtes flic ?

— Oui. Pourquoi ? Ça se voit ?

Paul éclata d'un rire emphatique, comme s'il essayait de forcer sa jovialité.

— Pas tant que ça, à vrai dire... En tout cas, pas davantage que moi qui suis psy...

Michel approuva.

— C'est vrai que, si votre femme ne me l'avait pas révélé, je ne l'aurais pas deviné au premier coup d'œil.

— Ah ? Vous l'avez vue ? s'enquit-il en désignant l'étage supérieur. Alors votre impression ?

— Euh... Je ne pense pas que...

— Allons ! Un flic c'est aussi un psy. Il se forge un avis sur chaque personne qu'il rencontre.

— Disons que je la trouve réservée et fort policée !

Paul rit à nouveau, puis redevint sérieux.

— Pour quelle raison venez-vous nous interroger ? Nous avons déclaré à la gendarmerie tout ce que nous savons à propos de la disparition de mon fils et de sa compagne.

— C'est vrai..., admit Michel. Et justement, à la lecture du dossier, je trouvais cela un peu trop lapidaire.

Paul acquiesça d'un hochement de tête.

— Pourquoi vous intéressez-vous à cette enquête ? Il n'y a rien à faire à Paris ?

— L'un de mes bons amis m'a demandé de venir m'en occuper...

— Qui ça ?

— Malthus, un guide de...

— Oui ! Oui ! Ne vous fatiguez pas. Je le connais bien, ce vieux cabri. On a fait quelques courses ensemble.

— C'est drôle, fit remarquer Michel, votre femme prétend que vous aimez la montagne mais que vous n'êtes pas montagnard.

Paul haussa les épaules.

— Elle prétendait aussi aimer les hommes !

Michel n'insista pas.

— Alors, comment va-t-il, ce cher Malthus ? reprit Paul. Cela fait un bail que je ne l'ai pas vu !

— Bien ! Très bien même ! répondit Michel essayant

de trouver pourquoi son ami ne lui avait pas parlé de Paul. Ça fait longtemps que vous le connaissez ?

Paul hésita.

— Plusieurs années... Je l'ai rencontré en 1990, je crois, lors d'une randonnée avec Jules. Il nous a fait découvrir la région.

— Lors de la disparition de votre fils, il ne vous a pas recontacté ? Vous-même ne l'avez pas approché alors que cela a eu lieu près de Sainte-Engrâce ?

— Ma foi non ! Je n'y ai même pas pensé. Vous savez, c'est un peu normal. Les gendarmes se sont occupés de tout... et ne nous ont pas mis en contact.

Michel trouva cette explication un peu courte. Cependant, il préféra ne pas s'appesantir. Il verrait cela avec Seignolles.

— Si vous me parliez de votre fils ? demanda-t-il alors.

— Ah, Jules ! Que dire qui ne soit pas en dessous de la réalité ? C'est... C'est un peu tout ce que j'aurais voulu être, plus ce que je suis. Une somme de perfections, quoi !

— Ce n'est pas seulement de l'amour, c'est de l'adoration ! s'exclama Michel.

La remarque parut agacer Paul qui le fusilla du regard.

— Je n'adore personne et certainement pas mon fils. C'est la stricte vérité. D'ailleurs, vous comprendriez si vous le connaissiez ! Tenez ! ajouta-t-il en saisissant une photo posée sur un guéridon, regardez !

Michel observa le portrait, notant qu'il n'y avait aucun cliché dans le rapport de police. Effectivement, ce garçon avait belle allure. Son sourire et son regard exprimaient visiblement un tempérament droit et fier.

— Alors ? questionna Paul.

— C'est vrai qu'il paraît en imposer.

— Il en impose, monsieur. Le genre à tout réussir, son travail, ses amours, ses entreprises... Un homme complet, quoi !

— Comment vous expliquez-vous cette disparition ? le coupa Michel pour mettre un terme au panégyrique.

Paul réfléchit, la tête tournée vers les fenêtres, puis il regarda Michel, la mine attristée.

— À vrai dire, je n'en sais rien. Je ne me l'explique pas. J'oscille toujours entre deux hypothèses. Ils ont été victimes d'un accident ou bien ils ont voulu disparaître volontairement.

— Pourquoi l'auraient-ils souhaité ? Ils étaient brillants, heureux, ils allaient se marier. Alors ?

Paul haussa les épaules.

— C'est exact. Mais allez savoir ce qui peut traverser la tête d'un homme ? Par mon métier, je suis bien placé pour le savoir. Peut-être avaient-ils leurs raisons ?

— Vous optez donc pour un acte délibéré ?

— Je n'opte pour rien. Je vous expose les hésitations de mon cœur et de mon esprit. Quand l'un de vos proches, et dieu sait si nous l'étions, disparaît, vous avez tendance à privilégier le meilleur, non ? C'est le dernier refuge de l'espoir...

— Je comprends, insista Michel, avec une conviction feinte destinée à masquer son scepticisme.

En effet, il ne croyait pas un traître mot de ce qu'avançait cet homme. Il était trop intelligent pour raisonner de manière aussi binaire. S'ajoutait à cela son manque de spontanéité, dérangeant pour un père susceptible d'avoir perdu son enfant.

— Vous entreteniez de bons rapports avec votre fils ?

— Merveilleux ! Il n'y a jamais eu de différend entre nous depuis sa naissance.

— Et avec Claire ?

— Comment ne pas apprécier cette femme ? Une créature splendide, intelligente, rayonnante même ! J'éprouvais une sincère affection pour elle.

— En somme, tout allait pour le mieux dans le meilleur des mondes possibles ?

— C'est vrai. Je suis, j'étais, je ne sais plus... un père comblé !

Michel demanda la permission d'allumer une cigarette et en offrit une à Paul qui refusa. Il voulait gagner un peu de temps, histoire de cibler ses questions. Depuis le début de la conversation, il avait cette désagréable impression d'escalader une paroi sans prises.

— Votre femme m'a confié que Claire était portée sur les sciences occultes. Vous le saviez ?

— Ah, s'étonna Paul, elle vous a parlé de ça ? C'est vrai. Claire vouait une véritable passion à tout ce qui est inexplicable. Je ne vois là rien de répréhensible.

— Bien sûr que non ! s'empressa de répondre Michel. Mais, vous-même, étiez-vous sensible à son discours ?

Paul dévisagea Michel d'une manière surprenante. Comme s'il le sondait. Au bout d'un moment, il se détendit.

— Mon métier m'oblige à m'intéresser à certaines questions concernant l'âme, la conscience, l'imaginaire, l'ailleurs, que sais-je encore ? Rien n'est limpide et immédiatement donné chez l'homme.

— Entendez-vous par là que vous partagiez avec elle une certaine complicité intellectuelle ?

— Oui.

— Et votre fils, était-il, lui aussi, passionné par ce type d'interrogations ?

— Bien sûr ! Il était trop intelligent pour s'en remettre simplement à la science. Dans le domaine médical où il excellait, il était toujours à la recherche de remèdes autres qu'allopathiques. Les médecines douces, venues d'Orient ou d'ailleurs, l'intéressaient et il en faisait bénéficier ses clients.

Michel acquiesça en hochant la tête. En même temps, il était furieux, tant il avait l'impression de se heurter à un mur. Cet homme lui échappait ! Comprenant qu'il n'irait guère plus loin, il décida de s'en aller et se leva.

— Merci d'avoir répondu à mes questions, dit-il. Il se

pourrait cependant que je vous contacte à nouveau pour d'autres précisions.

— N'hésitez pas ! répliqua Paul, visiblement soulagé. Je suis tellement heureux qu'on se préoccupe enfin du sort de mon garçon. Je suis d'ailleurs content que ce soit vous. Vous m'inspirez confiance.

C'est ça, parle toujours ! songea Michel en le remerciant de son accueil. Mais le dernier regard qu'il lui adressa était à l'aune de sa colère. Ils se reverraient !

Après son café, Muriel s'accorda le temps d'une cigarette avant d'attaquer cette journée qui s'annonçait grise et froide.

Elle se sentait fatiguée et de mauvaise humeur. Sans doute à cause du cauchemar qui l'avait réveillée en pleine nuit, l'empêchant de se rendormir.

Elle était enfermée dans une église obscure, peut-être celle de Sainte-Engrâce. Autour d'elle des formes allaient et venaient dont elle ne pouvait distinguer de qui ou de quoi il s'agissait. Des ectoplasmes invisibles semblaient hanter les lieux. Chaque frôlement lui arrachait un cri en lui hérissant la peau. Pourtant, ces entités ne paraissaient pas hostiles, seulement dérangées par sa présence. Lorsqu'elle avait voulu s'enfuir de l'église, malgré ses efforts, le portail ne s'ouvrait pas !

Pour se changer les idées, elle saisit le journal que la serveuse lui avait apporté avec son petit déjeuner. Incapable de se concentrer sur un seul article, elle songea avec appréhension à son programme du jour.

Sa rencontre avec l'hôtelière d'Arette dans la cathédrale Sainte-Marie ne lui disait rien de bon. Surtout après son cauchemar ! Pourtant, c'était nécessaire. Il lui fallait à tout prix comprendre pourquoi cette femme avait peur. Laissant vaguer ses pensées, elle se demanda ce qui reliait les événements de ces dernières heures : ce qui s'était passé à Sainte-Engrâce... Sa rencontre à Arette... Sa discussion avec Cardec... Le cambriolage de leurs chambres...

Décidément, cette succession de faits n'avait rien de logique.

Vers 10 h 30, elle décida de rejoindre l'église située sur les hauteurs d'Oloron. Elle souhaitait choisir une place d'où elle pourrait disposer d'un large champ de vision. Quittant l'hôtel, elle remonta une rue assez abrupte et déboucha sur la place face à la cathédrale datant du XIIe siècle.

Férue d'art roman, elle fit le tour du monument. L'ensemble ressemblait à des fortifications médiévales, avec trois tours, chacune dotée de créneaux, meurtrières et tourelles évoquant le dispositif habituel de défense de cette époque. Parvenue à l'entrée, elle observa le clocher-porche du XIIIe ainsi que le portail, vestige de l'église primitive. Le tympan présentait une admirable « Descente de la croix », sculptée sur des plaques de marbre, apparemment très pur.

Elle pénétra dans la nef silencieuse, glaciale et plongée dans une semi-obscurité. Après en avoir fait le tour par les collatéraux, Muriel choisit de s'asseoir près de la chaire d'où elle avait une vue assez étendue sur le reste de l'église. Peu encline à la dévotion, elle s'engonça dans sa parka et attendit. Une question l'obsédait depuis son arrivée : pourquoi cette femme lui avait-elle donné rendez-vous ici ? Un bar eût aussi bien fait l'affaire !

Un bruit de chaise déplacée résonna dans l'église et la fit se retourner. L'inconnue venait d'entrer. Regardant sans cesse autour d'elle, elle vint s'asseoir à côté de Muriel.

— Pardonnez mon retard, chuchota-t-elle rapidement, mais je voulais être certaine qu'on ne me suivait pas.

Muriel ne fit aucun commentaire, l'interrogeant du regard.

— Je n'ai pas beaucoup de temps, avoua-t-elle, sinon elle va se douter de quelque chose.

— Qui ça ?

Ignorant la question, la vieille reprit :

— Ils savent pourquoi vous êtes là. Il vaut mieux que vous abandonniez vos recherches. Je vous en prie ! Sinon vous allez avoir des ennuis. Croyez-moi, ils sont puissants !

— Allons, calmez-vous, dit Muriel. Commençons par le commencement ! Je ne connais même pas votre nom. Moi c'est Muriel et vous ?

— Colette. Mais cela n'a aucune importance. Je vous répète, vous devez partir avec votre collègue. Vous ne découvrirez jamais ce qui se passe ici. Vous ne pouvez rien contre eux. Ils sont trop...

Un nouveau bruit de chaises fit sursauter Colette qui se retourna. À son regard, Muriel comprit qu'elle avait vraiment peur.

— Je suis certaine qu'elle est là, murmura Colette. Je la sens. Elle rôde sans se faire voir...

Muriel la prit par les épaules.

— Allons, calmez-vous ! Il n'y a personne. De toute façon je suis là et rien ne peut vous arriver.

Colette laissa échapper un petit rire.

— Pensez-vous ! Même le diable serait impuissant face à elle...

— Colette, je vous en prie, expliquez-moi. Qui sont ces gens dont vous parlez sans cesse ?

La femme secoua la tête.

— Je ne peux rien dire, sinon...

— Sinon quoi ?

— Ils me tueront !

— Vous ne seriez pas en train d'exagérer ? demanda Muriel. On ne tue pas comme ça... Racontez-moi plutôt pourquoi vous souhaitiez me rencontrer ?

— Pour vous mettre en garde. Si vous vous sauvez maintenant tout rentrera dans l'ordre et il n'y aura aucune conséquence.

— Donnez-moi au moins un élément qui me permette de comprendre les raisons de votre peur. Vous savez pourquoi je suis là, alors...

— Oui, je le sais. C'est au sujet des disparitions... Celle du couple... Du trésor des Maures... Mais vous ne trouverez rien. Vous m'êtes sympathique. Je veux vous éviter des ennuis ainsi qu'à votre ami. Partez !

Elle se leva. Muriel la retint par la main.

— Je vous en prie, dites-moi quelque chose qui puisse m'aider !

Colette hésita. Sa manière de regarder autour d'elle, l'air éperdu, avait quelque chose de pathétique. En même temps, on sentait qu'elle était tentée de parler. Un nouveau bruit, sans provenance identifiable, la fit se crisper.

Elle lâcha la main de Muriel et lui souffla à l'oreille :

— Les Neuf Supérieurs Inconnus... Cherchez dans cette direction !

Sans attendre de réponse, elle s'éloigna d'un pas pressé. Muriel eut envie de la suivre puis y renonça. Intuitivement, elle sentait que ce serait une erreur.

Elle en profita pour faire le point. Qu'avait-elle appris ? Une femme d'Arette vivait dans la terreur à cause d'inconnus et cela en relation avec les Neuf Supérieurs Inconnus. Cette dernière information n'était pas négligeable. Elle confirmait pour la seconde fois depuis le début de leurs investigations, que les disparitions avaient bien un lien avec cette société secrète. À Arette, Colette lui avait demandé de poursuivre son enquête, aujourd'hui elle lui conseillait fortement de l'interrompre ! Cette fois-ci, elle n'avait pas parlé des extraterrestres mais des Neuf Supérieurs Inconnus chers aussi à Cardec qui habitait non loin de l'hôtel ! Sans tirer de conclusions hâtives, elle supposa qu'il s'était passé quelque chose entre ces deux rencontres, voire entre ces deux personnes !

Réconfortée par ce constat, persuadée d'être sur la bonne voie, Muriel eut envie de rencontrer au plus vite les gens cités par Malthus. Eygun serait le prochain auquel elle rendrait visite.

En attendant, elle repassa par l'hôtel et chercha d'autres informations sur cette corporation si ancienne. Il fallait à tout prix établir un pont entre le passé et le présent, entre cette confrérie et le trésor des Maures et enfin, entre Colette et Cardec.

Après son passage chez les Conan, Michel avait visité avec plaisir le château de Pau. Le guide, enthousiaste, avait su l'intéresser à Henri IV, dont il ignorait à peu près tout, excepté « la poule au pot » et son assassinat par Ravaillac. Il avait également découvert une architecture aux contours un peu rudes qui lui plaisait. Cette bâtisse aux teintes grisâtres et aux lignes épurées lui semblait exprimer au mieux la rudesse de ces époques lointaines et la puissance de l'âme béarnaise.

L'inspecteur gagna ensuite à contrecœur Lourdes où résidaient les parents de Claire. S'il existait une ville française qu'il exécrait, c'était bien celle-ci !

Son aversion datait de sa première venue, au cours d'une enquête sur un trafic d'armes entre la France et l'Espagne. Excepté la grotte, dont il gardait objectivement un bon souvenir – c'était au moins une enclave pacifiée dans le monde –, il avait détesté tout le reste. Surtout la rue des « marchands du temple » menant jusqu'au gave, où l'argent avait davantage sa place que la piété.

Une route sans intérêt le mena en ville où il choisit de se garer au plus vite, tant la circulation était dense.

Il gagna le centre à pied, il prit un café dans l'un des innombrables bars, alignés les uns à côté des autres, et observa les quelques pèlerins présents, des étrangers pour la plupart. Profondément athée, il regretta que les religions eussent une telle capacité de rassembler et d'offrir un idéal, à l'inverse des politiques qui s'acharnaient à désespérer le peuple.

Sans illusion sur la portée de ses pensées, il appela le barman et lui demanda la direction de la rue de Bagnères où, selon le rapport de police, habitaient les parents de Claire.

Située en dehors du « triangle sacré », elle était très calme et bordée de maisons et immeubles proprets.

Il sonna à l'interphone de l'un d'eux, d'aspect modeste, et attendit.

— Qui est-ce ? demanda une voix féminine.

Michel se présenta. Il y eut un conciliabule indistinct, puis son interlocutrice annonça qu'ils habitaient au deuxième étage à droite.

Michel s'engagea dans la cage d'escalier, propre mais triste, comparant le standing des Demaille à celui des Conan. Visiblement, ces deux familles ne vivaient pas sur la même planète !

M. Demaille lui ouvrit. Légèrement penché en avant, les épaules voûtées, l'homme semblait accuser une grande fatigue.

— Je vous en prie, entrez, dit-il d'une voix douce et chaleureuse.

Sa femme, menue et élégante, paraissait beaucoup plus énergique que lui. Le sourire aux lèvres, elle salua Michel et l'invita à prendre place dans une salle à manger salon où étaient empilés à même le sol un nombre incroyable de livres. Mme Demaille lui indiqua une chaise autour de la table en faux merisier, recouverte d'un napperon brodé, puis elle et son mari s'installèrent de l'autre côté. Ils se présentèrent. Elle s'appelait Madeleine, lui Laurent, et ils étaient instituteurs à la retraite.

Michel leur sourit. Tout dans cette pièce respirait la simplicité et la modestie. Le buffet en bois verni, les verres à apéritif ciselés, disposés sur une étagère, ou encore les rideaux en velours rouge.

Il détestait ce genre d'intérieur. Pourtant, alors qu'il présentait l'objet de sa visite, il éprouvait un bien-être inattendu et puissant, comme dans un lieu pacifié.

— Je suis vraiment très heureuse de vous rencontrer, dit Madeleine. Mon mari et moi commencions à désespérer, tant la gendarmerie semble ne pas se préoccuper de notre petite fille.

— C'est habituel, expliqua Michel. La police semble indifférente parce qu'elle travaille discrètement. Mais je peux vous garantir qu'ils font tout pour la retrouver. À ce propos, connaissiez-vous bien son ami, Jules Conan ?

Laurent hocha la tête, un triste sourire aux lèvres.

— Bien sûr. Il venait parfois nous rendre visite avec Claire. Nous l'aimions beaucoup.

— Comment expliquez-vous cette disparition ?

— Nous ne comprenons pas. Hormis l'accident en montagne, on ne voit pas très bien ce qui a pu arriver.

— Évidemment c'est ce qu'il y a de plus plausible, *a priori*, admit Michel. Cependant il est possible qu'ils aient décidé de fuir volontairement comme cela arrive des centaines de fois en France, chaque année.

Les parents se regardèrent, puis Madeleine prit la parole.

— C'est vrai que nous y avons pensé. Nous nous raccrochons d'ailleurs à cette hypothèse.

— Pourquoi ?

— C'est la moins douloureuse mais peut-être aussi parce que...

Elle hésita et se tourna à nouveau vers son mari qui enchaîna :

— Nous avons consulté un voyant célèbre dans la région où ils ont disparu. Il nous a garanti qu'elle était vivante et son ami aussi.

— De qui s'agit-il ?

— D'un certain Cardec, à Arette.

Michel dissimula son étonnement.

— Que vous a-t-il dit, exactement ?

— Attendez, je cherche ses mots, répondit Madeleine. Que notre fille et son ami... euh... reviendraient en pleine lumière dans peu de temps... Quelque chose comme ça.

— Et vous êtes convaincus ?

— À moitié, avoua Laurent. Il avait commencé à parler de notre fille en des termes précis et nous étions très impressionnés. Maintenant, avec le temps, j'avoue que je suis plus sceptique.

— Moi pas, intervint Madeleine avec une certaine vivacité. Au contraire, j'y crois dur comme fer. Rappelle-toi tout ce qu'il a raconté à propos de la petite. On aurait dit qu'il la connaissait depuis toujours !

— C'est vrai. Et justement cela m'a semblé très bizarre.

— Pardonnez-moi, reprit Michel, mais j'ai su en interrogeant d'autres personnes, que votre fille était une passionnée de sciences occultes.

— Je ne vois pas qui vous a dit ça, commença Laurent, aussitôt interrompu par sa femme.

— Moi je sais, ce sont les parents de Jules, n'est-ce pas ?

Michel approuva d'un hochement de tête.

— Cela ne m'étonne pas ! Ils la détestaient !

— Comment cela ? demanda Michel.

— Ils trouvaient qu'elle appartenait à un milieu trop modeste pour prétendre aimer leur fils !

— Ne sois pas si sévère, trancha Laurent. Oui, ils ont fait certaines réflexions désagréables, mais Jules ne les cautionnait pas.

Madeleine soupira, puis se leva.

— Je vous offre un petit apéritif ?

Michel accepta, bien que l'heure fût inappropriée et qu'il eût horreur du vin doux. Comme elle s'éloignait dans la cuisine, il reprit la conversation avec Laurent.

— Vous n'auriez pas une photo de votre fille ? Il n'y en avait pas dans le dossier.

— Comment cela ? Nous leur en avons donné une. Elle avait été prise par Jules à la sortie du lycée. Mais ce n'est pas grave, nous en avons d'autres.

Ouvrant le bas du buffet, Laurent en sortit un album épais qu'il présenta à Michel. Celui-ci le feuilleta, écoutant en même temps les histoires de bord de mer, de montagne, des tantes de Normandie, etc. Enfin, parvenu aux dernières pages, il put voir Claire telle qu'elle était aujourd'hui. Un joli brin de femme, brune, souriante, grande et sportive.

Dans ces différentes postures, il la trouva plutôt sympathique. En tout cas, dotée de tels attraits physiques et d'un niveau intellectuel supérieur à la moyenne, il n'y avait effectivement aucune raison pour qu'elle eût voulu disparaître. Y compris avec Jules, lui aussi séduisant et intelligent. Sur une photo, ils posaient tous les deux dans une rue de Pau. Avec l'accord de Laurent, Michel put la conserver après avoir juré qu'il la restituerait.

Madeleine revint les bras chargés d'un plateau en bois où étaient disposés les verres remplis à ras bord et des petits gâteaux secs. Constatant que Michel gardait le cliché, elle lança un regard de reproche à Laurent, mais ne fit aucune réflexion.

— Vous n'avez pas répondu à ma question, reprit Michel, concernant votre fille et les sciences occultes ?

Laurent haussa les épaules et se tourna vers sa femme qui prit la parole.

— Écoutez, commissaire, c'est vrai qu'elle était versée dans ce genre de choses. Mais pas au point que cela nuise à son équilibre. Il lui arrivait souvent de nous parler de la mort, de l'avenir, voire de certains de ses ancêtres avec lesquels elle essayait d'entrer en contact. Disons qu'elle était toujours à la recherche de réponses autres que celles qu'on a l'habitude d'entendre.

Rassuré de voir sa femme aussi prolixe sur le sujet, Laurent renchérit :

— Oui ! Elle expliquait que nous possédions tous un karma qu'il faut connaître et respecter. Elle prétendait que nous étions dans l'erreur en croyant que la réalité était la vérité. Pour elle, d'autres mondes parallèles existaient. Et plein d'autres choses encore qui nous faisaient sourire, ma femme et moi. Cependant, nous l'écoutions pour lui faire plaisir. Elle paraissait alors tellement heureuse !

— Vous en parliez, lorsqu'elle venait avec Jules ?

— Non, répliqua Madeleine. En tout cas, je ne m'en souviens pas.

À l'air surpris de Laurent, Michel comprit qu'elle avait menti.

Changeant volontairement de sujet, il s'étonna alors de leur différence d'âge avec leur propre fille.

— Il n'y a aucun mystère là-dedans, déclara Madeleine. Mon mari et moi nous sommes connus assez tard et avons mis du temps à la concevoir. Mais nous ne l'avons pas regretté. Ce fut le rayon de soleil de notre vie.

Jugeant qu'il n'avait plus grand-chose à espérer, Michel termina son verre et prit congé.

— Je vous remercie d'avoir répondu à mes questions. Maintenant, je perçois mieux qui est votre fille...

— Vous allez nous la retrouver, hein ? demanda Laurent en se levant avec difficulté.

— Je vous promets de tout faire en ce sens. Quoi qu'il en soit, si quelque chose à propos de votre fille vous revient à l'esprit, n'hésitez pas à me contacter.

Il nota le numéro de son portable sur un papier qu'il confia à Madeleine, puis sortit. Toutefois, avant que Madeleine ne refermât la porte, il risqua une dernière question.

— Au fait ? Est-ce que Claire aimait la montagne ?

— Oui, normalement pour quelqu'un qui habite tout près.

— Pas au point de dire qu'elle était une alpiniste chevronnée ?

— Oh non ! ... En revanche, Jules, oui !

Après un dernier salut, il dévala l'escalier, impatient d'allumer une cigarette.

Une fois dans la rue, il leva la tête vers leur fenêtre. Tous les deux l'observaient. Aucun ne lui fit signe. On aurait cru qu'ils étaient statufiés.

7

Lorsqu'il revint à l'hôtel, en fin d'après-midi, Michel trouva un mot de Muriel. Elle était allée faire un tour en ville pour repérer un restaurant plus excitant que celui de la veille. En post-scriptum, elle ajoutait avoir rassemblé une foule de détails intéressants sur l'affaire et espérait qu'il en serait de même pour lui.

Cette missive fit plaisir à Michel. Elle témoignait d'une familiarité amicale... Peut-être davantage ? Dans sa chambre, il se livra à un rapide examen de ses affaires. Apparemment, rien n'avait bougé.

Fatigué, il se carra dans le fauteuil et alluma une cigarette. Suite à ses derniers entretiens, il souhaitait redessiner le « paysage » de l'enquête.

Au fond, ce qui sautait aux yeux, c'était l'absence de fil conducteur dans cette affaire. L'impossibilité de se forger des certitudes. Les propos et les attitudes des gens ne menaient nulle part. Cela l'agaçait. Plutôt positif, rationnel, il détestait tout ce qui lui échappait. Au final, tout semblait normal et pourtant rien ne l'était ! Un couple brillant et apparemment équilibré disparaissait sans raison évidente. Les rapports de police étaient inconsistants et les témoignages des parents aussi lisses que leurs personnalités.

Michel dut admettre qu'il faisait fausse route. Sans doute était-il passé à côté de quelque chose de fondamental ?

Morose, il gagna la salle de bains, décidé à prendre une douche. Cela lui éclaircirait peut-être les idées ?

Peu avant 20 heures, lavé, rasé de près et d'après lui, « fringué comme un milord », il téléphona à Muriel qui ne répondit pas. Elle devait déjà l'attendre en bas...

Lorsqu'il entra dans la salle du restaurant, il l'aperçut au bar en grande conversation avec le directeur de l'hôtel. Lorsqu'il l'eut rejointe, elle le prit à témoin.

— Tu te rends compte, mon ordinateur est planté ! On a effacé tous mes fichiers ! Et lui, ajouta-t-elle en désignant l'hôtelier, me dit que c'est de ma faute ! Que j'ai dû commettre une erreur de manipulation !

Gêné, Michel l'attira à l'écart.

— Cela ne sert à rien de te mettre dans cet état ! fit-il. Installons-nous à une table et raconte-moi.

Une fois assise, elle se mit à pleurer.

— Une catastrophe ! Mon travail, ma correspondance, mes comptes, ma vie quoi ! Tout est en l'air !

Michel lui prit la main.

— Pourquoi penses-tu que quelqu'un a fait ça ?

— Parce que je ne me suis pas servie de l'ordinateur depuis hier. C'est seulement tout à l'heure, en le mettant en marche, que j'ai constaté que le disque dur avait été écrasé !

— C'est emmerdant, dit Michel, mais ce n'est pas irrémédiable. J'ai des amis à la police scientifique, spécialisés dans ce genre de problèmes. Ils vont te récupérer le contenu de ton disque, en tout cas une grande partie.

Muriel sécha ses larmes.

— Nous sommes espionnés ! Je suis certaine qu'il se passe ici des choses pas claires. Nos chambres visitées ! Mon ordinateur planté ! Cela fait beaucoup, non ?

Songeant à la fausse serveuse, Michel approuva. Au

point qu'il se demanda même si le propriétaire des lieux n'était pas de mèche.

— Tu veux qu'on change d'endroit ? proposa-t-il. On peut facilement trouver un autre hôtel.

— Certainement pas ! répondit Muriel. Je n'ai aucune envie de donner à ces salauds l'impression qu'on se dégonfle.

— Quels salauds ?

Elle haussa les épaules.

— Je ne sais pas...

Elle fut interrompue par la venue de l'hôtelier, l'air consterné.

— Je suis désolé de ce qui arrive ! dit-il avec componction. De telles choses ne se sont jamais produites dans mon hôtel. Je ne comprends pas... Pardonnez-moi d'insister, mais peut-être avez-vous fait une mauvaise manipulation ?

— Effectivement, répliqua Muriel, pourtant là je n'en ai même pas eu le temps !

— Je comprends... C'est inexplicable. Je ne sais que dire. Voulez-vous que je vous offre quelque chose ?

Ils optèrent pour deux cafés.

Avant de s'éloigner, l'hôtelier ajouta :

— Si vous pensez que quelqu'un s'est réellement introduit dans votre chambre et a manipulé votre ordinateur, vous devriez porter plainte à la gendarmerie.

— C'est ce que nous allons faire ! rétorqua froidement Michel.

Tandis que l'homme regagnait le bar, Michel songea qu'il avait tout d'un hypocrite : le regard fuyant, le sourire faux, la voix mielleuse. En plus, il lui avait paru presque provocateur en le renvoyant sur la gendarmerie. Il choisit de ne pas en toucher mot à Muriel pour éviter de l'alarmer davantage.

D'une voix rassurante, il proposa de ne pas changer leurs plans. Ils avaient décidé d'aller au restaurant, ils devaient le faire ! Plus détendue, elle acquiesça.

— Tu as raison. Surtout après ce qui vient de se passer. Et puis quoi ! Nous avançons ! Nous avons au moins la preuve qu'on gêne et que l'on cherche à nous retarder, voire à nous priver de nos moyens d'investigation !

Leur café bu, ils sortirent et prirent la voiture de location. Sur les conseils du libraire de la ville, Muriel avait réservé une table dans une auberge à Licq Atherey, un village en allant vers l'Espagne.

Le restaurant était situé sur le bord d'une petite route, à la sortie du bourg. La salle, très vaste, donnait sur un jardin éclairé à l'intention des convives. Les tables, nombreuses et très espacées les unes des autres, étaient soigneusement alignées, comme dans un réfectoire. Pourtant, malgré ce manque apparent d'intimité, il régnait en ce lieu une atmosphère étonnamment conviviale.

Muriel et Michel s'assirent non loin de la véranda. Lorsqu'ils furent installés, ce dernier décida de ne pas aborder l'affaire. Il préférait essayer de dérider la jeune femme qui n'avait pas ouvert la bouche pendant le trajet. Il s'y employa si bien, l'interrogeant sur sa vie à Toulouse, ses distractions, ses amies, que lorsque la serveuse, accorte et souriante, s'approcha pour la commande, elle avait retrouvé sa bonne humeur habituelle.

Ils choisirent des plats locaux et un madiran du cru.

— Je te remercie, dit Muriel. Tu as eu raison de ne pas revenir sur cette histoire. Il fallait que je digère. Parle-moi maintenant de ta journée...

— Tu en es certaine ? Ça peut attendre.

— Oui, oui ! Au contraire, je suis très impatiente.

Michel relata en détail ses entretiens, tâchant de décrire au mieux ses interlocuteurs et de préciser ses impressions sur leurs personnalités respectives. Afin de ne pas influencer son jugement, il ne lui fit pas part de ses doutes ou interrogations, souhaitant qu'elle réagisse avec sa propre sensibilité.

Quand il eut terminé, Muriel esquissa un sourire ironique.

— C'est tout ?

— Comment ça ?

— Je ne sais pas. J'avais l'impression d'écouter un rapport administratif !

Il lui sourit à son tour.

— J'attendais que tu me donnes ton avis.

Elle s'apprêtait à répondre quand la serveuse revint avec une soupière copieusement remplie. Ils se servirent et se mirent à manger en silence, appréciant à la fois le fumet et le contenu de cette soupe typiquement béarnaise. Du choux, des carottes et des pommes de terre mélangées avec de la viande. Un repas en soi...

— Plusieurs choses me surprennent dans ce que tu viens de raconter, commença Muriel. D'abord, la proximité géographique de Paul et de sa femme, comme s'ils étaient séparés, sans l'être vraiment. La différence de leurs jugements sur leur fils et sur Claire. Le contraste aussi entre les points de vue des Conan et des Demaille sur le couple disparu... Beaucoup de questions me viennent à l'esprit. Quel est le rôle de Malthus dans tout cela ? Pourquoi ne nous a-t-il pas dit qu'il connaissait le père de Jules ? Enfin, il y a cette constante étonnante qui me gêne : tous semblent accréditer l'idée d'une disparition volontaire.

— Pas mal ! fit Michel, admiratif. Tu aurais ta place dans la police !

— J'ai suffisamment travaillé avec elle, que ce soit ici ou aux États-Unis, pour détecter certaines anomalies dans une situation donnée.

— Rien d'autre ?

— Si. Je remarque que les sciences occultes, que tu méprises tant, occupent une place très importante dans cette affaire. Hormis la mère de Jules qui prétend ne pas s'y intéresser, ce qui reste à prouver, tous les autres en sont plus ou moins passionnés. Jules et son père, Claire et ses parents. À tel point qu'ils ont consulté Cardec ! Curieux, non ?

Michel leur servit généreusement du vin qui se mariait avec bonheur à la soupe.

— Tout cela est vrai. J'y ajouterai que les parents de Jules n'ont guère témoigné d'inquiétude sur son sort... L'adoration excessive de Paul pour son fils... Mon impression que tout le monde mentait, plus ou moins... Sans compter les dossiers de gendarmerie, si peu étayés...

— Quelle est ton explication à ce sujet ?

— Soit les gendarmes sont incompétents, soit ceux qui ont mené l'enquête ne se sont pas vraiment investis.

— Tu insinues qu'il y aurait eu des négligences ? Ou même la volonté de trafiquer les dossiers ?

— Je n'en sais rien. Mais il faudra bien que Seignolles, ou un autre, m'explique pourquoi ils ne contenaient aucune photo, alors que les Demaille m'ont affirmé en avoir donné une !

Il tira alors le portrait de Claire et Jules de sa poche portefeuille et le tendit à Muriel qui l'étudia attentivement.

— J'aurais aimé avoir une telle photo de moi avec le père d'Andrew, lâcha-t-elle, pensive.

— Méfie-toi du bonheur qui transparaît sur un cliché ! Ce n'est qu'un moment de vie. Cela ne signifie pas qu'ils étaient si heureux.

— En tout cas, ils ont l'air de l'être.

Elle lui rendit la photo. Michel n'insista pas, supposant que cela avait dû réveiller chez elle des souvenirs douloureux.

— Au fond, reprit-il, je n'ai pas tiré grand-chose de ces gens-là. Cependant, je sais ce qu'il me reste à faire : interroger Seignolles sur la pauvreté des rapports de gendarmerie, et avoir une conversation approfondie avec Malthus. Je suis vraiment surpris de son silence à propos de Paul Conan et de Massard, le capitaine de la gendarmerie.

Muriel approuva. La serveuse venait d'arriver avec le plat de viande, elle dégagea de la place sur la table. En même temps, Muriel jeta un œil sur la salle qui s'était remplie de convives, sans qu'elle s'en fût rendu compte. Elle le fit remarquer à Michel qui fut également surpris.

— Cela prouve au moins que nous sommes attentifs l'un envers l'autre !

Ils rirent puis se servirent copieusement comme le leur avait conseillé la jeune femme, soulignant que c'était « le plat maison ». Un mélange subtil de viande, de champignons et de plantes aromatiques.

— Et toi ? s'inquiéta Michel. Ta rencontre avec l'hôtelière d'Arette s'est bien passée ?

Muriel rapporta son entrevue avec Colette dans la cathédrale, insistant sur le fait qu'elle paraissait paniquée et sous contrôle. Elle s'enquit ensuite de l'avis de Michel.

— Tu veux me tester. Voir si je suis aussi perspicace que toi ? plaisanta-t-il.

— Pourquoi pas ?

— Au-delà de ses délires ésotériques, j'ai l'impression que cette femme est réellement menacée.

— Qu'est-ce qui te faire dire ça ?

— Je l'ai déjà rencontrée. Je me souviens bien d'elle et je ne crois pas qu'elle soit du genre impressionnable. C'est même une personne forte, la tête bien vissée sur les épaules. Le tout est de savoir qui la suivait ou était susceptible de le faire. Apparemment une femme, non ? Il faudrait aussi connaître l'identité de ceux qu'elle évoque et qui voudraient entraver notre travail. C'est également étonnant qu'elle ait radicalement changé d'avis depuis la première fois où nous l'avons rencontrée ! Au départ, on devait absolument continuer à enquêter, maintenant nous devons arrêter !

— Pas mal ! le taquina Muriel. Quelque chose d'autre aurait cependant dû te frapper.

— Je ne vois pas.

— Elle a évoqué les Neuf Supérieurs Inconnus, comme Cardec. Ce n'est pas un hasard ! En plus, elle le connaît certainement puisqu'ils sont voisins. D'autre part, elle a encore invoqué le trésor des Maures, ce qui établit un lien supplémentaire avec Cardec.

— C'est exact, admit Michel. D'ailleurs, ce lascar commence à m'intéresser. Il faudrait que nous allions lui rendre visite ensemble...

— Sous quel prétexte ?

— Une disparition permet à peu près d'interroger qui on veut... Je te rappelle que les parents ont porté plainte...

— Certes ! Mais tu n'es pas en charge de l'enquête.

— C'est vrai, admit Michel.

Muriel se sentait beaucoup mieux. Légèrement ivre, d'humeur enjôleuse, elle regarda Michel droit dans les yeux, sondant ses pensées les plus secrètes. La trouvait-il jolie ? Désirable ? Songeait-il parfois à aller plus loin avec elle ?

Michel lui sourit et héla la serveuse.

— Passons au dessert, lui dit-il joyeusement.

Déçus par les pâtisseries, ils commandèrent un café puis s'installèrent dans l'habituelle léthargie qui suit un bon repas.

Soudain, la serveuse revint et s'adressa à Muriel.

— Vous êtes Muriel Lacan ? On vous demande au téléphone.

Cette dernière éclata de rire.

— C'est ridicule ! Personne ne sait que je suis là !

La fille haussa les épaules.

— Je ne sais pas, moi ! En tout cas, c'est bien vous qu'on veut joindre.

— C'est bon, l'encouragea Michel, vas-y ! On verra bien.

Muriel gagna le hall de réception de l'auberge et prit le combiné que lui tendait la serveuse.

— Allô ?

— Bonsoir, mademoiselle Lacan. Je ne serai pas long. Vous et votre ami devez abandonner vos recherches.

Nous n'aimons pas les curieux de votre espèce. Et vous, quoi que vous fassiez, vous n'accéderez pas au grand savoir. Vous n'êtes pas une initiée...

— Si vous croyez m'impressionner ! répliqua Muriel. Vous vous trompez !

— Tant pis pour vous !

Comme son interlocuteur éclatait d'un rire strident, elle raccrocha violemment. Dominant son appréhension, elle rejoignit Michel et lui raconta ce bref échange.

Il haussa les épaules. Cette tentative d'intimidation confirmait qu'ils commençaient à gêner, c'était l'essentiel ! Muriel acquiesça, convaincue de la réalité du danger.

Leur repas terminé, ils regagnèrent Oloron. Muriel se retournait constamment pour voir si personne ne les suivait.

— Arrête d'être aussi inquiète ! fit Michel d'un ton moqueur. Que veux-tu qu'il arrive sur cette route ? Il n'y a personne.

— Je sais, mais j'ai peur.

— Le coup de téléphone ?

— Oui. La voix de ce mec avait une consonance irréelle, comme si elle venait d'ailleurs. Je ne sais trop comment dire...

Soudain, elle poussa un cri.

— Là devant, regarde !

Michel freina, puis roula au pas.

— Qu'est-ce que tu as vu ?

— Quelqu'un ! Enfin je ne sais pas, une silhouette, quelque chose comme ça !

Michel gara le véhicule sur le bas-côté et se tourna vers la jeune femme. Rassurant, il posa la main sur son épaule.

— Il faut te détendre ! Regarde la route, elle est absolument déserte. Il est une heure du matin, tout le monde dort ! Il ne peut rien se passer !

— Arrête de me parler comme à une enfant ! J'ai vu quelqu'un, j'en suis sûre !

— Une hallucination due à la fatigue, voilà tout !

Muriel ne répondit pas. Luttant contre le tremblement de ses mains, elle alluma une cigarette. Michel redémarra et, roulant à faible allure, se mit à siffloter.

— Tu es ridicule ! lança-t-elle. Si tu crois qu'en affectant d'être tranquille, je le serai davantage.

— Mais je n'affecte rien, je le suis !

À nouveau, Muriel se redressa sur son siège, désignant la route.

— Regarde, là ! cria-t-elle. Là, devant, sur la gauche, le type qui s'enfuit !

— Mais enfin ! Tu délires ! La nuit est noire, on ne peut rien distinguer.

Il ralentit encore.

— Regarde ! Il n'y a personne.

— Fonce ! insista-t-elle, des sanglots dans la voix. J'ai hâte d'être arrivée ! Vite !

La sentant au bord d'une crise d'hystérie, Michel lui parla doucement afin de la calmer.

— Ne t'inquiète pas. Il ne reste que cinq kilomètres. Nous y serons dans quelques minutes. Avant de te coucher, prends un somnifère.

Épuisée, Muriel se laissa aller contre le dossier et ferma les yeux. Michel pouvait affirmer le contraire mais, elle avait bel et bien vu des personnes traverser la route !

À l'hôtel, Michel l'accompagna jusqu'à la porte de sa chambre.

— Dors, cela ira mieux demain. Si tu veux te reposer toute la journée, fais-le ! Je peux très bien aller à la gendarmerie tout seul, de même que visiter les appartements de Jules et de Claire.

— Non ! Non ! Je tiens à t'accompagner et je veux aller voir Eygun, comme prévu !

Elle embrassa Michel, s'excusant de lui avoir fait passer une si mauvaise fin de soirée, puis s'enferma.

De son côté, Michel gagna sa chambre, passablement inquiet. Voir Muriel dans un tel état le bouleversait. Peut-être était-elle trop fragile pour affronter ce type d'enquête ? Après un bain brûlant, qu'il prolongea durant une bonne heure, il se coucha, l'esprit en ébullition. Cette affaire prenait un tour franchement désagréable. Sans réelle prise sur les événements et les gens, il percevait comme une menace diffuse autour d'eux, sans parvenir à en identifier la source.

Les hommes et les femmes qu'il avait rencontrés, ces lieux qu'il avait traversés paraissaient tous « anormaux ». Décalés par rapport à la réalité. Il se demanda pourquoi lui, si rationnel et froid, éprouvait un malaise presque physique en songeant à eux. Qu'est-ce qui les liait ? Pourquoi provoquaient-ils cette angoisse ?

Il tenta d'établir entre eux un point commun, physique ou psychologique, qui expliquerait tout. Hormis leur lien avec le couple et, pour la majorité d'entre eux, leur intérêt pour l'occultisme, il n'en vit aucun de concret.

Refusant de se laisser aller à des divagations ésotériques, il préféra revenir à l'évidence. En particulier aux rapports de police, et donc à Olivier Seignolles, responsable de l'enquête. À son avis, ce dernier tenait une partie de la solution entre ses mains. D'où la conviction que sa rencontre avec lui, le lendemain, serait décisive...

À 3 heures du matin, Muriel se réveilla en sursaut, inondée de sueur. Dans son rêve – en était-ce vraiment un ? – elle se trouvait en état d'hypnose dans le cabinet de Cardec et parlait avec lui. Plus exactement, elle répondait à ses questions.

Indiscret, il lui demandait des détails intimes sur ses relations amoureuses, son fils, ses fantasmes. C'était affreux. Elle avait l'impression d'être sous le contrôle absolu de cet homme qui la dégoûtait.

Elle tendit le bras vers l'interrupteur sans y parvenir. Elle fit une nouvelle tentative, mais son désir et l'effort qu'elle fournissait ne suffisaient pas. Elle se rendit compte qu'elle était clouée sur son lit, comme paralysée. La panique la gagna. Sans aucun doute, elle se trouvait sous l'emprise de Cardec qui agissait par télépathie !

Elle essaya de parler, de crier, mais là encore ses fonctions semblaient neutralisées ! Elle formait ses phrases, les prononçait, cependant aucun son ne sortait de sa bouche ! C'était comme si elle n'existait qu'à l'intérieur d'elle-même et ne pouvait plus en sortir ! Épuisée par ses efforts répétés, elle frémit en entendant soudain un rire dément, venant tout à la fois de partout et de nulle part. Il résonnait dans sa tête avec tant de netteté, qu'elle éprouva l'effroyable sensation que le rieur existait en elle, à son insu. Elle se détendit au maximum, s'efforçant de ne plus y penser. Ce fut pire que tout ! L'intrus lui semblait encore plus vivant et présent.

Tétanisée par la peur – jamais elle n'avait vécu une expérience similaire –, elle perçut comme un murmure. Les mots se firent peu à peu plus précis. « Alors, Muriel, on met son nez là où il ne faut pas... On dérange les esprits... On veut savoir ? » Ces bribes de phrases, prononcées par une voix grave et lointaine, étaient entrecoupées de ricanements suraigus. Des témoins semblaient s'amuser de la situation.

— Qui êtes-vous ? Que voulez-vous ? demanda Muriel.

Mais ses interrogations résonnaient en écho dans sa tête. Elle entendit un rire pour seule réponse, puis la voix reprit : « Toujours à poser des questions ! Que des questions ! Parle-nous plutôt de toi ! Où en êtes-vous dans votre enquête ? »

Muriel luttait pour ne pas parler, mais sa volonté ne pouvait rien contre ce viol de son esprit. Vaincue, elle se mit alors à expliquer ce que Michel et elle avaient fait depuis leur arrivée, l'état de leurs cogitations, puis enfin leurs projets pour les jours à venir ! Même si son discours demeurait haché, tentant en vain de se taire, elle révélait tout !

Quand elle eut fini, un nouveau ricanement la fit crier d'effroi tant il était aigu et menaçant, puis ce fut le silence. Un silence normal... Celui de sa chambre.

Désormais « libérée », elle déplia son bras douloureux, puis alluma. Son cœur battait à tout rompre. Elle gagna la salle de bains en titubant, se passa la tête sous le robinet et se regarda dans le miroir. Son visage était livide et creusé. Des cernes affreux soulignaient ses yeux brillants, injectés de sang. Totalement désorientée, elle se mit alors à pleurer.

Après avoir avalé quelques gorgées d'eau, elle retourna s'allonger. Elle essaya d'inscrire dans sa mémoire ce qui venait de se produire, mais au fur et à mesure que les minutes passaient, elle oubliait, oubliait... Elle finit par s'endormir, la lumière allumée.

8

Michel quitta l'hôtel à 9 heures sans avoir revu Muriel. Elle n'était pas descendue pour le petit déjeuner, sans doute dormait-elle encore. Malgré la pluie qui recommençait à tomber, il décida de se rendre à pied à la gendarmerie. Il appréciait l'air frais venant des montagnes voisines. Cela lui donnait l'envie de grimper à nouveau.

Trop occupé par sa prochaine rencontre avec Seignolles, il remisa bien vite son désir. Lorsqu'il avait eu le gendarme au téléphone, quelques minutes auparavant, il avait paru peu enthousiaste à l'idée de le recevoir. Mais peut-être se trompait-il ?

Au milieu du parc, qui servait d'axe de gravité à la circulation, il se remémora la soirée précédente.

Il avait mis longtemps à trouver le sommeil, tournant et retournant dans sa tête des questions sans réponses. Songeant à Muriel, il se demandait si elle n'avait pas été victime d'hallucinations au retour du restaurant. Pourquoi s'était-elle montrée si impressionnable alors qu'elle n'était pas du genre à se laisser « embarquer » dans un tel délire ? D'habitude, dans des situations délicates, elle faisait plutôt montre de sang-froid, prenant du recul par rapport à « l'anormal ». À court d'explication, il en conclut qu'elle devait être très fatiguée ou bien ivre, tout simplement !

Curieusement, à plusieurs reprises durant la nuit, il s'était éveillé brusquement, avec la désagréable sensation que ses pensées ne lui appartenaient plus tout à fait. Comme s'il était le témoin de celles d'un autre... Chaque fois, il s'était rendormi sans difficulté, mais il ressentait encore une sourde angoisse.

Une fois à la gendarmerie, le planton le reconnut et prévint aussitôt Seignolles. L'attente se prolongeant, Michel en profita pour préparer l'entretien. Une seule question importait : pourquoi les dossiers étaient-ils aussi inconsistants ? Enfin un gendarme de garde vint le chercher pour l'accompagner jusqu'au bureau du brigadier. En le saluant, Michel comprit à son regard, plutôt froid, qu'il était indésirable.

— Je vous en prie, asseyez-vous ! commença Seignolles. Je vous préviens, je n'ai pas beaucoup de temps à vous consacrer. Les intempéries et les accidents qui s'ensuivent nous mobilisent énormément...

Par courtoisie, Michel s'informa des dégâts occasionnés par les pluies de ces derniers jours, puis, entrant dans le vif du sujet, raconta les visites qu'il avait effectuées chez les parents des disparus. Toutefois, il n'évoqua pas ses propres interrogations, préférant laisser réagir son interlocuteur.

— Eh bien ? demanda celui-ci, légèrement ironique. Cela vous a-t-il permis d'y voir plus clair ?

— Pas vraiment, répondit Michel. Ils m'ont toutefois paru plus prolixes qu'avec vous !

— Comment cela ?

— À la lecture de vos rapports, j'ai eu l'impression qu'ils ne vous avaient pas dit grand-chose.

— Vous aviez plus de temps, voilà tout ! Il est vrai qu'on a mené ces interrogatoires très rapidement, ces personnes nous paraissant évidemment hors de cause.

— Peut-être. Mais elles sont malgré tout concernées de très près. Leur témoignage est plus que précieux.

Seignolles toussota et se carra dans son siège, à la recherche d'une position plus confortable.

— Que pensez-vous ? Soupçonneriez-vous l'un des membres de ces familles d'être impliqué dans cette disparition ?

— Pas du tout ! Je me suis seulement posé des questions.

— Lesquelles ?

— Par exemple, pourquoi semblent-ils éprouver aussi peu d'inquiétude face à cette situation ? Pourquoi Paul et sa femme ont-ils un regard si différent sur leur fils ? Quand l'un en fait un dieu, l'autre s'en désintéresse, ou presque. Certes, il s'agit d'interrogations relativement périphériques, mais elles ont tout de même leur importance.

— Je saisis, s'amusa Seignolles. Vous faites dans le psychologique ! Moi je préfère les faits tangibles.

— C'est vrai que l'approche psychologique peut apparaître comme un luxe. Cependant dans un cas comme celui-ci, où justement rien n'est tangible, cela peut aider.

Seignolles se redressa, dissimulant mal son agacement.

— Je ne vois pas pourquoi s'obstiner sur ces braves gens, déjà fort affectés par la disparition de leurs enfants alors que l'évidence s'impose : Jules et Claire sont partis en montagne où ils ont disparu. Ce qui veut dire qu'il s'agit très probablement d'un accident.

— OK ! répliqua Michel, mais vous ne les avez pas retrouvés. Et cela, malgré d'importants moyens : l'aide de spécialistes comme Malthus et d'autres guides de haute montagne, le renfort de chasseurs alpins.

Seignolles se renversa sur son siège, faussement hilare.

— Ce sont bien là des propos de Parisien ! Si vous

connaissiez nos montagnes, vous sauriez qu'elles peuvent constituer un cercueil pour tout randonneur imprudent !

— Je le sais, brigadier. Votre capitaine a peut-être omis de vous préciser que j'ai appris à grimper ici même, et que mon initiateur était Malthus en personne.

Vu son regard étonné, il sembla à Michel que Seignolles marquait le coup. Comme si cette révélation le perturbait.

— Dans ce cas, reprit-il après un temps de silence. Vous voyez ce que je veux dire...

— Tout à fait. D'autant mieux que si l'on étudie de près la carte des environs de Kakouetta, il est peu probable qu'ils aient pu aller très loin. Sauf à imaginer qu'ils aient entamé une randonnée de plusieurs jours, ce qui paraît invraisemblable au regard de leurs activités respectives. D'après votre dossier, Jules avait des rendez-vous à son cabinet le lendemain et Claire devait reprendre ses cours.

— Soit ! Mais où cela nous mène-t-il ?

— À un constat très simple : les recherches ont été menées à trop grande échelle par rapport au périmètre supposé de la disparition, qui lui-même, curieusement, a été négligé. D'après moi, s'ils sont morts, on devrait les retrouver à proximité du parking...

— Nous avons également fouillé cet endroit et ses alentours...

— J'imagine, ironisa Michel. Des gendarmes aussi expérimentés que vous n'ont pas pu oublier d'entreprendre ce genre de recherches. Cependant je n'en ai pas trouvé la trace dans vos rapports.

— C'est vrai, admit Seignolles mal à l'aise. Cela s'explique facilement. Il n'existe pas de trace écrite à ce sujet parce que nous avons confié cette exploration à Malthus, Paul Conan et quelques-uns de leurs amis, qui connaissaient ces lieux mieux que nous.

— Vous-même n'y avez pas participé ?

— Si, mais de loin...

Soudain, visiblement excédé, Seignolles se leva.

— Bon, soyons clairs ! Où voulez-vous en venir à la fin ? Vous ne faites pas partie de l'Inspection des Services, que je sache ? Et si vous sous-entendez que nous avons mal effectué notre travail, dites-le ! Mais convenez que cela outrepasse largement votre...

— Allons, l'interrompit Michel, ne soyez pas aussi susceptible ! Je partage simplement avec vous les questions que je me pose. J'essaie de vous montrer l'affaire sous un jour différent, afin que vous-même puissiez en tirer profit. D'expérience, je sais que le point de vue de l'enquêteur est fondamental. On ne voit pas la montagne de la même manière selon que l'on se trouve sur un sommet ou dans la vallée...

Ces propos conciliants parurent apaiser Seignolles qui se rassit.

— Vous n'avez peut-être pas tort. Je vais organiser une nouvelle battue.

— Ne vous donnez pas cette peine. Je compte revoir Malthus très prochainement. Je lui proposerai de l'entreprendre avec moi et d'autres, s'il le souhaite. Pourquoi pas Paul Conan puisqu'ils se connaissent ? Je vous ferai alors part de mes conclusions. Sans doute seront-elles identiques aux vôtres ?

Seignolles esquissa un vague sourire. Michel était assez expérimenté pour se rendre compte qu'il était loin d'être amical. Totalement indifférent, il se leva.

— Je ne vous importune pas plus longtemps. J'imagine que des gens en détresse ont besoin de vous.

Il tendit la main au brigadier qui la serra sans chaleur, puis gagna la porte. Juste avant de sortir, il ajouta :

— Au fait, est-ce que les parents de Jules et Claire ont déposé plainte ensemble, ou séparément ?

— Cela doit figurer dans le dossier... Je me rappelle y avoir déposé les récépissés.

— Je ne les ai pas trouvés. Ils ont sans doute glissé

entre d'autres feuillets ? Comme les photos d'ailleurs... Je n'en ai vu aucune.

— Il n'y en a pas ? s'exclama Seignolles. C'est impossible ! Je suis absolument certain de les y avoir mises.

— Ce n'est pas grave. Peut-être se trouvent-elles dans une autre chemise. Cela m'arrive souvent. Mais si vous les retrouvez, je serai content de les voir.

— Bien sûr ! Dès que je mets la main dessus, je vous les fais parvenir.

Michel le remercia et prit congé du brigadier en l'assurant qu'il le contacterait dès qu'il aurait du nouveau. Seignolles paraissait ébranlé et inquiet. Rien qu'à sa manière de s'appuyer sur le bord de la table, comme s'il allait tomber !

Michel retrouva l'air frais et la pluie avec plaisir. Il était content de lui. Grâce à ses allusions sur la qualité médiocre des recherches entreprises par la gendarmerie, il avait la certitude que l'enquête allait prendre un tour nouveau. Seignolles allait se montrer zélé pour faire oublier son incompétence.

Au même moment, Muriel quittait Oloron-Sainte-Marie en direction du col de la Pierre-Saint-Martin, situé à la frontière franco-espagnole. Là où résidait Ibanez Eygun avec qui elle avait pris rendez-vous pour midi. Elle passerait d'abord par Arette rendre visite à Colette, puis n'étant pas loin de Sainte-Engrâce, elle en profiterait peut-être pour saluer Malthus.

Elle conduisait prudemment, se méfiant de la pluie et des virages sans visibilité. Se rappelant aussi les silhouettes de la veille, elle craignait d'en croiser de nouvelles, même en plein jour...

La radio fonctionnait mal. Elle l'éteignit. La nuit précédente lui revint alors en mémoire. Subsistait l'unique certitude d'avoir été sous contrôle. Mais qui était l'émetteur ? De quelle nature était son pouvoir ? Pourquoi était-il aussi puissant ? Elle n'aurait su le dire !

Dans Arette, elle ralentit, souhaitant se garer juste en face de l'hôtel de Colette. Cependant, contre sa volonté, au lieu de freiner, elle accéléra, comme si elle ne devait pas s'arrêter à cet endroit. Furieuse d'être ainsi contrariée, Muriel voulut à nouveau réduire son allure. Vainement ! Son pied, plaqué sur l'accélérateur, semblait déconnecté de son cerveau. Elle perdait non seulement la commande de son véhicule mais également celle de son esprit !

La lutte était inégale. La puissance de l'envoûtement était telle qu'elle dépassa bientôt l'hôtel, où une jeune femme entrait, puis continua à rouler vers la sortie du village. Affolée, Muriel coupa le contact. Le moteur s'arrêta et la voiture roula encore quelques dizaines de mètres avant de s'immobiliser peu après la sortie du village !

La jeune femme descendit et fit quelques pas sur le bord de la route. C'était tellement invraisemblable qu'elle se demanda si elle ne commençait pas à perdre les pédales. Sauf à imaginer l'existence d'une formidable puissance occulte, elle ne voyait pas comment on pouvait ainsi prendre possession de quelqu'un dans ces conditions ! Tous les travaux sur la télépathie le prouvaient ! On n'en était qu'aux balbutiements, y compris dans l'armée américaine, pourtant à la pointe de la recherche dans ce domaine !

Encore sous le choc, Muriel abandonna la voiture et gagna l'hôtel à pied.

La salle était vide, elle s'assit, imaginant que Colette ne tarderait pas à se montrer. Mais l'attente se prolongeant, elle alla frapper à la porte adjacente au bar. Quelques secondes plus tard, une jeune fille ouvrit et, entrant dans la salle, referma derrière elle.

— Qu'est-ce que vous désirez ?

— Un café s'il vous plaît ! répondit Muriel en prenant place au comptoir, sur un haut tabouret.

L'inconnue s'exécuta avec savoir-faire, puis disposa la tasse devant Muriel, sans un mot ni un regard.

— Vous êtes la fille de Colette ? demanda Muriel.

— Si on veut...

Bien que son interlocutrice parût peu encline à engager la conversation, Muriel insista :

— Savez-vous où elle se trouve ? J'aurais aimé lui parler.

— Elle n'est pas là !

— Elle va revenir aujourd'hui ?

— Je ne sais pas, répliqua la jeune fille en se retournant pour astiquer la machine à café.

Muriel l'observa. Elle était vêtue d'un jogging et de baskets à la mode. Ses longs cheveux bruns et fins étaient arrangés en un chignon flou. À son allure, on la supposait souple et nerveuse.

Muriel demanda un verre d'eau pour voir l'adolescente de face. Elle le disposa devant elle, puis sans pudeur la dévisagea. Muriel frémit. Ses yeux, fixes, étaient du même bleu que ceux de Malthus, Cardec et la vieille de Sainte-Engrâce ! Bien que la fille lui sourît, son regard exprimait des sentiments inverses : de la colère, voire de la haine.

— Que venez-vous faire ici ? s'enquit-elle avec brusquerie.

Surprise par la question, Muriel bafouilla :

— Euh... Je viens me renseigner sur le tremblement de terre de 1967 pour écrire un article.

— C'est tout ? renchérit la jeune fille.

— Oui... Pourquoi ? s'étonna Muriel, comprenant que son interlocutrice n'était pas dupe.

— Dans ce cas, si c'est la catastrophe qui vous intéresse, vous n'avez qu'à aller à l'église. Le curé a organisé une petite exposition de photos sur la question... Et puis, il y a le syndicat d'initiative, ils ont plein de documents là-dessus.

— Vous, vous n'étiez pas née, je suppose !

Elle éclata de rire.

— Évidemment non ! Je n'ai que vingt ans.

— Votre mère l'a connue, elle, je crois ?

— Sans doute...

— Justement je voulais la voir pour en reparler avec elle.

— Je le lui dirai..., lâcha la jeune fille en commençant de laver quelques verres sales, posés dans l'évier.

Sentant qu'elle n'apprendrait rien d'autre, Muriel paya et prit congé.

— Oui, dites à votre mère que Muriel est venue. Je repasserai prochainement.

— Je n'y manquerai pas.

Une fois dehors, Muriel poussa un soupir de soulagement. Cette conversation l'avait profondément remuée tant la gamine semblait hostile.

Ignorant l'église, elle se dirigea vers son véhicule. Elle eut le pressentiment que dans ce village résidait la clé de la disparition du couple, et peut-être de toutes les autres. Plus précisément dans cet hôtel et chez ses occupants. Après un dernier coup d'œil sur la bâtisse, elle grimpa dans la voiture et reprit la direction du col de la Pierre-Saint-Martin.

Muriel admira le magnifique paysage au milieu duquel serpentait la route, oubliant presque ses inquiétudes. Une succession de collines verdoyantes s'étendait au loin, jusqu'à la chaîne des Pyrénées. Au détour d'un virage, elle découvrait une belle ferme béarnaise, nichée au creux d'un vallon ou à flanc de coteau. Plus loin, un troupeau de vaches ou de moutons paissait tranquillement.

Elle eut envie de changer de vie. Que faisait-elle en ville, à toujours s'agiter, recherchant un hypothétique bonheur ? Ici au moins, elle pourrait retrouver cette unité de l'esprit et du corps qui lui manquait tant !

Ce n'était cependant qu'un vœu pieux, elle le savait bien. Elle n'était pas contemplative ! Et puis, il y avait Andrew. Son rôle de mère n'était pas de l'isoler du monde mais au contraire de l'y plonger en lui donnant les armes nécessaires pour y vivre !

Un peu plus loin, sur le bas côté, elle aperçut un petit autel dédié à la Vierge, surmonté d'un toit en tuile. C'était tellement charmant, qu'elle s'arrêta et descendit l'admirer.

Le petit édifice n'avait pas été placé là sans raison. La statuette faisait face à un splendide panorama de collines, aux sommets boisés et auréolés de brume. Il régnait un silence profond. Aucun frisson de vent. Tout exprimait le calme et la sérénité. Même le temps semblait immobile.

Soudain, un véhicule passa en trombe. Sortant de sa torpeur contemplative, Muriel monta dans sa voiture et reprit la route.

Quelques kilomètres plus loin, alors qu'elle gagnait encore en altitude, il se mit à pleuvoir puis à neiger. Cela dura jusqu'à ce qu'elle parvînt à un carrefour, à l'entrée de la station de sports d'hiver de la Pierre-Saint-Martin. Là, elle prit la direction de l'Espagne, et roula lentement afin de ne pas manquer le chemin menant à la maison d'Eygun. Selon les explications de ce dernier, il était signalé par un rocher en forme de menhir.

Lorsqu'elle l'eut repéré, Muriel s'engagea dans le sentier en pente forte, serpentant au milieu des conifères, et avança jusqu'à une vieille bâtisse en pierre grise, construite à flanc de montagne et ressemblant à une bergerie. Regrettant que le toit en lauze fût hérissé d'antennes et de paraboles en tous genres, elle gara la voiture et descendit.

Tandis qu'elle s'approchait de la porte, admirant la vue enneigée qui s'étendait vers Oloron, un homme d'une quarantaine d'années ouvrit et vint vers elle, souriant.

Grand, barbu, les cheveux noirs et longs, il portait un jean et une chemise à carreaux, les manches relevées jusqu'au coude. Son regard bleu, très clair, inspirait confiance.

— Vous avez trouvé sans difficulté ?

— Oui ! Vos explications étaient parfaites.

Il l'invita à entrer. Muriel se débarrassa de sa parka,

et s'approcha de la cheminée où flambait un amas de bûches sur un épais lit de braises.

— Vous voulez boire quelque chose de chaud ? demanda-t-il.

— Oui, un café, je veux bien...

Alors qu'Eygun disparaissait dans la cuisine, elle observa la pièce. Vaste, encombrée de meubles, tables, livres et vêtements dispersés en tous sens, elle s'ouvrait sur l'extérieur grâce à une immense baie vitrée. De là, on découvrait le même spectacle qu'à l'extérieur. Comme à la proue d'un navire...

Deux télescopes très puissants étaient installés près de la fenêtre au milieu d'un matériel électronique d'écoute et d'observation du cosmos.

— Ça vous plaît ? demanda Eygun en revenant avec un plateau.

— Oui...

Ils s'installèrent sur le canapé, disposé de telle manière qu'on pouvait à la fois profiter du feu et du ciel.

— Alors, que puis-je faire pour vous, mademoiselle ?

Muriel se présenta puis elle détailla l'enquête en cours, évoquant pêle-mêle la disparition de Jules et Claire, les autres plus anciennes, le trésor des Maures, Cardec, sa visite à Malthus, Sainte-Engrâce, Colette et les quelques incidents d'ordre « spirituel » qu'elle avait vécus ces dernières heures. Enfin elle expliqua sa mission qui consistait à démêler « l'écheveau ésotérique » de l'affaire.

Eygun lui prêta une oreille apparemment attentive et intéressée. Lorsqu'elle eut terminé, il se leva et gagna la baie vitrée. Il y demeura un long moment, silencieux, puis il se tourna vers Muriel.

— Pourquoi une telle détermination ? Vous êtes flic ou quoi ? questionna-t-il, agressif.

— Non, pas du tout. Je suis chercheuse à l'Unité de parapsychologie de Toulouse...

À sa moue dubitative, elle précisa ses antécédents et l'objet de ses études actuelles. Enfin, elle conclut :

— Je suis venue vous rendre visite sur les conseils de Malthus qui vous a présenté comme un spécialiste des OVNIS. Je souhaitais vous entendre à ce propos.

— L'affaire sur laquelle vous travaillez me semble concerner davantage la police que l'ufologie. Je suis désolé, mais je ne vois vraiment pas en quoi je peux vous être utile.

— Je n'en sais rien, fit-elle sottement.

— Moi non plus !

Ils éclatèrent de rire.

— Dans ce cas, reprit Muriel, commençons toujours, on verra bien. Que pensez-vous, par exemple, de ces disparitions à répétition depuis près d'un siècle et plus particulièrement de celle de ce couple ? J'imagine que vous en avez entendu parler.

— Oui, bien sûr. Pour moi, ils ont été enlevés par nos visiteurs, assura-t-il.

Muriel ne put dissimuler sa surprise. Jamais elle n'avait envisagé une telle hypothèse, encore moins d'en parler avec Eygun.

— Vous êtes sérieux ? demanda-t-elle.

— Tout à fait ! Ce ne serait pas les premiers cas d'enlèvements par des extraterrestres. Les exemples abondent ! D'ailleurs, le fait que près d'une centaine de personnes aient ainsi disparu sans qu'on les ait retrouvées me laisse supposer que c'est la bonne explication.

— Vous croyez vraiment à ce...

— Délire ? ajouta-t-il en souriant. Tout à fait ! Et ici, en particulier ! Cette région est l'un des endroits de France et du monde qui reçoit le plus de visites d'ET ! Nous nous trouvons dans un champ de forces telluriques, surveillé en permanence par nos amis du cosmos.

— Je sais. La fameuse vague de 1952 et l'observation qui en a été faite dans un établissement scolaire...

— Il y en a eu bien d'autres ! s'exclama-t-il en désignant son matériel d'observation.

— Vous voulez dire que c'est aussi fréquent que... ?

— Ne faites pas l'ignorante ! la coupa-t-il avec irritation. Si vous travaillez à Toulouse, vous le savez certainement.

— Oui, bien sûr ! Nous avons eu à traiter quelques affaires de ce genre, cependant elles demeurent exceptionnelles et sont sujettes à caution.

— Vous faites donc partie de ces pseudo-scientifiques rationalistes, appâtés par la question, mais qui n'y croient pas. Voire qui essaient tout pour discréditer ces manifestations d'intelligences supérieures à la nôtre. Mais alors, que pensez-vous des innombrables témoignages recueillis dans le monde entier depuis que l'homme est homme ?

Soudain enflammé, il se leva et continua sa tirade sur le ton d'un orateur cherchant à convaincre.

— Que représente pour vous la fresque orthodoxe du mont Athos dépeignant les ET en train de transmettre la connaissance à saint Jean ? Que faites-vous des récits du conquistador Juan de Grivalja datant du XVIe siècle dans lesquels il décrit le survol d'un village du Yucatan par un objet volant ? Sans compter les peintures murales retrouvées dans des grottes du Sahara représentant des cosmonautes vêtus comme les nôtres aujourd'hui ? L'histoire regorge de tels exemples et...

— Je sais, l'interrompit à son tour Muriel. Il y a les disques de pierre retrouvés à Bïan Kara Oula en Chine, dont la matière est cobaltée et chargée électriquement, ce qui laisserait supposer qu'ils seraient des mémoires consignant un passé vieux de douze mille ans... Je connais aussi la légende de l'île japonaise de Hokkaïdo où des extraterrestres seraient venus apporter la sagesse et la connaissance.

— Oui ! Il existe une même fondation des Éclaireurs du ciel Internationaux qui a élevé en leur honneur une pyramide du soleil dans l'attente de leur retour.

Stimulé par l'érudition de Muriel, Eygun se tourna vers elle et reprit :

— Le livre d'Enoch comprend une partie intitulée « Trajectoire des lumières dans le ciel » et ce sont des compilations d'observations décrivant le passage d'objets non-identifiés. Je ne m'attarderai pas sur la Bible puisque vous avez vu Cardec. Mais n'est-elle pas le plus beau rapport scientifique sur l'existence des OVNIS avec ces descriptions de nuées lumineuses nocturnes et...

— Je suis au courant, renchérit Muriel. Il y a également les propos fort troublants du prophète Ézéchiel racontant qu'il a vu un tourbillon de vent venant de l'aquilon et une grosse nuée, un globe de feu et une lumière éclairant tout autour... Avec, en son milieu, une sorte de métal brillant. Je sais tout cela. Seulement, en tant que scientifique, je dois être attentive aux faits et pas uniquement aux interprétations.

Eygun haussa les épaules et vint se rasseoir, l'air illuminé.

— Mais diable, pourquoi douter, alors qu'il serait plus facile de partir de l'hypothèse selon laquelle les ET existent ? Au moins nous progresserions plus vite dans la connaissance et pourrions peut-être entrer en contact avec eux plus fréquemment.

— Plus fréquemment ? Attendez, personne jusqu'ici n'a pu prouver l'avoir fait !

— Personne ? s'exclama Eygun en se levant à nouveau. Et que faites-vous de ce policier du Nebraska qui a été enlevé par les occupants d'un OVNI lors d'une ronde à un carrefour routier ? Toutes les déclarations qu'il a faites, sous hypnose ou non, concordent. Assis dans sa voiture, il a été aspiré puis introduit dans un vaisseau spatial en état d'apesanteur.

— Et puis, cela ne prouve rien ! fit remarquer Muriel.

— Comment aurait-il inventé le terme d'« électromagnétisme inversé » selon lequel les ET prétendaient pouvoir voyager dans l'espace ?

— Je ne sais pas. Pour ma part, je ne connais qu'un cas qui a semé le doute parmi les scientifiques. En 1981, en Provence, un OVNI aurait atterri dans le jardin d'un particulier qui y travaillait. Selon lui, l'appareil avait la forme de deux soucoupes renversées et la couleur du plomb. Il serait resté une minute sur le sol, puis se serait envolé pour disparaître dans le ciel. Effectivement, à l'époque, l'organisme français chargé d'observer ce genre de phénomènes a relevé des traces d'atterrissage. D'après les analyses, la terre renfermait de petites quantités de phosphate et de zinc semblant avoir été chauffées à environ six cents degrés, tandis que la quantité de chlorophylle et de pigments de carotène produite par les plantes avait diminué de cinquante pour cent. D'où la conclusion des experts : les traumas subis par la végétation avaient peut-être été causés par un champ électromagnétique.

— Je connais ces faits, évidemment, et ils sont avérés. Mais je sens que vous, vous continuez à douter. Et je le déplore.

— Pas tant que cela, sinon je ne serais pas ici.

L'argument fit mouche et le stoppa dans ses allées et venues. L'ayant dévisagée d'un air pénétré, il revint s'asseoir.

— Je vais vous confier ce que je pense. Ensuite, je vous demanderai de ne plus jamais revenir me voir.

— Pourquoi donc ?

— Parce que je tiens à ma tranquillité.

Se penchant vers elle, il reprit plus bas :

— Les disparitions dont vous parlez n'ont rien d'extraordinaire. Les ET ne veulent pas qu'on pénètre leur secret, c'est aussi simple que cela. Lorsque des gens ont disparu dans cette région, c'est toujours parce qu'ils se montraient trop curieux. Vous évoquiez tout à l'heure le trésor des Maures. Il existe. Il n'est rien d'autre que la somme des connaissances de l'humanité pour les temps à venir. Mais celles-ci ne doivent parvenir à l'homme que progressivement.

— Pour quelle raison ?

— Parce que, si nous les possédions d'un seul coup,

nous serions comme n'importe quel individu devenu milliardaire par hasard. Nous dilapiderions tout. Ce n'est pas le dessein de nos initiateurs. Eux veulent que nous en fassions bon usage et donc que nous nous y accoutumions, petit à petit.

Tandis qu'il parlait, Muriel sentait l'inquiétude la gagner. Sous un aspect normal, ce type, comme Cardec, était fou à lier.

— Donc, chaque fois que des hommes sont proches de découvrir leur secret, conclut-il, les ET préfèrent les enlever et les emmener loin d'ici sur l'une de leurs planètes.

Muriel s'improvisa une mine enthousiaste et demanda :

— Le jeune couple dont nous recherchons la trace a pu être enlevé alors ?

— Si, comme vous l'avez dit, ils furetaient dans nos montagnes, à la recherche de ce fameux trésor, c'est possible ! De toute manière, ces secrets sont bien gardés et personne, j'insiste, personne ne peut échapper à leur surveillance. Les initiés sont là, qui veillent...

— Qui sont-ils ?

Eygun s'esclaffa.

— Les Neuf Supérieurs Inconnus, mademoiselle !

Le visage d'Eygun prit un aspect démoniaque. Les yeux exorbités et fixes, il semblait ailleurs, sous l'empire d'une hallucination.

Muriel se mit à paniquer, songeant qu'elle se trouvait seule au milieu de nulle part avec ce fou. Qu'arriverait-il si...

Soudain, Eygun lui saisit l'avant-bras, son regard dans le sien, et déclara d'un ton menaçant :

— Quiconque s'aventure à les provoquer en voulant violer l'histoire des hommes est irrémédiablement perdu. Sachez-le, mademoiselle ! Il n'y aura pas de pardon. Jamais ! L'enjeu dépasse nos petites existences ! Il s'agit de l'histoire de l'Univers. Rappelez-vous-en !

Sur ces paroles, il se leva retrouvant une attitude affable. Bien que son intuition l'y poussât, Muriel n'essaya pas de prendre congé. Elle souhaitait en apprendre davantage.

— Comment peut-on entrer en contact avec ces Neuf Supérieurs Inconnus ? s'enquit-elle, surprise elle-même de sa témérité.

— Vous avez de l'humour, mademoiselle. Croyez-vous qu'ils soient accessibles au commun des mortels ? Pour les connaître, les fréquenter, il faut être un initié soi-même, avoir une mission supérieure à accomplir !

— L'êtes-vous, vous-même ?

Eygun la regarda intensément, un sourire sibyllin aux lèvres.

— Si je l'étais, mademoiselle, je ne serais pas là à discuter avec vous.

Prête à tout, Muriel passa outre ses dénégations.

— Et si je vous disais que je veux être initiée, fit-elle avec aplomb.

— Rentrez chez vous, rétorqua-t-il avec mépris. C'est tout ce que j'ai à vous dire. Et ne vous montrez plus ici !

Elle avait passé la limite du tolérable pour un type aussi dérangé, elle enfila sa parka et se dirigea vers la porte. Eygun l'ouvrit.

— Ne revenez jamais..., répéta-t-il menaçant.

Sitôt dehors, Muriel sauta dans sa voiture et démarra.

Roulant à vive allure vers Oloron-Sainte-Marie, son esprit était en effervescence. Elle se fichait du paysage et de la pluie qui tombait, fine et serrée !

Sa discussion avec Eygun l'avait rendue particulièrement nerveuse ajoutant un surcroît d'opacité à l'affaire et surtout réveillant sa peur de la folie ordinaire. Cet homme aux apparences normales vivait dans un rêve confinant à l'illusion.

Depuis ses stages aux USA, elle savait que ces hommes étaient le plus souvent imprévisibles et dangereux. Sa manière abrupte de lui signifier de ne pas revenir en était un signe. Sans aucun doute, la moindre transgression pourrait déclencher chez lui des réactions inattendues et violentes.

Persuadée qu'Eygun était l'une des clés de l'énigme, elle ne disposait pourtant que d'un seul élément tangible. Comme Cardec, il avait évoqué les Neuf Supérieurs Inconnus, ce ne pouvait être un hasard ! Sans rien expliquer de la disparition de Jules et Claire, cela donnait un fil conducteur. Il fallait donc établir d'autres liens entre les individus et les événements bizarres.

Elle prit soudain conscience qu'à chacune de ses rencontres elle se retrouvait entre réalité et illusion, peur et sérénité, mensonge et vérité. Comme si tous ses interlocuteurs appartenaient à un monde aux confins du réel.

Angoissée et satisfaite à la fois, elle tenait une certitude : ce serait en explorant ce monde qu'ils cerneraient la vérité sur la disparition de Jules et Claire !

9

Après son entrevue à la gendarmerie, Michel déambula dans Oloron sans se livrer à la moindre réflexion. Il utilisait cette technique pour se remettre les idées en place.

De retour à l'hôtel, il sollicita un entretien avec le patron, toujours bouleversé par les incidents précédents. Ils s'attablèrent dans un coin discret du bar. Comme l'hôtelier commençait à s'excuser à nouveau, Michel l'arrêta. Il n'appréciait guère les repentances à répétition. En particulier de la part de ce type. Dans sa bouche, elles sonnaient faux. L'inspecteur était d'autant moins bien disposé à son égard qu'il le pensait impliqué, ne fût-ce que passivement. Comment pouvait-il ignorer qu'une étrangère au personnel allait et venait à sa guise dans l'hôtel ?

— Je suis vraiment désolé, attaqua l'hôtelier. J'ai beau réfléchir, je ne vois aucune explication plausible à la présence ici d'une serveuse autre que Mathilde. Je suis d'autant plus surpris que je monte souvent dans les étages où j'aurais pu la croiser. Il faut tout de même avoir un sacré culot pour faire ça !

Michel acquiesça, compréhensif.

— N'en parlons plus. Cela peut se produire. En revanche, à charge de dédommagement, j'aimerais que vous m'aidiez dans mon enquête.

— Sur la disparition du couple de jeunes ?

— Oui. Vous avez entendu certaines choses ? Je veux dire autour de vous... Parmi les consommateurs, les clients de l'hôtel, des amis ?

L'autre avait lancé un regard amusé à Michel comme pour lui signifier qu'il le voyait venir.

— Pas plus que cela ! Vous savez, les gens ne se sentent pas concernés, sauf quand cela leur arrive.

— Pas même le début d'un commentaire ?

— Non !

— Et vous, qu'en pensez-vous ?

— La montagne est dangereuse. Tout le monde le sait ici. Ils ont sans doute commis une imprudence...

— Vous connaissez l'endroit où ils ont disparu ?

— Les gorges de Kakouetta ? Ma foi oui. J'y suis allé plusieurs fois avec les enfants, il y a des années pour y pique-niquer. Mais depuis, jamais. Je n'ai guère le temps. C'est bon pour les touristes...

Manifestement il n'obtiendrait pas de renseignements utiles de ce côté-là, Michel décida donc de le sonder sur l'aspect ésotérique de l'affaire.

— Le trésor des Maures ? Cela vous dit-il quelque chose ?

— Le trésor des Maures ! Bien sûr ! Une bêtise dont on entend parler de loin en loin ! Mais vous savez, moi, tous ces délires, je n'y prête guère attention. Si cela vous intéresse, il y a un gars qui doit en connaître long là-dessus, c'est Melchior. Un givré qui vient de temps en temps prendre un verre ici. Un drôle de type, vêtu comme... Comme Merlin, tiens ! Avec une grande cape. Le même genre que celui des cassettes Disney que je regardais avec les enfants.

— Il fait quoi dans la vie ?

— Il tient une librairie à Pau. Justement spécialisée dans des trucs un peu bizarres.

— Vous le connaissez bien ?

— Pas plus que ça... Je crois qu'il est divorcé et qu'il a une fille, je ne sais plus...

Michel sentit à une légère altération dans la voix que son interlocuteur n'était pas très à l'aise.

— Comment s'appelle sa librairie ?

— Oh là, vous m'en demandez trop ! Mathilde le sait peut-être.

Il se leva avec précipitation ce qui alerta encore Michel. Ce type n'était vraiment pas détendu !

Le responsable revint peu après expliquant qu'on ignorait le nom de la librairie mais qu'elle était située vers l'église Notre-Dame.

Michel, satisfait, le remercia. Visiblement soulagé, l'homme rejoignit rapidement le comptoir.

Effectivement, l'aide de l'hôtelier avait été précieuse ! Non seulement il avait confirmé les dires de Malthus, mais surtout l'inspecteur était maintenant convaincu qu'il en savait davantage qu'il ne voulait bien le laisser croire. Il pressentait également que le guide cachait quelque chose. Une discussion entre eux s'imposait.

Il en était là de ses réflexions quand Muriel arriva. Au premier coup d'œil, Michel comprit qu'elle était soucieuse et tendue.

Elle commanda un chocolat chaud au bar et vint s'asseoir près de lui en soupirant.

— Ça va ? demanda-t-il.

— Pas vraiment ! répondit-elle.

Michel n'insista pas, mieux valait la laisser parler.

Son chocolat servi, elle commença à raconter ce qui était arrivé à Arette, lorsqu'elle avait perdu le contrôle de son véhicule, puis sa rencontre avec la fille de Colette, quand Michel l'interrompit.

— Elle était comment cette fille ?

— Genre gamine de vingt ans, brune, plutôt bien foutue, les cheveux longs ramenés en chignon... Pourquoi ?

— J'ai l'impression que c'est elle qui est venue m'apporter un café dans ma chambre, avant-hier... Elle aussi que j'ai revue à la pizzeria, l'autre soir...

— Mais, tu ne m'en as jamais parlé !

— C'est vrai... J'ai oublié...

Muriel haussa les épaules, excédée.

— Arrête de me prendre pour une imbécile ! Je sais que tu l'as fait volontairement.

— Écoute, je ne voulais pas t'inquiéter et j'attendais surtout de retrouver sa trace.

— Primo, je souhaiterais que tu ne joues plus les « papas » protecteurs avec moi. C'est tout à fait infantilisant ! Deuxio, comment peux-tu être sûr que c'est une seule et même personne ?

— Je n'ai aucune certitude, juste une intuition... Le mieux serait que nous fassions un saut à Arette et que je la voie.

— Oui, répondit Muriel, sans conviction.

La jeune femme paraissait encore plus troublée par ce qui s'était produit avant.

— Alors comme ça, la voiture a échappé à ton contrôle ?

— Oui ! C'était très étrange ! On aurait cru qu'elle décidait à ma place !

— Elle ne s'appelle pas Coccinelle, par hasard ?

— Arrête ! J'aurais voulu t'y voir !

— OK ! Mais, comment expliques-tu ça ? Ce n'est quand même pas courant !

— Tu connais la télépathie ?

— Oui, bien sûr, vaguement ! Comme tous ces machins qui te passionnent tant !

— Ce n'est pas un machin, comme tu dis ! C'est très sérieux. Tellement sérieux que toutes les armées du monde travaillent dessus.

— À ce point ? Alors on va bientôt pouvoir se passer du téléphone.

Elle secoua la tête, indignée.

— Pauvre plouc ! C'est prouvé !

— D'accord, je t'écoute !

— Ne fais pas semblant de t'intéresser. Je sais fort bien que tu t'en fous !

Il posa sa main sur la sienne, affectueux.

— Écoute... C'est vrai, je suis un peu sceptique sur toutes ces manifestations plus ou moins anormales, mais je n'oublie pas ta compétence et certaines de nos expériences passées... Alors, vas-y, raconte !

— Pour être concis, disons qu'aujourd'hui on a des preuves scientifiques, absolument irréfutables, que des êtres humains peuvent transmettre des pensées à d'autres êtres humains, agir sur la matière, bref exercer leur volonté par la pensée, directement et sans support particulier. La plus célèbre expérience dans ce domaine date de 1959 avec le lieutenant Jones qui a été isolé pendant seize jours dans le sous-marin américain *Nautilus*. Il devait trouver quelle carte regardait un autre homme, enfermé à plus de 2 000 kilomètres de distance. Chacune des cartes était éjectée au hasard par une machine, deux fois par jour.

— C'était des cartes à jouer ?

— Non ! Des cartes de Zener, du nom de leur premier expérimentateur. Elles représentent des symboles : un cercle, une étoile, une croix, un carré et trois lignes ondulées. Quoi qu'il en soit l'expérience a réussi à soixante-dix pour cent, ce qui est énorme. Les Russes ont également fait de nombreux tests, en particulier le biophysicien Youri Kamensky avec un journaliste. Ils ont prouvé le principe de la télépathie en transmettant par la pensée un message en morse, alors qu'ils étaient séparés par 3 200 kilomètres. Depuis les essais se succèdent dans le monde entier et prouvent tous la même chose. Nous pouvons communiquer à distance à partir du moment où l'émetteur et le récepteur possèdent un don pour cela.

— C'est inné ?

— En partie, probablement. On s'est aperçu également que ceux qui suivaient un régime alimentaire très strict, en particulier végétarien, avaient plus de dispositions pour ce type de communication.

Michel partit d'un rire sonore.

— Dans ce cas, ni toi ni moi, n'aurons jamais ce don. Quand on voit ce qu'on mange !

Muriel se dérida à son tour.

— De toute façon il faudrait que nous ayons quelque chose de bien secret à nous dire...

Michel ne releva pas l'allusion et reprit :

— Quel rapport y a-t-il entre la télépathie et l'incident dont tu as été victime ?

— Je suis convaincue que quelqu'un me transmettait des ordres à distance !

— Ce qui signifie donc que tu étais réceptive ?

— Pourquoi pas ? J'ai toutes les raisons de le penser. L'autre soir dans ma chambre, il m'est arrivé quelque chose de similaire.

Muriel confia sa douloureuse expérience, puis elle but quelques gorgées de chocolat. Michel devina qu'elle était encore sous le choc.

— Si l'on émet l'hypothèse que quelqu'un tente de te manipuler par la pensée, qui cela pourrait-il être ?

— Je n'en sais rien. N'importe qui parmi ceux que nous avons déjà rencontrés ou quelqu'un d'autre que nous ne connaissons pas.

— Est-ce qu'il t'est possible de lutter contre cette agression psychique ? Tu ne pourrais pas, par exemple, renverser le processus en pénétrant à ton tour dans les pensées de l'intrus ?

Muriel haussa les épaules.

— Je n'en sais rien ! Je ne suis pas « entraînée » et ce genre d'échange se produit toujours par surprise.

Muriel rapporta ensuite sa conversation avec Eygun. Elle conclut en faisant part à Michel de ses interrogations et de ses craintes à son sujet. L'inspecteur pressentait qu'Eygun avait un rôle majeur dans cette affaire. Un détail l'avait sans doute frappé... Mais lequel ?

Il ne lui servirait à rien de se torturer les méninges. Il relata donc à Muriel sa visite à la gendarmerie. Aucun des protagonistes n'était clair.

— Même Malthus ? demanda la jeune femme.

— Même lui !

— Je suis contente de te l'entendre dire. Il connaît tout le monde, a déclenché l'affaire en t'écrivant. Cela mériterait une petite explication.

— Je suis d'accord avec toi, mais auparavant il me faut rassembler d'autres informations.

— Explique-moi ?

— Que dirais-tu d'aller faire un saut dans les appartements de Jules et Claire ?

Muriel acquiesça, mais avant elle souhaitait monter dans sa chambre y faire un brin de toilette.

À nouveau seul, Michel laissa errer son regard sur la salle et il croisa celui de l'hôtelier qui venait de raccrocher le téléphone du bar. Il eut le pressentiment qu'il venait de parler d'eux avec son interlocuteur. Songeant alors à Muriel, seule dans sa chambre, il l'imagina en danger et se leva pour la rejoindre. Bien sûr, il pouvait se tromper ! Mais il s'en fichait ! Il devait le vérifier !

Il traversa la salle d'un pas tranquille afin de ne pas éveiller l'attention du responsable, il sortit et se glissa à nouveau dans l'hôtel par la réception, invisible du bar. De là, il grimpa quatre à quatre et courut jusqu'à la chambre de Muriel. Il frappa. Elle ouvrit aussitôt.

— Si tu voulais me voir à poil, c'est foutu, plaisanta-t-elle, je viens juste de m'habiller !

— Tu n'as rien remarqué en entrant ?

— Non ! Pourquoi ?

— Il m'a semblé que l'hôtelier venait d'appeler quelqu'un au téléphone pour le prévenir que tu montais dans ta chambre... Ou quelque chose comme ça !

— Tu le soupçonnes à ce point ?

— Oui et non... Je n'en sais rien. Je trouve qu'il n'est pas très franc du collier.

— C'est vrai que je ne lui confierais pas mon journal intime, mais enfin...

Michel regarda sous le lit, derrière les appliques, dans les tiroirs, la penderie sans savoir ce qu'il cherchait. Finalement, bredouille, il s'assit sur le lit. Il était déçu et agacé. D'habitude ses intuitions se révélaient exactes.

Alors qu'elle se maquillait dans la salle de bains, Muriel le questionna :

— Tu as trouvé quelque chose ?

— Non, rien !

Soudain, son attention fut attirée par le combiné téléphonique mural, situé à côté du lit et légèrement déboîté. Intrigué, il le démonta. Il ne contenait pas de micro, comme il l'avait d'abord cru ! Il le remonta donc, penaud.

Comme Muriel sortait de la salle de bains, il renonça à poursuivre ses recherches et sortit avec elle.

— Tu as l'air soucieux, remarqua celle-ci, une fois dans l'ascenseur.

— J'ai l'impression que nous sommes sur écoute. Je ne sais pas comment, mais je crois plus prudent de ne pas nous téléphoner et de ne rien nous dire concernant l'enquête lorsque nous sommes dans nos chambres.

— Tu ne serais pas un peu parano, par hasard ?

— Peut-être. Nous verrons bien !

Alors qu'ils étaient sur la route d'Esquiule, où habitait Claire, le ciel s'assombrit brusquement, laissant présager une ondée. Bien qu'il fût 16 heures, on aurait dit que la nuit tombait. C'était d'autant plus impressionnant que la route serpentait entre de hautes collines, atténuant, elles aussi, la lumière.

— On dirait un spectacle de fin du monde ! fit Muriel.

— Oui ! Ça rappelle un peu le Connemara...

— Tu y es allé ?

— Une fois ou deux, quand j'étais avec mon Irlandaise...

— Pourquoi n'êtes-vous pas restés ensemble ?

Il haussa les épaules, sans répondre. Muriel n'insista pas.

L'appartement de Claire était dans un immeuble situé au milieu du village, en face d'un restaurant. Derrière celui-ci, on apercevait la flèche de l'église, très effilée et surmontée d'une haute croix.

Ils sonnèrent chez le concierge, indiqué par Seignolles. L'homme semblait rustre, mais serviable.

— Bonjour, commença Michel en exhibant sa carte de police, nous...

— Je sais ! l'interrompit le bonhomme en reluquant Muriel qu'il avait l'air de trouver à son goût, vous êtes les flics qui venez visiter l'appartement de Mme Claire, n'est-ce pas ? La gendarmerie m'a prévenu.

Il alla un instant dans sa loge qui exhalait une odeur de renfermé et en revint avec un trousseau de clés.

— Dommage qu'elle ait disparu. C'était une sacrée petite.

— Qu'est-ce que vous voulez dire ? s'enquit Michel, sentant que le type avait envie de parler.

— Bah ! Toujours polie, souriante et bien roulée en plus...

— Elle recevait beaucoup ?

— Pas mal. Son petit ami. Un gars sympa, d'ailleurs ! Mais elle voyait aussi d'autres personnes que je ne connaissais pas.

— Des hommes ? Des femmes ?

— Aucune idée... Vous savez, je ne passe pas mon temps à regarder les gens qui défilent...

— On s'en doute, intervint Muriel, mais vous avez l'air observateur.

— C'est vrai, se rengorgea le concierge, heureux de voir Muriel s'intéresser à lui. Il y avait surtout des hommes. Des profs, je suppose, puisqu'elle l'était.

— Il ne s'est rien produit de particulier dans les jours qui ont précédé sa disparition ?

Le type réfléchit.

— Ma foi, pas grand-chose ! Si ce n'est qu'un soir, il y avait plus de monde que d'habitude. Une vraie tribu. Ils faisaient un de ces raffuts ! Je crois même qu'ils s'engueulaient. Mais bon ! J'ai monté le son de la télé et je n'ai plus fait attention.

Michel le remercia, puis s'engagea dans l'escalier, suivi de Muriel. Apparemment, l'immeuble était coquet et bien tenu, à en juger par la propreté de la cage d'escalier. Les marches en bois impeccablement cirées, les murs ne comportaient aucun tag. Enfin, à chaque demi-étage, des fenêtres à vitraux dispensaient une lumière apaisante.

Au second, le nom de Claire figurait sur la porte de l'appartement. Michel ouvrit. Ils entrèrent à pas mesurés, comme s'ils avaient le sentiment de violer l'intimité de la jeune femme. Le studio était assez vaste et lumineux. Sur la droite, une porte ouvrait sur la salle de bains, tandis qu'une autre, juste à côté, donnait accès à une kitchenette.

— C'est curieux, dit Muriel en s'asseyant sur le canapé, je...

— Quoi ?

— Je ne sais pas. J'ai l'impression que cet appartement est toujours habité. Tu ne sens pas cette odeur ? Comme un vague parfum. Je suis sûre de le connaître... Je l'ai senti récemment mais je ne me rappelle plus où...

Michel huma l'air à plusieurs reprises et la regarda, dubitatif.

— Je sais, c'est bizarre, reprit Muriel, mais ce lieu ne semble pas être abandonné...

Michel commença à faire le tour des pièces, sans rien toucher. Tout était impeccablement rangé. Une maniaque de l'ordre et de la propreté devait vivre ici. À l'inverse de Muriel, il trouvait que cet appartement n'avait pas d'âme, ou plus exactement qu'on avait tout fait pour qu'il n'en eût pas. Ce studio ne correspondait pas à la fille de la photo donnée par ses parents.

Il s'assit sur le canapé à côté de Muriel et observa

l'ensemble de la pièce. Un lit à deux places dominé par une grande photo de montagne punaisée au mur... Une table de nuit, rustique, sur laquelle était posée une petite lampe de chevet bon marché... Un bureau avec un ordinateur, des livres et des papiers impeccablement rangés... Une armoire vaguement ancienne... Ici et là, au mur, quelques représentations naïves, soigneusement encadrées... Une télé et un magnétoscope avec des cassettes empilées dessous... Une grande bibliothèque de livres et de dossiers cartonnés, bien rangés...

De là où il se trouvait, face à la fenêtre, on apercevait l'église et le cimetière, sinistres.

— Qu'en penses-tu ? demanda Michel.

— Rien..., répondit Muriel. Ou plutôt si, c'est trop clean.

— C'est exactement mon sentiment. C'est arrangé comme un décor de petite fille sage. Sans vie... Sans personnalité.

Muriel alla s'asseoir devant l'ordinateur et l'alluma.

— Tu n'as qu'à fouiner, dit-elle, moi je m'occupe de cette bécane. On ne sait jamais. Aujourd'hui, c'est là-dedans qu'on trouve la plupart des secrets des gens.

Michel commença par la salle de bains, espérant découvrir l'intimité de Claire. Il fut déçu. L'armoire ne contenait rien d'intéressant : quelques médicaments classiques, des crèmes de beauté, un séchoir à cheveux, un épilateur électrique. La poubelle était vide et impeccable. Il ne trouva aucun cheveu dans le lavabo ou la baignoire. Le miroir rutilait comme s'il venait d'être astiqué. À croire qu'on était venu avant eux avec la volonté d'effacer toute trace de vie.

Dans la kitchenette, il vérifia le contenu des placards. La vaisselle et les ustensiles de cuisine étaient propres et soigneusement rangés. La gazinière ne comportait aucune marque de graisse.

Agacé, il revint s'affaler dans le canapé.

— On perd notre temps, déclara-t-il à Muriel qui

s'escrimait sur le clavier de l'ordinateur, le ménage a été fait !

— C'est évident, répondit-elle, mais, malgré le ménage, on oublie toujours quelque chose.

— Tu as trouvé un indice ?

— Non ! Mais toi, tu le pourrais. Tu as l'habitude, non ?

Admettant qu'elle avait raison, Michel recommença son inspection par l'armoire. Méthodique, il déplaça les piles de vêtements, vida le contenu des tiroirs, vérifia les chaussures. Rien !

Dans la penderie, il fouilla chaque vêtement, retournant les poches. Soudain, alors qu'il palpait un blouson en cuir, il eut l'impression que la doublure contenait des papiers. Il la décousit à l'aide d'un ciseau à ongles. Il ne s'était pas trompé. Deux enveloppes étaient soigneusement collées au cuir par du sparadrap.

Assis sur le bord de la baignoire, il les ouvrit. Elles contenaient des lettres d'amour, brèves mais édifiantes. Leur style, enflammé, et leur contenu, suggestif, laissaient supposer que l'auteur vouait une véritable passion à leur destinataire. Malheureusement, une griffe illisible remplaçait la signature. Il ne voulut pas distraire Muriel, absorbée par son travail, et continua sa recherche, s'attaquant à la bibliothèque.

De son côté, la jeune femme, connectée à Internet, avait accédé à sa banque de données et étudiait les informations concernant les Neuf Sages.

Assis en tailleur devant la bibliothèque, Michel fouillait chaque dossier. Le premier, sans intérêt, rassemblait les comptes de Claire et diverses factures. Le second, plus volumineux, des documents sur ses diverses classes au lycée.

Michel le feuilletait, quand soudain, sur une photo de la classe de terminale de l'année précédente, il reconnut l'inconnue de l'hôtel et de la pizzeria ! Très excité, il retourna le cliché, espérant trouver des noms. Aucun n'y figurait. Il s'approcha alors de Muriel.

— Tu reconnais cette fille ? demanda-t-il en la désignant.

— Bien sûr ! C'est la fille de Colette !

— Bingo ! s'exclama Michel. Cette fois-ci on tient quelque chose de tangible. Cette nana connaissait Claire...

— Tu vois ! plaisanta Muriel. Qui cherche trouve !

— Et toi ? Tu avances ?

— Si on veut ! Je commence à établir quelques relations entre les gens et les événements, mais c'est difficile... Nous sommes au centre d'une galaxie qui n'en finit pas... Je n'en ai plus pour longtemps. Encore une ou deux petites vérifications et je suis à toi.

— Prends ton temps, j'ai de quoi m'occuper, répondit Michel en allant s'asseoir sur le canapé.

— Drôle de manière de t'activer !

— Je réfléchis...

Maintenant qu'il avait découvert les lettres, le paysage de l'affaire prenait forme. Il y avait fort à parier qu'elles n'avaient pas été écrites par Jules. L'absence de signature l'attestait. La vie amoureuse de Claire n'était donc pas aussi limpide que cela. Par ailleurs, le fait qu'elle ait été le professeur de l'inconnue de l'hôtel suscitait de nouvelles interrogations à son sujet. Elle apparaissait désormais beaucoup plus mystérieuse, en un mot plus humaine.

— Viens voir, cria soudain Muriel, j'ai trouvé deux éléments intéressants. D'abord, des fichiers ont été effacés.

— C'est assez courant, non ?

— Oui, mais là, ce n'est pas elle qui les a supprimés !

— Comment peux-tu en être certaine ?

— Parce qu'ils l'ont été après la date de sa disparition !

— C'est donc la preuve qu'on a nettoyé l'endroit ?

— Absolument. Sauf, que ce sont des amateurs... En tout cas en informatique ! Quoi qu'il en soit, parmi ces fichiers, j'ai retrouvé une lettre que Claire a adressée à un certain Bertrand Tarade, apparemment l'un de ses collègues profs au lycée de Pau.

— Une lettre d'amour ?

— Pourquoi ça ?

— Je te le dirai après !

Muriel le dévisagea, l'air interrogatif, puis reprit :

— Non ! Il s'agit d'un courrier sérieux, concernant l'histoire des templiers... Elle le remercie de lui avoir transmis quelques références dont elle avait besoin.

Michel lui tapota l'épaule, affectueusement.

— Bravo ! Tu décryptes bien des mystères.

— Merci. Et toi que voulais-tu me montrer ?

Il lui tendit les deux lettres, expliquant où il les avait trouvées. Elle les lut, souriant à la lecture de certains passages, plutôt salaces, puis les lui rendit.

— Elle ne le laissait pas indifférent !

— C'est le moins qu'on puisse dire. Le problème c'est que nous ne savons pas qui en est l'auteur !

— Jules, non ? C'est assez classique de voir une femme porter sur elle des lettres de son amant.

— Je ne suis pas certain. Je pense plutôt qu'il s'agit de courriers auxquels elle tenait vraiment mais qu'elle ne voulait pas voir tomber entre les mains de Jules.

— D'après toi, elle trompait donc Jules avec l'auteur de ces lignes ?

— Je n'en sais rien... Mais je le pressens.

— Dommage que ton intuition ne te donne pas le nom de cet homme ! plaisanta Muriel.

— Eh non ! Désolé !

À regret, Muriel éteignit l'ordinateur, certaine qu'il contenait encore des secrets.

— En tout cas nous ne serons pas venus pour rien !

— C'est sûr ! À mon avis nous avons intérêt à faire la même visite chez Jules. Si les nettoyeurs se sont montrés aussi mauvais qu'ici, nous y découvrirons peut-être d'autres indices.

Michel s'apprêtait à allumer une cigarette quand Muriel l'en dissuada. L'odeur de parfum qu'elle avait repérée en entrant était à nouveau présente, insistante.

— C'est curieux, ajouta-t-elle, j'ai l'impression que quelqu'un est dans cette pièce avec nous...

Michel, hilare, la prit par le bras, il l'entraîna dehors. Muriel le suivit à contrecœur.

— Pourtant ! Je t'assure que...

Mais déjà, Michel dévalait l'escalier.

Ils redonnèrent les clés au concierge puis ils gagnèrent leur voiture pour se rendre à Barcus, le village où habitait Jules.

10

Le temps demeurait incertain. De sombres nuages poussés par un vent fort couraient dans le ciel. À l'horizon, une brume grisâtre annonçait la pluie. Au volant de la voiture, Michel s'interrogeait. Comment exploiter ce qu'ils avaient découvert ? Comment établir un lien entre les individus, les événements et les faits ?

Il s'en ouvrit à Muriel qui resta impassible. Depuis qu'ils avaient quitté l'appartement, elle ne parvenait pas à oublier cette fragrance. Pourquoi ce parfum lui était-il familier ? Où l'avait-elle déjà respiré ? N'était-ce pas une illusion ?

Après cette visite chez Claire, elle sentait ses nerfs se relâcher. Elle éprouvait une profonde fatigue, avait envie de tout laisser en plan et de dormir. En même temps, une forte angoisse l'étreignait, inoculée doucement en elle comme un poison. Elle voulut s'en ouvrir à Michel, puis y renonça. À quoi bon ! Il était si rationnel, si sûr de lui ! Encore une fois, il lui rirait au nez.

À Barcus, ils s'arrêtèrent devant « Le relais des gourmands », le bar-restaurant du village que Seignolles avait indiqué à Michel. Ils décidèrent d'y prendre un café.

La salle était chaleureuse et accueillante. Un feu crépitait dans la vaste cheminée en pierre occupant le mur du fond. Avec son sol en tommettes inégales et son plafond assez bas, constitué de poutres en chêne noircies par le temps, l'endroit rappelait les vieilles auberges de jadis. Les tables étaient recouvertes de nappes beiges et éclairées par des lampes de faible intensité. Le bar, en chêne sculpté, courait sur le côté droit de la salle, égayé par de petits bouquets de fleurs disposés à chaque extrémité.

Personne n'apparaissait, malgré le tintement de la sonnette d'entrée. Michel et Muriel s'attablèrent et attendirent.

— Un vrai rendez-vous d'amoureux ! plaisanta Muriel en regardant autour d'elle.

La jeune femme appréciait les murs de pierre, percés de niches abritant des statuettes d'inspiration religieuse, les vieux outils et ustensiles de ferme, accrochés ici et là. Tout évoquait le passé mais aussi l'immobilité du temps.

— On pourrait dîner ici ! proposa Michel.

— Comme tu y vas ! s'exclama Muriel. Nous ne sommes pas amoureux, que je sache !

— Si ! De bonne chère !

Une dame menue, assez âgée, mais à l'apparence énergique, apparut à la porte située derrière le bar. Elle s'approcha. Muriel nota son élégance et surtout son maintien, évoquant celui d'une ex-danseuse. La classe de cette femme impressionna Michel. On la sentait forte, peu influençable, intelligente. Il commanda deux cafés et expliqua qu'ils venaient voir l'appartement de Jules sur recommandation de Seignolles.

Elle les sonda successivement du regard, puis demanda une preuve de leur identité.

Michel lui présenta sa carte de police.

— Très bien, dit-elle, je vous apporterai les clés avec les cafés.

Lorsqu'elle se fut éloignée, Muriel se pencha vers Michel.

— Curieuse, non ? chuchota-t-elle.

— Pas commode en tout cas, répondit celui-ci en prenant un menu sur une table voisine.

— Tu as vraiment envie de manger ici ?

— Pourquoi pas ? Après notre passage chez Jules, ce sera l'heure, non !

Il parcourut la carte avec gourmandise. Outre la garbure, plat régional incontournable, il y avait aussi de la soupe de berger, de la salade de Bedous, de la poule au pot, de la daube de la reine Margot, du saumon du gave, du canard à la béarnaise... Chacun de ces plats était pour Michel une promesse de plaisir qu'il souhaitait faire partager à Muriel. Celle-ci l'écoutait, heureuse qu'il appréciât les bonnes choses.

— Qu'est-ce qui te tente ? demanda-t-il.

Muriel opta pour une garbure et un saumon. Michel choisit la soupe du berger et une poule au pot. Pour les desserts, ils jugèrent plus prudent d'attendre la fin du repas. Pour accompagner l'ensemble, Michel suggéra un jurançon, expliquant que dans la région on s'en servait encore avec une gousse d'ail pour baptiser chaque nouveau né. Une tradition locale, à laquelle même Henri IV n'avait pas échappé !

Lorsque la femme revint avec les cafés et le trousseau de clés, elle paraissait métamorphosée. Un large sourire gommait l'air sévère et rébarbatif qu'elle affichait auparavant.

Michel lui demanda le chemin pour se rendre chez Jules.

— C'est facile, expliqua-t-elle, en sortant du restaurant, vous prenez le premier sentier à droite et vous le suivez jusqu'à la maison.

Puis, elle ajouta :

— Dommage qu'il ait disparu, le docteur, c'était un bon !

— Il vous avait soignée ? interrogea Muriel.

— À plusieurs reprises ! À mon âge on a toujours quelque chose qui va de travers !

— Pourtant, intervient Muriel, on a plutôt l'impression que vous êtes en forme.

— Justement, je le lui dois... Ses remèdes faisaient des miracles !

— Qu'avaient-ils de particulier ? questionna Michel.

— Ça, monsieur, je n'en sais fichtre rien ! Des trucs à lui, mais sacrément efficaces. De toute manière, si on lui demandait de quoi il s'agissait, il ne le révélait jamais. Il disait que c'était des produits naturels...

— Vous le connaissiez bien ?

— Autant qu'on peut connaître son médecin ! Un peu mieux que les autres, peut-être ? Parfois, il venait dîner ici...

— Tout seul ?

— Ça dépendait. De temps en temps, je le voyais avec son amie. Sinon, il était avec d'autres personnes.

— Des habitués de votre restaurant ?

La femme réfléchit.

— Ma foi, non !

— Comment expliquez-vous cette disparition aussi brutale ? intervint Muriel.

Elle sourit, le regard plein de sous-entendus.

— Il y a tellement de raisons de disparaître ! Et vous-mêmes, qu'en pensez-vous ?

— Nous cherchons, répondit Michel.

Elle acquiesça d'un hochement de tête.

— Qui cherche trouve ! dit-elle d'un ton ironique.

— C'est vrai, répliqua-t-il, sans parvenir à croiser son regard.

Elle s'éloignait quand il la rappela.

— Nous aimerions dîner ici ce soir. C'est possible ?

— Bien sûr. Avec plaisir !

Michel était songeur. Sans s'expliquer pourquoi, cette femme lui avait fichu la trouille. Son regard ? Sa manière de s'exprimer ? Ce qu'elle avait dit ? Il l'ignorait. Mais il était certain que ses dehors affables dissimulaient quelques noirceurs.

— Que se passe-t-il ? s'inquiéta Muriel. Tu n'as pas l'air dans ton assiette ?

— Rien ! Je songeais à cette femme. Qu'en penses-tu ?

— Elle est sympa. Pourquoi ?

— Comme ça...

— Allez ! Livre le fond de ta pensée !

— Tu ne lui trouves pas l'air bizarre ?

Muriel éclata de rire.

— Généralement, c'est moi qui m'intéresse à cet aspect des choses ! Si tu t'y mets aussi, on n'a pas fini ! Non, elle paraît tout à fait normale et agréable !

Il ricana, dissimulant son malaise.

— Tu as raison ! Par ta faute, je finis par croire que nous sommes envahis d'extraterrestres !

Ils terminèrent leur café, laissèrent de l'argent sur la table et partirent.

À la sortie du village, suivant les explications de l'hôtelière, ils s'engagèrent dans un chemin de terre qui déboucha rapidement sur la maison de Jules.

Aux allures de vieille ferme fortifiée, elle était nichée dans un vallon tranquille et proche d'une rivière. L'endroit était isolé, mais charmant. Une forêt dense et sombre jouxtait le bâtiment. Un terre-plein herbeux, en jachère, s'étendait devant la façade, jusqu'au cours d'eau.

— Il ne devait pas trop aimer la compagnie des autres, remarqua Muriel.

Michel s'approcha de la porte en vieux chêne qu'il ouvrit facilement. Apparemment, la serrure et les gonds étaient graissés régulièrement ! Comme il commençait à faire sombre, il alluma.

— Merde alors ! s'exclama-t-il.

La maison était vide ! Ni meubles ni affaires, rien ! Passant dans les autres pièces et la mezzanine, ils durent se rendre à l'évidence : tout avait été déménagé !

Décontenancés, ils ressortirent et s'assirent sur un

banc de pierre, installé devant la façade. Furieux, Michel alluma une cigarette pour se détendre. Inutile de se poser des questions ! Ils avaient été joués !

— Qu'est-ce que cela signifie ? demanda Muriel.

— Certains pratiquent la politique de la terre brûlée devant nous !

— Seignolles ne t'a-t-il pas dit qu'ils avaient fouillé la maison ?

— Si... Mais à l'époque, il devait y avoir encore quelque chose à inspecter !

Il tenta, de son portable, d'appeler la gendarmerie. Sans succès ! Une fois encore, les opérateurs avaient oublié de couvrir une région...

— Tant pis ! fulmina-t-il. Je téléphonerai du restaurant. En attendant, j'aimerais bien refaire le tour de la maison. Qui sait ? Ils ont peut-être oublié quelque chose ?

Ils se répartirent la tâche. Michel se consacrerait à la pièce principale, Muriel, aux autres. Il se mit au travail sondant les murs puis le plancher. Sans résultat ! Tout semblait normal. Il s'attaqua alors à la cheminée, ancienne et assez vaste. Il pénétra dans l'âtre, inspecta le conduit, le sol en pierre, détacha la plaque du mur. Rien ! Ceux qui avaient déménagé l'endroit étaient des experts !

Soudain, Muriel l'appela d'une voix angoissée. Il se précipita. Immobile au milieu d'une pièce assez vaste, elle semblait tétanisée. À son visage convulsé, Michel devina qu'elle se trouvait sous influence et devait souffrir. Il la saisit alors par les bras et la secoua énergiquement.

— Parle ! Qu'est-ce qu'il t'arrive ?

— Je t'en prie ! réussit-elle à articuler. Sors-moi de là !

Michel la porta dehors et l'allongea sur l'herbe. Au contact du sol humide, la jeune femme sortit de sa léthargie.

— Quelle merde ! s'exclama-t-elle en se relevant. Il y a quelqu'un qui ne me veut pas du bien.

— Que s'est-il passé ?

— Ils se réunissaient ici ! J'en suis certaine !

— Que veux-tu dire ?

— Dès que j'ai pénétré dans la pièce, j'ai senti des présences... Des personnes invisibles, allant et venant autour de moi.

— Pourquoi ne m'as-tu pas appelé ?

— C'était impossible ! J'étais ailleurs ! Je ne me souvenais de rien.

— Comment cela peut-il arriver ?

— Je suis médium ! Oh ! C'était affreux... Je les sentais me frôler... Parler... Se moquer de moi... Comme s'ils trouvaient comique que je me sois imposée à leur réunion.

— Tu les as vus ?

— Oui et non... comment exprimer cela ? Je les voyais sans les reconnaître.

Elle se mit à sangloter.

— Tu pourrais dire qui c'était ?

— Non !

— Et ce qu'ils faisaient ?

— Non ! Ils étaient réunis... Autour d'une grande table. Je ne suis pas sûre...

Calmée, elle sécha ses larmes.

— Je t'en prie, fichons le camp d'ici. J'ai trop peur ! Nous reviendrons plus tard, avec mon matériel. Je veux m'assurer que je n'ai pas rêvé !

— Ton fameux effet Kirlian...

— Oui... Leur présence était trop forte pour qu'elle ne soit pas récente... Quoi qu'il en soit, ne restons pas là ! J'ai un mauvais pressentiment.

— Que veux-tu qu'il se passe ? la rassura Michel en désignant son revolver.

Elle haussa les épaules.

— Ils se fichent de ton flingue. Ils sont bien plus forts que ça ! C'est sur l'esprit qu'ils travaillent, en particulier sur le mien, plus vulnérable. Mais attention qu'ils ne s'attaquent pas à toi. Je les sens sacrément puissants ! Et ils refusent qu'on se mêle de leurs affaires !

Hermétique à cette mise en garde, Michel installa Muriel dans la voiture et regagna la maison pour éteindre et fermer.

Par bravade, il retourna dans la pièce, les défiant intérieurement. À peine entré, il se sentit alors violemment tiré à l'intérieur, sans pouvoir opposer de résistance. Tel un pantin, il fut projeté dans un sens, puis dans un autre, sans toutefois tomber. En effet, chaque fois qu'il se trouvait déséquilibré, il était récupéré et poussé à nouveau. Paniqué, mais gardant le contrôle de ses pensées, il parvint à sortir son pistolet et vida le chargeur vers la fenêtre. Les vitres volèrent en éclats. Aussitôt, un fort courant d'air pénétra dans la pièce, tandis que, sous l'effet d'une dernière bourrade, Michel s'affala sur le sol.

Il se relevait quand Muriel entra, affolée.

— Mon dieu ! Que s'est-il passé ?

— Rien ! répondit Michel en massant son corps meurtri. Tes fantômes ont eu envie de me jouer un tour.

— Je te l'avais dit ! Cette maison est hantée !

Michel haussa les épaules.

— Tu parles ! Il y a un truc !

— C'est ça ! s'écria Muriel d'une voix haut perchée. Eh bien, prouve-le, gros malin !

— Je suis sûr qu'il y a une astuce, répéta Michel. Comme un exorcisme.

— Il n'y a qu'un seul moyen de le savoir : revenir avec l'équipement nécessaire. On essaie de nous posséder. Ces esprits existent, je t'assure !

Encore sonné, Michel suivit Muriel dehors.

— Alors pourquoi tout cela s'est-il arrêté d'un coup ?

— Le bruit du coup de feu... le vacarme des vitres brisées. Les ondes sonores ont dû les perturber ! Comprends que nous sommes sous l'emprise d'un égrégore.

— D'un quoi ?

— C'est une entité psychique autonome, vivante. Il est formé d'un sentiment commun à plusieurs individus qui crée un champ de radiations envoûtant. Ensemble, des personnes peuvent constituer une puissance psychique terrifiante, capable du pire comme du meilleur. On le voit parfois lors de matchs de football ou de concerts.

Ils s'installèrent dans la voiture. Michel démarra.

— Tu ne vas tout de même pas me faire croire que des hommes sont capables d'imposer leur volonté à distance !

— Je n'essaie pas de te convaincre. On y croit ou non ! Mais c'est ainsi ! La force de l'esprit est considérable pour ceux qui réussissent à la domestiquer. C'est vieux comme le monde. Les exemples abondent d'individus ayant réussi des prouesses incroyables ! Des saints, des voyants, des prophètes qui ont pu se projeter ailleurs par la pensée.

Réfractaire à ce type de discours, Michel gardait le silence, impressionné par ce qu'il venait de vivre. Pressentant un danger diffus mais réel, il songeait qu'il fallait maintenant tout résoudre rapidement.

De retour au restaurant, la patronne, debout derrière le bar, les accueillit avec le sourire.

— Alors ? demanda-t-elle enjouée. Vous avez trouvé quelque chose ?

Jugeant la question provocatrice, Michel répondit par une autre question, le regard planté dans celui de son interlocutrice :

— Vous ne saviez pas qu'il avait déménagé ?

Elle bafouilla :

— Je croyais que vous étiez au courant ? D'ailleurs, je ne comprenais pas que...

— Pourquoi n'avez-vous rien dit ?

Retrouvant son aplomb, elle répliqua :

— Je ne m'intéresse pas à la vie des autres. Encore moins quand la police s'en mêle...

— Vous avez raison ! lâcha Michel d'un ton sibyllin.

Il décrocha le combiné du téléphone qui se trouvait sur le zinc, et appela Seignolles.

Estimant excessive l'agressivité de Michel, Muriel adressa un sourire à la patronne. Elle préférait s'en faire une alliée, même si elle mentait.

— Vous savez, lâcha-t-elle après avoir commandé deux whiskys, il est un peu sur les nerfs. De telles affaires le rendent dingue. Surtout quand il n'y comprend rien.

La femme approuva, complice.

— Et vous ? Que faites-vous ?

— Je l'assiste, expliqua Muriel, évasive.

— Alors, assistez-le bien ! Il me semble très énervé. Or, ici, c'est inutile. On est dans un autre monde...

— Que voulez-vous dire ?

— Rien de particulier. Sinon que nous sommes au fin fond du Béarn... Pas en ville ! Comprendre ce pays demande d'être initié.

— C'est-à-dire ?

La femme se contenta de sourire, puis disparut dans une autre pièce, sans doute la cuisine à en juger par les bruits de vaisselle.

Muriel était songeuse. Cette femme dégageait des ondes particulières, pas franchement agréables. Elle l'imagina médium, elle aussi.

Michel raccrocha.

— Tu sais ce que m'a dit Seignolles ?

— Non !

— Les parents de Jules ont tout déménagé hier par crainte des cambriolages !

Muriel pouffa de rire.

— En voilà au moins qui sont efficaces !

— Oui ! Mais je me demande si cela ne signifie pas autre chose.

— Quoi ?

— Qu'ils n'envisagent plus le retour de leur fils !

— Tu penses qu'ils le considèrent comme mort ?

— Pas forcément. Il existe une autre explication : ils le savent vivant et il leur a dit qu'il ne reviendrait jamais.

— Il aurait donc disparu volontairement avec Claire ?

— Pourquoi pas ? Enfin, il reste à le prouver, évidemment !

Ils prirent place à une table installée à l'écart.

— Il y a quelque chose qui m'échappe, remarqua Muriel. Pourquoi Seignolles ne t'a-t-il pas prévenu dès qu'il l'a su ?

— D'après lui, il aurait oublié.

— Tu y crois, toi ?

— Non, mais je n'ai pas le choix. C'est son enquête. Il fait ce qu'il veut. Je ne suis là que par raccroc. Je dois me contenter des miettes. C'est la loi du genre.

— Tu lui as parlé de notre... expérience ?

— Surtout pas. Déjà qu'il me croit incapable, imagine ce qu'il penserait si je lui racontais avoir été le jouet des esprits...

— L'idée commencerait-elle à faire son chemin ?

Michel haussa les épaules.

— Ne te mets pas à rêver ! Je reste convaincu que tout cela s'explique d'une manière ou d'une autre.

— Cesse donc d'être aussi braqué ! s'exclama Muriel en posant sa main sur la sienne. Accepte que des choses t'échappent. L'esprit n'est qu'une histoire d'ondes.

— Que veux-tu dire ?

— Des hommes sont capables d'intervenir dans des mondes différents déterminés par des ondes, elles aussi différentes. Ces ondes s'échelonnent des rayons cosmiques aux ondes électromagnétiques, mais nous ne pouvons saisir que celles qui sont lumineuses, grâce aux yeux. Sans certains appareils nous n'aurions pu déceler les ondes hertziennes, infrarouges, ultraviolettes ou encore les rayons X, etc. Cependant, scientifiquement, rien ne contredit le fait que certains individus puissent communiquer par l'esprit par le canal d'autres types d'ondes.

Michel écoutait à peine, chaviré par la main de Muriel posée sur la sienne. Depuis leurs retrouvailles, c'était la première fois qu'elle lui témoignait aussi spontanément son affection. Ému, il lui saisit la main. Elle ne la retira pas.

— Tu te fiches de ce que je te raconte, on dirait ?

— Un peu, concéda-t-il. J'avoue que je suis encore tourneboulé par ce qu'il vient de nous arriver. J'aimerais un peu oublier cette affaire, parler d'autre chose. Profiter aussi de cet endroit...

La patronne revint avec deux menus qu'elle disposa sur la table.

— Alors ? s'enquit-elle d'un ton professionnel. Avez-vous une idée de ce qui vous ferait plaisir ?

Michel acquiesça et commanda les plats qu'ils avaient sélectionnés avant de se rendre chez Jules.

— Un choix judicieux, affirma l'hôtelière. Avec des vertus calmantes, ajouta-t-elle en souriant à Michel.

Celui-ci demeura de marbre. Quand elle se fut éloignée, il alluma une cigarette et demanda des nouvelles d'Andrew à Muriel. Elle répondit avec plaisir, heureuse de parler de lui.

— Pour l'instant, ça va, mais je sens qu'il a besoin de son père. Il aimerait sans doute avoir des relations personnelles avec lui.

— Mais si ton mari refuse de le voir ?

— Je sais. C'est un vrai problème.

— Pourquoi n'essaies-tu pas de vivre avec un mec bien qui servirait de substitut ?

Elle éclata de rire.

— C'est un peu comme si tu me disais de changer les pneus de la voiture, alors que c'est le moteur qui est en panne. Les choses ne sont pas aussi faciles. Andrew n'acceptera pas la présence quotidienne d'un homme à la maison. Même s'il était sympa avec lui.

— Soit ! Mais tu ne peux pas aliéner définitivement ta vie amoureuse pour lui !

— C'est pourtant le choix que j'ai fait. À moi d'assumer !

Un serveur qu'ils n'avaient pas encore vu apporta leurs entrées, une garbure et une soupe du berger. Ils mangèrent en silence. De nouveaux clients entraient, chaleureusement accueillis par la patronne qui semblait les connaître tous. Michel les observait, espérant en reconnaître un lié à l'affaire. Muriel s'en aperçut.

— Décroche ! lui dit Muriel.

Il lui sourit.

— Tu as raison. Mais on ne se refait pas !

Ils reprirent leur conversation. Cependant, l'intimité qui les avait réunis quelques instants s'était volatilisée. Chacun était rentré dans sa coquille de peur de trop s'avancer.

Du coup, alors qu'on leur servait les plats de résistance, pour lui une poule au pot, pour elle du saumon du gave en papillotes, ils parlèrent cuisine, un sujet sans risque. À la demande de Muriel, Michel détailla la recette de « la poule du bon roi Henri » :

— Tu fais d'abord tremper de la mie de pain dans du lait bouillant. Pendant ce temps, tu haches le foie, le gésier et le cœur de la poule avec du jambon et tu mélanges le tout avec de l'ail, du persil et de l'estragon. Quand c'est prêt, tu ajoutes à cette préparation la mie de pain essorée, du poivre et tu lies l'ensemble avec deux œufs. C'est beaucoup plus onctueux. Ensuite, tu garnis la poule avec cette préparation et tu lui couds le derrière. Il ne reste plus qu'à la faire bouillir durant une bonne heure, selon la grosseur, et de rajouter les légumes carottes, navets, poireaux, oignons, etc.

— Comme un pot au feu...

Ils se faisaient respectivement goûter leurs plats quand Muriel donna un léger coup de genou à Michel, lui indiquant la porte d'entrée. Malthus venait d'arriver avec des gens que Michel ne connaissait pas ! Comme ils se trouvaient à l'écart, le guide ne les avait pas repérés.

— Quel hasard ! murmura Michel.

— Tu crois que c'en est vraiment un ? demanda Muriel.

— Que veux-tu dire ?

— C'est tellement inattendu ! Qu'est-ce qu'on fait ?

— Rien, répondit Michel, penché sur son assiette, soit il nous voit et on joue les étonnés. Soit il ne nous voit pas et on fiche le camp incognito. Ce n'est pas ici que nous pourrons avoir une explication.

— On ne va pas pouvoir se cacher longtemps, objecta Muriel.

Soudain, elle donna un nouveau coup de genou à Michel.

— Ne t'inquiète pas ! Ils sont passés dans une autre pièce. La patronne a fermé la porte et revient vers nous.

— Tout va bien ? s'enquit celle-ci, s'arrêtant à hauteur de leur table.

— Très bien ! répliqua Muriel, un sourire avenant aux lèvres.

— Vous prendrez bien un dessert ?

— On aurait aimé, dit Michel, malheureusement nous sommes pressés. On finit nos plats et on prendra deux cafés.

— Comme vous voudrez. J'attends un peu.

Ils terminèrent de manger en silence. Michel reprit :

— Je donnerais cher pour savoir qui était avec lui. Tu n'as pas reconnu quelqu'un ?

— Non ! À vrai dire je n'ai pas fait attention.

Michel se rapprocha davantage de la jeune femme.

— Dépêchons-nous de finir, chuchota-t-il. On essaiera de les observer de l'extérieur. Il y a bien une fenêtre qui donne sur la pièce où ils se trouvent.

Muriel opina d'un hochement de tête. Lorsqu'ils eurent terminé, ils firent signe au serveur d'apporter les cafés. Ils les burent rapidement, puis se levèrent.

Michel gagna le comptoir où la patronne préparait la note.

— Vous partez déjà ? s'étonna-t-elle.

— Oui ! répondit laconiquement Michel en cherchant vainement à croiser son regard.

— Dommage ! Nos desserts sont réputés dans toute la région ! insista-t-elle en lui tendant le terminal de paiement.

— Ce n'est pas grave ! Nous serons amenés à revenir, répliqua Michel en composant son code.

Quand le paiement fut effectué, il salua la restauratrice qui évitait toujours son regard, puis il sortit avec Muriel.

Dehors, il pleuvait à nouveau. L'air avait considérablement fraîchi. Muriel frissonna et se réfugia sous le bras de Michel qui éprouva une forte envie de l'embrasser. Il y renonça, jugeant le moment peu opportun.

— Bon. La donne a changé, déclara-t-il. Malthus n'est pas là par hasard. Il faut trouver le moyen d'observer le groupe et de voir s'il comprend d'autres personnes que l'on connaît. Feignons de partir et revenons discrètement à pied. De nuit et avec cette pluie, il y a peu de chances qu'on se fasse repérer.

Muriel acquiesça, soudain plus nerveuse. Lorsqu'ils furent installés dans la voiture, Michel tenta de démarrer. Sans succès.

— Merde ! Qu'est ce que c'est encore que ça ?

Irrité par ce contretemps, il essaya d'examiner le moteur à la lueur de son briquet. C'était impossible, la flamme s'éteignant sans cesse. Muriel frissonnait, de froid et de peur. Son imagination s'emballait. Cette panne ne présageait rien de bon ! On avait trafiqué le moteur... Ils se retrouvaient seuls, dans un coin isolé livrés à des... des... Elle se raisonna avec difficulté, regrettant de ne pas apercevoir Michel, masqué par le capot.

Peu après, jurant comme un charretier, celui-ci pénétra à nouveau dans le véhicule et actionna le démarreur. Sans résultat !

— Putain ! Nous voilà bien !

— On devrait retourner au restaurant appeler une dépanneuse ! suggéra Muriel.

Michel haussa les épaules, excédé.

— Tu parles ! Une dépanneuse dans ce trou paumé ! Non ! On va retourner au restaurant mais pour y voir Malthus. Ça suffit de se faire mener en bateau !

— Ce n'est pas sûr que la patronne nous le permette !

— Qu'elle essaie ! s'exclama Michel en sortant.

Il entra dans la salle en premier, après avoir ouvert la porte avec brusquerie. Muriel referma plus doucement derrière lui. La propriétaire du restaurant, toujours derrière le comptoir, les dévisagea avec une lueur d'inquiétude dans le regard. Certains clients les regardaient avec réprobation. Michel s'approcha du bar.

— Écoutez, fit-il à la restauratrice en contenant difficilement sa colère. Nous sommes en panne, c'est inexplicable et...

— Ce n'est pas grave ! l'interrompit-elle d'un ton suave. Calmez-vous ! Cela arrive à tout le monde.

— Certes ! Mais ce n'est pas le problème ! Tout à l'heure, j'ai vu l'un de mes amis guides entrer dans le restaurant, accompagné d'autres personnes. J'aimerais lui demander de nous ramener.

L'air ingénu, la femme promena son regard sur la salle.

— À quelle table se trouve-t-il ?

— Il est entré ici, intervint Muriel en désignant une porte située dans leur dos.

La femme sourit.

— Ah ? Vous faites erreur ! Cette porte donne accès au cellier.

Amusée de les voir décontenancés, elle fit le tour du bar et vint les rejoindre.

— À vos têtes, je sais que vous ne me croyez pas. Suivez-moi et vérifiez par vous-mêmes.

Elle ouvrit et alluma. La pièce, à laquelle on accédait par un petit escalier, exhalait de forts effluves de vin, un peu amers, sans doute à cause des fûts en chêne qui s'y trouvaient entreposés. Michel descendit les quelques marches. Il examina les murs en pierre, couverts de salpêtre, puis le sol en terre battu. De toute évidence, la pièce ne comportait ni portes ni fenêtres ! Croisant le regard étonné de Muriel, il rejoignit la restauratrice en haut de l'escalier.

— Vous voyez ! triompha-t-elle. Il n'y a personne ! Vous avez pu le constater par vous-mêmes !

Michel acquiesça, agacé par son ironie.

— Voulez-vous appeler une dépanneuse ? proposa-t-elle.

Michel refusa.

— Ce ne sera pas nécessaire ! Si vous me prêtez une lampe torche, je devrais pouvoir repérer la panne.

— J'ai ce qu'il vous faut, affirma la femme, avant de s'éloigner vers les cuisines. Attendez-moi au comptoir.

Michel et Muriel patientèrent, sous le regard amusé, parfois hostile, des clients. Enfin, la restauratrice revint avec une lampe.

Dehors, le vent s'était levé, la pluie tombait dru. Michel se mit au travail éclairé par Muriel qui tenait la torche. Il vérifia les fils, les connexions de la batterie, les courroies et enfin le delco. Tout paraissait normal. Regagnant l'habitacle il tenta à nouveau de démarrer. De façon incompréhensible, le moteur se mit en marche du premier coup !

Heureuse, Muriel referma le capot et monta à son tour dans le véhicule.

— Tu es un véritable as de la mécanique !

— Je suis un as de rien du tout ! répliqua Michel. Je n'ai touché à rien.

— Ce qui veut dire ?

— Que la prétendue panne a pu être « réparée » lorsque nous sommes retournés au resto.

— Mais pour quelle raison ?

— Ça m'arrangerait de le savoir !

Michel alluma une cigarette et en offrit une à Muriel qui accepta.

— Si on rentrait ? proposa-t-il.

— Je veux bien ! Mais il faudrait lui rendre sa lampe !

— Elle peut aller se faire foutre ! s'exclama Michel en s'engageant sur la route. Ça lui apprendra à se foutre de notre gueule !

Muriel se mit à rire nerveusement.

— Tu as raison ! De toute manière, je suis certaine que nous aurons l'occasion de la lui rapporter !

— Ça c'est sûr !

Fatigué, irrité de ne rien comprendre, Michel roulait très vite, impatient de prendre une douche brûlante.

Plus tard, demandant son avis à Muriel, il s'aperçut qu'elle dormait, recroquevillée sur le siège. Du coup, il alluma le poste de radio, réglé sur une chaîne musicale. Tracy Chapman chantait d'une voix profonde et monocorde, l'une de ces tristes ballades dont elle a le secret.

Jetant un œil vers Muriel, Michel la trouva belle. Il se sentit heureux.

11

Michel se réveilla en sursaut à 7 heures. Il jeta un coup d'œil vers la fenêtre. Il faisait encore nuit. Après une courte hésitation, il se leva. Cet imprévu tombait à pic. En partant tôt, il pourrait surprendre Malthus !

Il prit une douche. Immobile sous le jet brûlant, il pensait à son ami, qu'il croyait impliqué dans l'affaire. Tout au moins, il en connaissait les tenants et aboutissants. Trop de coïncidences, de non-dit l'accusaient.

Toutefois, Michel demeurait prudent. Si Malthus était coupable de quelque chose, pourquoi lui avait-il demandé d'enquêter sur cette disparition ?

Il sortit de la baignoire, se sécha, puis s'habilla. Songeant alors à Muriel, il renonça à lui demander de l'accompagner. Elle semblait si fatiguée, la veille au soir, qu'il lui répugnait de la sortir du lit. De surcroît, il préférait voir Malthus en tête à tête. Dans ces conditions, il se montrerait sans doute plus prolixe. Avant de sortir, Michel disposa ses affaires dans un ordre particulier afin de détecter plus facilement une éventuelle fouille de sa chambre durant son absence.

Le jour commençait à se lever. Un vent froid, venant du nord, soufflait par rafales amenant avec lui quelques gouttes de pluie.

Frissonnant, Michel gagna sa voiture et démarra. Cela lui rappela l'incident de la veille. Pourquoi avait-on saboté le moteur pour le réparer quelques minutes plus tard ? Comme si dans un premier temps on avait voulu les empêcher de partir, pour ensuite les y autoriser. Qui avait fait cela et pourquoi ?

Incapable de répondre, Michel préféra préparer son entretien avec Malthus. Pourquoi ne lui avait-il pas dit qu'il connaissait Paul Conan et le commandant Massard ? Pourquoi l'avait-il fait venir pour enquêter ? Que se passait-il à Sainte-Engrâce ?

Lorsqu'il atteignit le promontoire dominant le village, le jour était complètement levé. Un rideau de pluie estompait les montagnes environnantes rendant le paysage à la fois beau et inquiétant. Comme tout coin isolé du monde. Longeant les maisons, il ne croisa personne. Heureusement, des filets de fumée s'échappant de certaines cheminées témoignaient d'une vie...

Il se gara au pied de l'église et sortit de la voiture. Le clocher dominait la maison de Malthus de sa haute taille. De même que la fois précédente, un rapace se tenait immobile sur la croix. Il s'envola en criant, dès que Michel eut ouvert la porte donnant accès au cimetière.

Décidé à voir l'intérieur de l'église, il erra au milieu des tombes, jetant un œil distrait sur les ex-voto. Soudain, il s'arrêta, surpris par une anomalie dans la disposition des stèles. Certes, comme l'avait noté Muriel, elles étaient toutes dirigées vers l'église. Mais, curieusement, quelques-unes se trouvaient à l'écart, proches du portail, orientées différemment.

Intrigué, Michel s'approcha. Un détail lui sauta aux yeux : les stèles, anciennes, noircies et recouvertes de lichen, ne comportaient ni noms, ni dates, ni citations ! Prenant du champ, il en dénombra neuf et nota qu'elles étaient séparées des autres tombes par une allée plutôt large.

Ce constat effectué, il reprit son chemin vers l'église.

Parvenu dans le chœur sombre, il fut saisi par le froid intense. Bien que le portail d'entrée fût ouvert, on ne voyait pas grand-chose. Le silence était total. Un vrai caveau, songea-t-il, en se secouant pour se réchauffer. Curieux de voir à son tour ce que Muriel avait décrit, il alluma son briquet et le tint en l'air. Il repéra la grille coupant le chœur en deux, puis plusieurs petits tableaux accrochés au mur, retraçant les étapes du chemin de croix.

Il s'avançait vers le fond de l'église, quand soudain, examinant le sol, il remarqua un dessin gravé sur une dalle. Il s'agissait de la Vierge Marie, la tête surmontée d'une auréole, inscrite dans un cercle. N'en déduisant aucune signification particulière, il finit son tour et ressortit, heureux de quitter un endroit aussi lugubre.

À nouveau dehors, il respira avec bonheur et leva les yeux au ciel. Bon dieu, pensa-t-il, même catholique, jamais je n'irais prier dans un lieu pareil ! Reprenant son chemin en sens inverse, il se dirigea vers la maison de Malthus.

À Oloron, Muriel s'éveillait. Émergeant d'un sommeil lourd et profond, elle mit un certain temps à réaliser où elle se trouvait. Elle laissa errer son regard sur les murs ternes, s'attardant sur la reproduction d'une lithographie qui lui faisait face. Devant un chalet isolé se tenait une femme regardant une lointaine chaîne de montagnes.

Les événements de la soirée lui revinrent en mémoire. La maison de Jules, la présence des esprits – mais peut-être n'y en avait-il qu'un ? –, leur violence. Elle était troublée par le fait que Michel n'avait pas échappé à leur influence. Peut-être possédait-il aussi des dons de médium, sans le savoir ? Elle sourit, imaginant la tête qu'il ferait si elle le lui suggérait !

Ses pensées s'attardant un peu trop sur lui, elle se leva d'un coup et gagna la salle de bains.

Sa douche prise, elle se sécha, s'habilla et se maquilla, ressassant ces moments durant lesquels ils avaient été agressés dans la maison de Jules. La difficulté était de savoir pourquoi. La maison était-elle hantée ? S'agissait-il d'un esprit ou de plusieurs ? Dans ce cas, étaient-ce les esprits de personnes décédées ou bien vivantes ?

Apportant une dernière touche à son maquillage, elle conclut que la meilleure manière d'y voir clair consistait à retourner là-bas avec le matériel d'investigation qu'elle conservait dans sa voiture. Elle ignora la peur qui commençait à lui vriller le ventre. La vérité était sans doute à ce prix !

Toutefois, son courage n'allant pas jusqu'à la témérité, elle appela Michel pour lui demander de l'accompagner. Comme il ne décrochait pas, elle appela la réception pour savoir s'il se trouvait dans la salle de restaurant.

— Ah non ! répondit l'hôtelier, je l'ai vu partir très tôt, ce matin.

— A-t-il laissé un message à mon intention ?

— Non ! Il n'a même pas pris de petit déjeuner.

Muriel raccrocha, perplexe et un peu agacée. Il aurait quand même pu lui dire où il se rendait ! Menant conjointement l'enquête, la moindre des choses aurait été qu'il la tînt informée ! Puis, elle se raisonna. En fait, elle se sentait tout bonnement frustrée de ne pas le voir. Refusant de jouer les bécassines au cœur d'artichaut, elle décréta qu'elle n'avait pas besoin de lui. Elle allait prendre son petit déjeuner et filerait ensuite chez Jules.

Vu l'heure matinale, Michel hésita à frapper chez Malthus et jeta un œil par la fenêtre, masquée par un rideau de dentelle.

Alors qu'il se hissait sur la pointe des pieds pour voir l'intérieur de la maison, la porte s'ouvrit.

— Eh bien ! s'exclama Malthus. Tu aurais pu frapper, c'était aussi simple !

— Excuse-moi ! répondit Michel en entrant, je craignais que tu dormes encore.

— Tu sais, à mon âge on ne dort plus guère.

Un feu dans la cheminée diffusait une chaleur

agréable. Au souvenir des années où il venait faire de la montagne dans cette région en compagnie de Malthus, Michel éprouva une brusque nostalgie. C'était déjà si loin.

— Tu veux un café ? demanda le guide.

— Ce n'est pas de refus.

Tandis que son ami gagnait la cuisine, Michel s'assit dans le canapé face à la flambée. Il se sentait mal à l'aise. Comment allait-il entamer la conversation ? Questionner Malthus, sans lui donner l'impression de le soupçonner ? Il était d'autant plus perplexe que celui-ci ne lui avait tendu aucune perche, ne s'inquiétant même pas des raisons de sa présence à une heure aussi matinale.

Malthus revint s'asseoir auprès de lui, deux tasses fumantes à la main.

— Alors, vieux ? Comment va l'enquête ?

La question avait été posée avec un tel détachement que Michel le dévisagea, perplexe.

— Eh bien quoi ? s'étonna Malthus. Tu en fais une tête !

— Je réfléchissais, répondit Michel. Ma foi, elle suit son cours. Je n'ai guère d'éléments nouveaux depuis la dernière fois, mais je ne désespère pas.

Tentant de reprendre l'avantage, il avait dit cela en fixant son ami de manière insistante. Peut-être ce dernier y verrait-il une mise en garde ? Mais il en fut pour ses frais. Malthus se cala contre le dossier et se mit à siroter son café, le plus tranquillement du monde.

Soudain, Michel eut une inspiration.

— Tu sais, je suis venu très tôt parce que j'aimerais aller me balader avec toi du côté de Kakouetta.

— Que comptes-tu y trouver ?

— Je n'en sais rien. C'est seulement pour m'imprégner de l'ambiance... Quand j'enquête sur une affaire, j'aime bien dessiner le paysage dans lequel ont évolué les victimes.

Malthus sourit, sans le regarder.

— Eh bien, soit ! dit-il. On part dès qu'on a avalé notre café.

Malthus lui proposa une paire de chaussures de montagne.

— J'en ai une qui devrait t'aller, affirma-t-il en se levant.

Finissant son café, Michel se félicita de son idée. Malthus ne pourrait lui mentir lorsqu'ils grimperaient à nouveau, côte à côte.

Quelques minutes plus tard, bien équipés, ils sortirent et gagnèrent la voiture. Ils la laisseraient au parking de Kakouetta. Comme Jules et Claire.

— Oh ! s'exclama Michel en démarrant. Sais-tu pourquoi il y a neuf tombes dans le cimetière sans aucune indication sur les personnes décédées ?

— Non, répondit Malthus. On s'est souvent posé la question, mais personne n'a jamais été capable de nous donner une explication.

— Curieux..., marmonna Michel, c'est la première fois que je vois cela.

Ils s'engagèrent sur la route sinueuse et déserte. Le ciel était couleur de plomb. Une pluie fine et drue fouettait le pare-brise. Les deux hommes gardaient le silence. On n'entendait que le bruit lancinant des essuie-glaces. Le mutisme de Malthus agaçait Michel. Cela ne correspondait pas à son tempérament, disert et joyeux.

Lorsqu'ils débouchèrent sur le parking construit à l'entrée des gorges, la lumière diminua subitement à cause des hautes parois rocheuses les entourant. Ils se garèrent et sortirent du véhicule. Il faisait froid et humide. Au loin, on entendait le grondement d'une chute d'eau, amplifié par l'écho.

Malthus enfila son sac à dos qu'il fixa par une sangle ventrale.

— Que veux-tu faire ? demanda-t-il.

— Suivre le chemin qu'ont suivi Jules et Claire.

— Qu'ils ont pu suivre, corrigea Malthus avec un

sourire qui parut provocateur à Michel. Je n'étais pas avec eux, je te le rappelle !

— Je sais. Mais connaissant les lieux comme tu les connais, tu dois bien avoir une idée.

Malthus ne répondit pas. Il se mit en marche, désignant le départ d'un chemin qui s'enfonçait dans les gorges.

Muriel avait expédié son petit déjeuner, excitée par son programme. Si elle parvenait à détecter la présence d'esprits, ce serait un apport fondamental pour le labo de parapsychologie.

Sur la route sinueuse et déserte menant à Barcus, elle se remémora un cas célèbre de maison hantée, répertorié avant la Seconde Guerre mondiale. Des phénomènes uniques y avaient été observés, sérieusement, sans qu'on ait pu proposer d'explications satisfaisantes à leur sujet.

Il s'agissait d'un pavillon de Comeada, une bourgade située dans les faubourgs de Coimbre, habité par un couple, les Homem-Christo, avec leur enfant de six semaines. Dès leur installation, des bruits suspects avaient retenti dans la maison, puis au fil des jours d'autres manifestations inexplicables s'étaient succédé.

Devant des témoins, réunis pour traquer d'éventuels plaisantins, les volets s'ouvraient tout seuls dès qu'on les avait refermés, les flammes des bougies s'éteignaient sans qu'il y eût le moindre courant d'air, des coups violents étaient portés contre les murs et sur le plancher sans qu'on parvînt à identifier leur éventuel auteur. Les personnes présentes témoignèrent toutes qu'elles avaient senti des présences invisibles. Certains prétendaient même qu'elles les avaient touchées, frôlées, bousculées !

Un soir, Francis, le père de famille, un esprit rationaliste, décida de les affronter seul. Mal lui en prit. Non seulement les volets ne voulurent plus se fermer, mais les portes s'ouvrirent et se refermèrent sans qu'il intervînt, et les clés tournèrent dans les serrures. Sa femme, qui dormait en haut de la maison, fut soudainement réveillée, ballottée dans tous les sens par des forces invisibles. Pris de panique, Francis tira alors au revolver vers les hypothétiques présences. Mais la balle se logea dans un mur, tandis que lui était violemment projeté au sol par une formidable gifle ! Quant au petit qui dormait à côté, il avait disparu !

Quittant la chambre, Francis se lança à sa recherche, inspectant toutes les pièces, le cabinet de travail, l'entrée, le palier, les vestibules. Il finit par le découvrir dans un recoin, à proximité d'une issue de service, déposé sur une table comme abandonné par un ravisseur pressé. Le bébé ne portait aucune marque de violence. Toutefois, dépouillé de ses langes dispersés sur le sol, il tremblait de froid.

Dans les combles, les domestiques réveillés par le coup de feu hurlaient de frayeur. Francis décida alors de prévenir la police de Coimbre et expliqua la situation. Deux agents furent désignés pour passer la nuit suivante dans la villa en compagnie d'amis de la famille.

Un plan fut adopté. À 22 heures, on éteindrait toutes les lumières, l'expérience ayant prouvé que l'obscurité favorisait la manifestation de ces phénomènes. Francis et sa femme coucheraient dans leur chambre et leurs amis surveilleraient l'intérieur de la maison. Enfin, l'un des policiers prendrait sa faction dans une pièce, l'autre surveillant le jardin.

L'attente ne fut pas longue. Brusquement, une véritable tempête se déchaîna. Les coups contre les murs se multiplièrent, les murmures s'amplifièrent, les pas dans l'escalier redoublèrent, évoquant ceux d'une foule montant à l'assaut de l'étage. Les portes se fermèrent à clef.

Toutefois, lorsqu'on alluma, tout redevint calme. Soudain, un cri retentit, venant de la chambre où se tenait l'un des policiers. Puis, il y eut un bruit de lutte. Francis et ses amis se précipitèrent, persuadés que le farceur venait d'être attrapé. En fait, le policier s'acharnait contre les cloisons, donnait de grands coups de poing dans le vide, faisait mine de serrer la gorge d'un adversaire, puis roulant à terre continuait de frapper dans le vide ! Il fallut le maîtriser de force.

Une fois les bougies rallumées, le calme revint. Mais on découvrit des tiroirs renversés et du linge répandu en désordre sur le sol. Quant au policier, en faction à l'extérieur, il n'avait rien entendu ou vu d'anormal dans le jardin. Évidemment, personne ne voulut rester. Les Homem-Christo passèrent le reste de la nuit à l'hôtel, puis, le lendemain, ils quittèrent définitivement la maison. Averti de ces événements, le propriétaire laissa la maison à l'abandon jusqu'à ce qu'un promoteur la rachetât et la remplaçât par un immeuble...

Arrivant à Barcus, Muriel sentit son cœur s'emballer. Dans quelques minutes elle allait se retrouver seule face au mystère.

Silencieux, l'un derrière l'autre, Michel et Malthus grimpaient déjà depuis un long moment. Le chemin, assez étroit, creusé à flanc de montagne, s'élevait vers un point invisible, perdu dans l'obscurité des gorges. Au fur et à mesure qu'ils montaient, l'air était de plus en plus froid et humide. La pluie s'était muée en une légère bruine.

Michel trouvait l'endroit lugubre. C'était d'autant plus impressionnant que le roulement des gravillons sous leurs chaussures, puis le bruit de leur chute dans le précipice se répercutaient dans les gorges. Parfois, on entendait aussi, amplifiés, les cris d'oiseaux invisibles, le grondement du torrent, le fracas de pierres se détachant des parois.

L'inspecteur avait du mal à suivre Malthus qui marchait d'un pas ample et régulier. Cependant, il s'accrochait, certain de l'intérêt de cette balade.

Soudain, le chemin s'élargit et la pente s'adoucit. Un nouveau paysage apparut, plus ouvert et lumineux. À ce moment-là, ils s'écartèrent des gorges pour pénétrer dans une forêt de conifères, clairsemée, recouvrant le flanc escarpé d'une montagne. Au loin, par intermittence, on apercevait le versant opposé, aux sommets recouverts de neige.

Profitant d'un escarpement assez large, Malthus s'arrêta et s'assit.

— Pourquoi s'arrête-t-on ? s'enquit Michel.

— Mieux vaut se reposer. On va bientôt attaquer le plus dur !

Il fouilla dans son sac et en sortit des barres de céréales. Il en tendit plusieurs à Michel qui mourait de faim. Ils mangeaient en silence depuis un bon moment quand Malthus se tourna vers Michel.

— Alors, que veux-tu savoir ? questionna-t-il avec une pointe d'animosité.

Michel prit son temps avant de répondre.

— Voilà, commença-t-il enfin. Je ne vais pas y aller par quatre chemins. Depuis le début, je trouve ton comportement incompréhensible dans cette affaire.

Il se tut, attendant une réaction de Malthus. Celle-ci ne vint pas. L'air indifférent, ce dernier regardait au loin, immobile.

— Par exemple, pourquoi ne pas m'avoir dit que tu connaissais Paul Conan et le capitaine Massard ? À chaque fois, ce sont eux qui me l'ont appris.

— Me l'as-tu demandé ?

— Non ! Bien sûr ! Mais tu pouvais te douter que ces indications seraient importantes pour l'enquête.

— Je n'y ai pas pensé.

Malthus continuait de regarder droit devant lui. Michel le sentait mal à l'aise. Pis, il était convaincu qu'il mentait et cela l'énervait.

— Il y a autre chose ? intervint brusquement Malthus d'un ton glacial.

— Oui ! rétorqua tout aussi sèchement Michel. Je voudrais que tu me parles un peu de ton village. Qui sont ces gens bizarres qu'on a vus en procession dans la rue, l'autre soir, après t'avoir quitté ?

Malthus se tourna vers Michel, l'air moqueur.

— Je ne comprends pas... De quoi parles-tu ?

— Cesse de faire l'imbécile. Quand nous sommes partis on a croisé une troupe d'hommes et de femmes, l'air hagard, qui se rendaient vraisemblablement à l'église. En plus, je me rappelle que ce soir-là, tu avais l'air pressé de nous voir partir.

Malthus se leva.

— Tout ce que tu dis est délirant. Ce ne serait pas la petite par hasard qui te mettrait de telles idées en tête ?

Michel se leva à son tour, gagné par la colère.

— C'est peut-être aussi délirant les incidents bizarres dont Muriel a été victime ? Délirant encore, ta présence au restaurant de Barcus, hier soir ? Et ma voiture en panne ? Tu ne m'enlèveras pas de l'idée que tu en sais plus que tu ne veux l'avouer.

Malthus enfila son sac à dos.

— Pourquoi m'as-tu fait venir ici ? Que cherches-tu exactement ?

— La raison pour laquelle Jules et Claire se sont volatilisés et dans quelles conditions ! Peut-être même l'endroit où cela a eu lieu.

Malthus haussa les épaules.

— Comment veux-tu que je le sache ? Si c'était le cas, crois-tu que je t'aurais demandé de venir enquêter ?

— Justement je me demande pourquoi tu l'as fait.

Malthus ricana. Un silence pesant s'installa entre les deux hommes. Michel éprouvait un chagrin indicible. En ces quelques secondes, les souvenirs qui l'unissaient à Malthus s'étaient estompés, leur amitié s'était brisée. Ils étaient devenus adversaires, voire davantage !

— Écoute, reprit Malthus, plus conciliant, nous ne nous comprenons pas et je regrette que tu me soupçonnes de mentir. Quoi qu'il en soit, si tu le souhaites, nous pouvons continuer sur ce chemin. C'est le seul que Claire et

Jules ont pu emprunter. Cependant, je ne vois pas où cela va nous mener. Dans quelques minutes, nous allons changer d'univers. La montagne y est plus rude et je ne vois pas ce qu'ils seraient venus y faire.

Michel hésita. Il avait envie de redescendre pour s'éloigner de ces lieux et surtout de Malthus, si différent de celui qu'il avait aimé et admiré. En même temps, il espérait que le guide le mènerait sur une piste, volontairement ou non. Finalement, il accepta de continuer.

Ils reprirent leur marche. Le silence qui les séparait était chargé d'hostilité. Michel pressentait même un danger. Comme si la proposition que lui avait faite Malthus de continuer n'était pas exempte d'arrière-pensées.

Muriel se gara sur le terre-plein, face à la maison de Jules. Sous le ciel plombé, et cerné par la forêt, l'endroit paraissait sombre et inhospitalier. Indifférente à la pluie qui tombait dru, elle commença à transporter les caisses et valises de matériel de la voiture au seuil de la maison. Cependant, le cœur n'y était pas ! En réalité, elle était complètement paniquée !

Quand elle eut terminé, elle prit soin de garder les clés de contact sur elle et gagna la porte de la maison qu'elle ouvrit d'un coup. Un courant d'air glacial, chargé d'humidité, lui fouetta le visage. Afin de se trouver dans les conditions optimales d'observation, elle n'alluma pas, entra son matériel et, ayant refermé la porte, commença à l'installer.

Il y en avait pour un bon moment, compte tenu de la sophistication des instruments : un oscillomètre susceptible de mesurer le moindre déplacement d'air, un canon à rayons ultraviolets capable de révéler la présence de fantômes, un appareil photo et une caméra munis de pellicules ultrasensibles, et enfin un magnéto pour enregistrer les bruits de toute nature, y compris les plus infimes.

La principale difficulté consistait à disposer chaque instrument à des endroits stratégiques de la pièce, puis à les synchroniser. En effet, pour avoir une valeur scientifique, il fallait que chaque phénomène observé pût être prouvé par l'image et le son.

Muriel n'était pas rebutée par ce travail préparatoire. Elle prendrait le temps qu'il faudrait !

À un moment, elle songea à prévenir Michel de sa présence ici, avant d'y renoncer. Puisqu'il ne la tenait pas informée de ce qu'il faisait, pourquoi le ferait-elle de son côté ?

Après une demi-heure de marche, Michel et Malthus se retrouvèrent dans un environnement différent.

La végétation avait disparu, cédant la place à une étendue de pierrailles et de rochers plus ou moins imposants, enchâssée entre des parois de pierres grises et noires. Le chemin avait disparu. Désormais, il fallait escalader.

Ils s'arrêtèrent pour estimer les difficultés à venir.

— Où va-t-on ? demanda Michel, saisi par un mauvais pressentiment.

— À l'aveuglette ! répliqua Malthus. Je me fie à mon intuition. Jules possédait un niveau suffisant pour venir jusqu'ici et escalader ces montagnes par n'importe quelle voie.

— Et Claire ?

— Pourquoi pas ? D'après lui, elle était une bonne grimpeuse !

— Que seraient-ils venus faire ici ? s'étonna Michel. Il n'y a rien à voir, ni à faire...

Malthus ricana.

— Et alors ? On ne fait pas de la montagne pour voir ou faire quelque chose de particulier...

— On n'en fait pas non plus pour disparaître.

Malthus ne répondit pas et sortit une corde de son sac.

— À quoi ça sert de grimper ? interrogea Michel. Je ne pense pas qu'ils soient passés par là...

— Pourquoi pas ? Ils recherchaient peut-être quelque chose.

— Le trésor des Maures, par exemple ?

— Va savoir ? C'est bourré de grottes par ici. La plupart des disparitions dont je t'ai parlé dans ma lettre ont eu lieu dans ce coin.

— Tu n'as évidemment aucune idée de l'emplacement de la cavité qui pourrait être en cause ?

Malthus se contenta de sourire.

— J'espère que tu n'as pas trop perdu ton savoir-faire, assena-t-il en encordant Michel. Ce n'est pas forcément facile.

Michel ne répondit pas. Cette fois-ci, il s'agissait d'une menace ! Qu'à cela ne tienne, il relèverait le défi ! Surtout s'il devait mener à la vérité.

Avec une agilité surprenante pour son âge, Malthus entama l'ascension de la paroi. Il trouvait les prises sans hésiter, au prix d'acrobaties spectaculaires. Michel le regardait avec admiration. L'angoisse lui tenaillait le ventre, sans entraînement il ne parviendrait jamais à le rejoindre ! Une dizaine de mètres plus haut, Malthus s'arrêta sur une corniche. Positionné pour assurer Michel, il lui fit signe de monter.

— Allez ! Vas-y ! cria-t-il. Montre-moi si tu as retenu mes leçons !

Michel attaqua la paroi. Ses premières accroches furent maladroites. Ses mains et ses pieds tremblaient dès qu'il mettait trop de temps pour trouver une prise. Plusieurs fois, manquant tomber, il fut retenu par Malthus. Décidément, pensait-il, haletant, il n'était plus au niveau ! Plus désagréable encore, il ne dépendait que du guide. Que celui-ci décidât de le laisser choir dans le vide et il était cuit ! Mais, aussitôt, il se rassurait. Jamais un type comme lui ne commettrait un tel crime.

Au bout d'un long quart d'heure, Michel le rejoignit. Oubliant son souffle court, sa peur, il contempla le paysage de roches sombres qui contrastait violemment avec le ciel grisâtre. Il éprouva alors un intense sentiment de solitude et de tristesse.

— Alors ? plaisanta Malthus. On n'a plus de souffle ?

— Ça va revenir, répondit Michel.

— Je te le souhaite ! enchaîna le guide, reprenant aussitôt son ascension.

Debout sur une corniche étroite, entre ciel et terre, Michel jugea la situation délicate. Abandonné ici, il aurait autant de mal à monter qu'à redescendre ! Il leva la tête vers Malthus. Silencieux, félin, ce dernier grimpait toujours aussi rapidement. Cette fois-ci, au lieu de s'arrêter, il continua et finit par disparaître complètement à la vue de Michel. Celui-ci pensa qu'il s'était réfugié plus haut, la corde ne défilant plus.

Cependant, au bout d'un long moment de silence, il fut saisi d'un doute et appela. Seul l'écho lui répondit. S'écartant légèrement de la paroi, il recommença. Sans plus de succès. Prenant alors un maximum de champ pour comprendre ce qui se passait, il vit la corde se précipiter sur lui à une vitesse vertigineuse...

Muriel venait de terminer son installation. Elle vérifia une dernière fois que l'emplacement de chaque appareil répondait à la logique de déplacement d'une éventuelle entité invisible, puis elle répandit de la poudre fluorescente sur le sol, afin que toute empreinte se révélât aux ultraviolets. Enfin satisfaite, elle s'assit, transie de froid et d'humidité, et les nerfs en pelote. L'attente risquait d'être longue !

Toutefois, contrairement à ses prévisions, tout alla très vite. Un rire lointain, sans provenance précise, s'amplifia au point qu'il semblait être celui d'une personne proche d'elle. Ce rire exprimait à la fois de la méchanceté, du mépris. Puis, brusquement, tous les appareils furent projetés contre les murs ! Sous la violence des impacts, ils explosaient, lâchant des gerbes d'étincelles, tandis que leurs fragments volaient dans tous les sens.

Tétanisée par la peur, Muriel se plaqua contre le sol, se protégeant la tête avec les bras. Dans le même temps, le rire augmenta, repris en écho par d'autres, aussi lugubres et aigus. Quelques pierres des murs commencèrent à se desceller, les poutres se fendirent, les murs se lézardèrent.

Muriel se releva, il fallait fuir. Elle fut violemment projetée sur le sol, tandis que les volets se fermaient, créant une obscurité quasi totale. Blessée à la tête, elle tenta vainement de se remettre debout, le sol tremblant trop fortement sous ses pieds.

Perdue dans le noir, déséquilibrée, elle tombait, se relevait, chutait à nouveau. Puis, les murs et les poutres s'effondrèrent. La poussière envahit ses narines. Sur ses lèvres, elle perçut le goût âcre du sang coulant de son crâne. À moins d'un miracle, elle comprit qu'elle était perdue...

12

Michel se colla contre la paroi pour éviter que la corde ne lui fouette le visage. Elle ne fit que frôler son dos mais, lorsqu'elle fut complètement déroulée, son poids manqua déséquilibrer Michel qui ne dut son salut qu'à la solidité de ses appuis.

Heureux de s'en tirer à si bon compte, il se détendit. Toutefois, sa joie fut de courte durée. À force d'être cramponné aux prises, ses doigts commençaient à fatiguer. Sous peu, il le savait, ses jambes et ses mains commenceraient à trembler, et ce serait la chute. Il fallait donc rapidement choisir de monter ou descendre, un dilemme quasi insoluble. S'il montait, il aurait une meilleure visibilité mais cela l'exposait au risque d'être immobilisé au plus mauvais moment. La descente se révélerait sans doute plus facile, grâce au souvenir précis qu'il conservait de l'escalade, mais il ne verrait rien !

Après quelques secondes d'hésitation, il opta pour la descente et se mit aussitôt en mouvement. Deux mètres plus bas, sur une prise imparfaite, il se retrouva à nouveau en équilibre instable. Mais, cette fois-ci, il n'y avait ni corniche ni surplomb pour l'aider. Il repéra alors sur sa gauche une prééminence rocheuse, apparemment assez solide pour soutenir son poids, mais surtout configurée pour pouvoir y enrouler la corde. S'il y parvenait, il pourrait alors se laisser glisser jusqu'au sol.

Lentement, il remonta la corde pendante jusqu'à son extrémité, puis il la passa autour du rocher. Avec une seule main, l'exercice était plutôt délicat. Au moindre geste maladroit, la corde retomberait et il serait entraîné dans le vide par son poids. Les nerfs à vif, mouillé de sueur, il rattrapa l'embout de la corde, confectionna un nœud coulant, lui même renforcé par un second. Le silence n'aidait pas Michel. Il lui paraissait chargé de trop d'hostilité.

Le nœud paraissant fonctionner, il tira légèrement sur la corde pour tester la résistance, puis plus fortement. Jugeant que ce serait suffisant pour supporter son poids, il enroula sa main et son poignet autour de la corde et se lâcha dans le vide...

Il était bien retenu, il saisit donc la corde avec son autre main, y enroula une jambe et la coinça entre ses pieds. Plaqué contre la paroi humide et froide, il reprit son souffle. Puis, doucement, il se laissa glisser, indifférent aux griffures de la roche. Il était sauvé ! Parvenu au sol, il s'assit, tremblant. Comme une sensation de froid intense commençait à l'engourdir, il alluma une cigarette. La meilleure depuis des années !

Après avoir récupéré un peu, il se leva et fit quelques pas. Ce n'était pas encore la pleine forme, mais il pouvait marcher... Sans attendre, il reprit la direction du parking de Kakouetta. Maintenant que sa peur s'estompait, la colère et l'amertume prenaient le dessus. Malthus avait délibérément cherché à le tuer en trahissant la loi de la montagne ! Face à un tel comportement, Michel n'éprouvait plus une once de compréhension à son égard. Il lui ferait payer sa trahison d'une manière ou d'une autre ! Il pensa ensuite à Muriel. À cette heure, elle devait encore dormir. Il l'appellerait avant de prendre la route.

Muriel sortit brusquement de sa torpeur. Plongée dans une obscurité totale, elle était coincée entre une poutre et un amas de pierres. La situation n'était guère brillante, mais au moins, elle vivait encore ! Elle remua les pieds, les mains afin de vérifier qu'elle n'était pas paralysée. Enfin, elle tenta de bouger. Ce qui ne fut pas concluant. Si elle pouvait mouvoir son bras droit et remonter sa main jusqu'au visage, le reste de son corps demeurait bloqué.

Apparemment elle se trouvait sous des tonnes de gravats. Elle n'avait pas de briquet pour l'éclairer, l'air viendrait rapidement à manquer et il était inutile de crier. Dans ces conditions, elle estima qu'elle n'avait guère de chances de s'en tirer.

Elle se mit à pleurer doucement, se remémorant les bons et mauvais moments de sa courte existence. Elle pensa surtout à Andrew. Que faisait-il en ce moment ? Était-il parti à la mer se baigner ? Puis, elle songea à Michel. Où était-il ? S'inquiétait-il à son sujet ? Enfin, elle se préoccupa de son propre sort. Mourir était une chose, elle l'avait envisagé. Mais mourir emmurée, isolée du monde, c'était différent ! C'était même injuste ! Pourquoi un tel destin lui avait-il été réservé ? Face à ces pensées morbides, elle tenta à nouveau de se dégager. Vainement ! Elle devait s'y faire ! Cette maison serait son tombeau.

Au fond d'elle-même, elle refusait cependant un tel constat d'impuissance ! Abdiquer sans se battre n'était pas son genre ! De façon plus rationnelle, elle entreprit de compter ses atouts. D'abord, elle ne souffrait pas. Aucun organe vital n'avait été atteint. Elle conservait toute sa tête. Enfin, sa disparition ne passerait pas inaperçue et Michel aurait sans doute l'idée de venir ici avant qu'elle n'expirât ?

Soudain, la sonnerie de son téléphone portable retentit ! C'était tellement inattendu – elle n'y avait même pas pensé –, qu'elle poussa un cri de joie. Négligeant les écorchures, elle réussit à sortir le téléphone de sa poche de pantalon et le porta à son oreille.

— Michel ? Écoute-moi ! dit-elle précipitamment. Je

suis emmurée dans la maison de Jules à Barcus. Viens vite avec des secours ! J'ai peur de mourir, Michel ! J'ai peur ! Parle-moi, je t'en prie !

Roulant vers Oloron, ce dernier freina brutalement et se gara sur le bas-côté.

— Calme-toi ! hurla-t-il. Explique-moi tout !

— Ce serait trop long ! répondit Muriel entre deux sanglots. La maison s'est écroulée sur moi. Je suis dans le noir, bloquée sous des gravats. Je ne sais même pas où je me trouve. Je t'en prie, amène-toi avec des secours et sors-moi de là !

Michel reprit la route à pleine vitesse.

— Ne t'en fais pas ! J'arrive !

Il appela Seignolles et lui expliqua la situation. Celui-ci promit de mobiliser les secours et de venir immédiatement avec les engins nécessaires. Ils se retrouveraient sur les lieux.

Michel atteignit Barcus une demi-heure plus tard. Sur le terre-plein devant la maison, il éprouva un choc. Il ne restait plus qu'un amas de poutres, pierres et tuiles mêlées ! Et Muriel se trouvait dessous ! Évitant d'escalader le monceau de débris, de peur de provoquer un éboulement fatal à Muriel, il l'appela à plusieurs reprises. Bien qu'il n'obtînt pas de réponse, il continua, tournant autour des ruines, tendant l'oreille au moindre bruit. Ça valait le coup ! Peut-être l'entendrait-elle ? En désespoir de cause, il tenta de la joindre sur son portable, mais sa batterie était à plat.

Heureusement, la réaction de la gendarmerie avait été rapide. Vingt minutes après son arrivée, Michel perçut les sirènes.

Quelques instants plus tard, un convoi de véhicules de gendarmerie, pompiers et secouristes débouchèrent sur le terre-plein. Seignolles rejoignit Michel avec plusieurs de ses collègues et des pompiers. Il l'interrogea sur ce qui s'était passé. Avouant son ignorance, il leur conseilla d'appeler Muriel sur son portable. Seignolles le fit immédiatement. Il la passa ensuite au responsable des secours afin de l'aider à la situer.

Épuisé, mais rassuré, Michel se posa à l'écart sur une souche d'arbre. Il ne voulait pas se mêler du travail des sauveteurs, apparemment très efficaces. À l'aide d'un chien spécialisé, ils avaient déjà repéré la jeune femme et commençaient à déblayer les gravats.

Seignolles vint s'asseoir à côté de Michel. Celui-ci le remercia de la promptitude des secours et lui proposa une cigarette qu'il accepta. Silencieux, ils regardèrent les pompiers travailler, puis le brigadier se leva pour rejoindre ses hommes.

— Il faudra qu'on cause, dit-il, écrasant sa cigarette.

— Je le crois aussi, répondit Michel.

Une heure plus tard, Muriel fut extraite des ruines. Épuisée, les secouristes l'installèrent dans l'ambulance et la mirent sous perfusion. Michel la rejoignit. Il l'embrassa sur la joue, puis, à nouveau, sur la bouche.

— Il faut que je te dise..., commença-t-elle.

— Non ! Non ! Repose-toi ! Nous aurons le temps de parler plus tard.

— Ne me laisse pas...

— Ne t'inquiète pas. Je te rejoins ce soir, et je resterai auprès de toi.

Elle lui sourit, étreignant sa main. Un infirmier demanda alors à Michel de descendre.

— Où sera-t-elle hospitalisée ? s'inquiéta-t-il.

— À Oloron.

Peu après, l'ambulance démarra toutes sirènes hurlantes. Michel la regarda s'éloigner puis rejoignit Seignolles qui évoquait avec ses collègues les résultats des premières investigations. Ce dernier l'entraîna à l'écart.

— On peut parler maintenant ?

— Oui ! Je pense qu'il y a urgence...

— C'est vrai. D'autant plus qu'on ne comprend pas comment tout cela est arrivé.

Ils marchèrent jusqu'à l'extrémité du terre-plein qui ouvrait sur un panorama magnifique de collines et de vallées aux teintes automnales. Il pleuviotait. L'air était froid et humide. Dans le ciel chargé de nuages, quelques corneilles tournoyaient en poussant des cris aigus.

— Alors, demanda Seignolles, toujours soupçonneux à mon égard ?

Michel se tourna vers lui, surpris et gêné.

— Je ne vous ai jamais suspecté de quoi que ce soit. J'ai seulement mis en évidence quelques lacunes du dossier. Cela dit, ça n'a plus guère d'importance. Surtout maintenant où il semble qu'on a cherché à attenter à la vie de Muriel.

Seignolles haussa les épaules.

— N'allez pas si vite en besogne. Nous n'avons rien trouvé d'anormal. Par exemple, des traces d'explosifs. Pour l'heure, on ne peut que se poser deux questions : comment une maison aussi ancienne et solide a-t-elle pu s'affaisser de cette manière ? Que faisait votre amie ici, et seule ?

Michel réfléchissait. Il devait répondre sans évoquer ses propres découvertes, ni d'éventuels phénomènes occultes.

— Muriel est revenue ici pour entreprendre une seconde fouille après celle que nous avions menée la veille. Voilà pour sa présence ici. Concernant la maison, je n'ai vraiment aucune idée de ce qu'il a pu arriver.

— Hier, vous n'avez rien remarqué d'étrange ?

— Non ! mentit Michel.

Ils firent quelques pas vers la forêt. Seignolles accepta la nouvelle cigarette que lui offrait Michel.

— Vous savez, j'ai l'impression que vous ne me dites pas tout.

— Qu'est-ce qui vous fait penser ça ? demanda ingénument Michel.

— Votre manière d'insinuer que vous êtes totalement en dehors du coup. Par curiosité, je me suis procuré vos états de service. Je ne crois pas qu'un type de votre trempe soit aussi inefficace que vous prétendez l'être.

Michel lui sourit.

— Vous avez peut-être raison... Mais je n'ai pas confiance.

— Envers moi ?

— Vous et d'autres.

— Pourquoi ?

— Parce qu'il me semble que dans cette affaire, rien, ni personne, n'est limpide.

À l'orée du bois, ils s'assirent sur des souches d'arbres rapprochées. Plus loin, des hommes s'activaient sur le monceau de ruines. De grosses gouttes d'eau commençaient à tomber.

— Pouvez-vous être plus précis ? demanda Seignolles.

— Donnez-moi une bonne raison de l'être.

— J'éprouve le même malaise que vous. Le fait que des pièces manquent au dossier, que des photos aient disparu alors que je les y ai mises moi-même... Le fait, aussi, qu'on n'ait pas retrouvé les corps... Cette histoire de trésor des Maures... Bref, tout cela me trouble... J'ai le sentiment qu'on cherche à nous égarer.

— Oui... À propos de ce « on », vous avez une idée ?

— Pas encore, mais ça viendra. Par contre, vous, je suis certain que vous en avez une !

Michel écrasa sa cigarette.

— Effectivement. Mais, franchement, il est encore trop tôt pour que je vous en fasse part.

— Pourquoi une telle prudence ?

— On nage totalement dans l'irrationnel. Rien n'a de sens. Quoi qu'il en soit, Seignolles, j'éprouve une réelle sympathie à votre égard. Laissez-moi encore un jour ou deux et là, promis, je vous donnerai mon opinion.

— Soit ! dit le brigadier en se levant. Je compte sur vous. Je vous rappellerai à votre hôtel pour vous communiquer les conclusions sur l'effondrement de cette maison.

J'espère être en mesure de vous livrer ma propre explication sur l'affaire.

Michel le remercia et se leva à son tour.

— Je vais aller me reposer. J'en ai besoin.

Il regagna sa voiture avec d'autres projets qu'aller dormir !

De retour à l'hôtel, il téléphona à l'hôpital pour prendre des nouvelles de Muriel. Ensuite il prit une douche, avala un double café, et partit pour Pau vers 15 heures. Il comptait surprendre Paul Conan. En effet, à tort ou à raison, il pensait que celui-ci était au cœur de l'imbroglio et le seul à pouvoir répondre à certaines questions.

Une fois dans la capitale béarnaise, il se rendit directement au domicile du psychiatre. Après plusieurs coups de sonnette, Paul vint lui ouvrir, visiblement gêné.

— Ah ? C'est vous ! dit-il en finissant de boucler la ceinture de son pantalon.

Michel supposa qu'il venait de se rhabiller à la hâte, ce qui laissait envisager plusieurs hypothèses. Soit, le bonhomme dormait quand il s'était annoncé. Soit il se trouvait en galante compagnie.

Feignant ne s'être aperçu de rien, Michel lui décocha un sourire avenant.

— Pardonnez-moi de vous déranger, mais il faudrait que je vous parle d'urgence.

— Il y a du nouveau ? demanda Paul d'un ton rogue.

— Si l'on veut.

Après une légère hésitation, le psychiatre le fit entrer dans le salon. Il y régnait toujours le même désordre. Seule différence notable, il flottait dans l'air de vagues effluves d'un parfum capiteux, qui témoignaient de la présence récente d'une femme... Peut-être même se trouvait-elle encore ici ?

Il s'assit sur le canapé tandis que Paul s'affalait dans

un fauteuil, en face de lui. Au sourire qu'il affichait, Michel comprit qu'il avait retrouvé sa superbe.

— Alors ? On a repéré la trace de Jules ?

— Non ! En revanche, on sait maintenant qu'il n'a plus de maison.

— Je ne comprends pas.

Michel dévisagea le psychiatre un court instant, certain qu'il jouait la comédie.

— Eh bien, la maison s'est écroulée. Elle est même en ruine !

— Quoi ? s'exclama Paul en se redressant.

Michel expliqua tout sans mentionner la présence de Muriel.

— Pourquoi ? Pourquoi ? répétait Paul.

— Je l'ignore. Par contre, la veille, j'ai découvert qu'elle avait été complètement déménagée. Par vos soins, si j'en crois la propriétaire du restaurant.

— C'est exact, admit Paul.

— Pour quelle raison ?

— Je craignais un cambriolage.

— La région ne semble pas à ce point fréquentée par des voleurs.

— C'est vrai que c'est assez calme par là, concéda-t-il en se levant, mais Jules possédait des objets de collection rapportés de ses nombreux voyages. Il y tenait beaucoup. Je me suis dit que ce serait plus prudent.

L'air bouleversé, il gagna la fenêtre et regarda dehors. Comme il tournait le dos à Michel, celui-ci le rejoignit, ce qui parut lui déplaire.

— Vous avez d'autres nouvelles de ce genre à m'annoncer ? demanda-t-il avec agressivité.

— Heureusement non ! Mais j'ai d'autres questions à vous poser.

— Par exemple ?

— Celle-ci, un peu délicate, je le reconnais. D'après vous, Jules et Claire étaient-ils vraiment amoureux ?

— Évidemment ! se récria Paul tout en évitant le regard de Michel. Qu'est-ce qui vous fait douter ?

Michel fouilla dans sa poche et en sortit les deux lettres trouvées chez Claire.

— Ceci ! dit-il en les tendant à Paul.

Celui-ci s'en empara et les lut d'un air détaché.

— Et alors ? fit-il en les rendant à Michel.

— Reconnaissez-vous l'écriture de Jules ?

— Ça se pourrait..., répondit Paul, sans conviction.

— Dans ce cas, insista Michel, pourquoi ne les a-t-il pas signées ?

— Je ne sais pas. Je ne suis pas expert en relations amoureuses, encore moins en graphologie. Mais au fait, où les avez-vous trouvées ces lettres ?

— Cela n'a pas d'importance.

L'embarras du médecin étant perceptible, Michel décida de garder son avantage.

— Pourriez-vous me montrer un spécimen de votre écriture ?

— Vous plaisantez ! s'exclama Paul, rouge de colère. Vous me soupçonnez d'avoir écrit de telles choses à ma belle-fille ? C'est ignoble. Fichez le camp d'ici ! Je ne vous laisserai pas m'insulter de cette manière. Je vais me plaindre au commandant Massard !

L'allure nonchalante, Michel se dirigea vers la porte.

— Plaignez-vous autant que vous voulez ! dit-il en sortant. Je m'en fiche. Nous nous reverrons !

Paul claqua la porte dans son dos.

Une fois dehors, Michel se décerna un satisfecit. Même s'il avait tort – après tout rien n'indiquait que Paul fût l'auteur de ces lettres –, il venait de donner un coup de pied dans la fourmilière. Restait à voir quelles conséquences cela produirait ! Il regagna sa voiture et, cette fois-ci, prit la direction de Lourdes, décidé à interroger les Demaille et à faire tomber les masques, si nécessaire.

En route pour la « cité des miracles », il sifflotait, satisfait d'avoir repris la main. Il avait contraint Malthus à se révéler. Paul Conan était maintenant sur le gril. Enfin, Seignolles s'était montré plus coopératif que prévu et, sans doute, digne de confiance.

Son brusque regain d'optimisme n'était pas dû au hasard. Sa peur, lors de l'ascension avec Malthus ajoutée à celle qu'il avait éprouvée pour Muriel, avait eu l'effet d'une catharsis sur son esprit. Désormais, il se sentait libéré de ses *a priori* et hésitations. Il n'avait plus qu'une envie : obliger chacun à se dévoiler.

Oubliant l'enquête, il pensa à Muriel, au fait qu'il l'avait embrassée sur la bouche ! Le plus troublant pour lui était d'avoir osé le faire. En soi, cela n'était pas grand-chose et pouvait même être mis sur le compte de l'émotion. La jeune femme ne s'en souviendrait probablement pas. Pour lui, c'était différent. Il s'agissait d'une transgression de son désir, la fin de sa neutralité affective à l'égard de Muriel. Ce ne serait pas sans conséquence sur son comportement futur.

Arrivé chez les Demaille, il sonna. Après s'être présenté à Laurent, celui-ci ouvrit.

Quelques secondes plus tard, il entra dans l'appartement, où flottait la même odeur de renfermé. Madeleine était assise à la table de la salle à manger, souriante. Rien ne semblait avoir bougé depuis sa dernière visite.

La vieille femme lui proposa un banyuls qu'il accepta.

— Alors ? demanda-t-elle. Du nouveau sur notre fille ?

— Pas franchement, mentit Michel, encore que... Comme je vous l'avais annoncé, je suis allé dans son appartement.

— Vous avez trouvé quelque chose ?

— Non ! Ce qui m'a intrigué, c'est que tout était rangé avec un soin presque maniaque. Était-elle si soigneuse que cela ?

Laurent et Madeleine se regardèrent assez longuement cherchant sans doute à harmoniser leur réponse.

— J'avoue que cela nous étonne, finit par répondre Laurent. Notre fille était à l'opposé de ce que vous décrivez ! Elle n'a jamais été obsédée par le rangement.

— C'était même tout le contraire ! renchérit Madeleine. Elle était bordélique. C'est bien ce que vous dites aujourd'hui.

Elle laissa alors échapper un petit rire gêné, comme si elle venait de commettre le pire des péchés en prononçant ce mot. Michel but une gorgée de son apéritif qu'il trouva écœurant, tant il était sucré. N'en laissant rien paraître, il enchaîna :

— Êtes-vous retournés chez elle depuis sa disparition ?

— Ma foi non ! expliqua Laurent. On est encore fatigués, sous le choc, et surtout on ne possède pas de voiture.

— Les gendarmes ou Paul Conan auraient pu vous y emmener.

Madeleine secoua la tête.

— De toute façon, même si on nous l'avait proposé, nous n'y serions pas allés. Jamais nous n'aurions osé pénétrer chez elle sans qu'elle soit là.

Laurent approuva.

— Cela lui déplairait. Nous n'y sommes allés qu'une fois ou deux avec elle.

Michel laissa errer son regard sur la pièce. Même si le décor lui semblait rococo petit-bourgeois, il ne le méprisait pas. Les meubles simili-époque, les reproductions bon marché et les quelques bibelots rapportés de voyages en France représentaient toute une vie de labeur et de joies simples qui avait autant de valeur que n'importe quelle autre.

Son verre était vide, Madeleine lui en proposa un nouveau qu'il s'empressa de refuser.

— Pardonnez-moi de vous avoir dérangés, déclara-t-il en se levant, mais j'ai à faire.

— Je vous en prie ! dit Laurent. Nous sommes toujours heureux d'avoir de la visite.

Alors qu'il s'engageait dans le couloir, Michel remarqua un portrait de Claire, au fusain, accroché sur le mur. Elle était vraiment magnifique.

— C'est votre fille, n'est-ce pas ? demanda-t-il.

— Oui ! répondit Laurent.

— Joli coup de crayon !

— C'est Jules qui l'a fait ! expliqua Madeleine.

Décidément, songea Michel, ce gars-là avait tous les talents.

— À propos d'eux, puis-je vous poser une dernière question, un peu délicate ?

Comme le couple demeurait silencieux, il continua :

— Claire a-t-elle connu quelqu'un d'autre avant Jules ?

Madeleine sourit.

— Certainement. Mais on n'en a rien su. Elle n'était pas du genre à nous mettre dans la confidence.

— Pourquoi l'a-t-elle fait pour Jules ?

— Parce que c'était sérieux.

Michel s'avança jusqu'à la porte et ouvrit. Laurent et Madeleine le suivaient. Sur le palier, il posa enfin la seule question qui lui importait depuis le début, mais qu'il n'osait formuler de peur de les choquer.

— Je me demandais aussi, si par hasard, elle n'aurait pas fréquenté quelqu'un d'autre, en même temps que Jules ?

Le couple le regarda avec un étonnement mêlé d'hostilité. Il s'y attendait.

— Je ne comprends pas ! dit Madeleine avec vivacité. Notre fille n'était pas une coureuse !

Moins émotif, Laurent ajouta :

— Pourquoi demandez-vous cela ?

— Comme ça, répondit Michel, mal à l'aise. De nos jours, les comportements amoureux ne sont plus ce qu'ils étaient.

Apparemment choqués, ils le saluèrent assez froidement. Michel descendit, songeant qu'il était peut-être allé trop loin. Puis, il oublia. On ne pouvait pas toujours prendre des gants lors d'une enquête !

Cet entretien avait été fructueux. Il avait désormais la certitude que l'appartement de Claire avait été nettoyé par un tiers.

Pour se changer les idées, l'inspecteur décida d'aller faire un tour du côté de la basilique de Lourdes. Ce lieu l'intriguait. Comment des milliers de gens pouvaient-ils défiler chaque jour devant une grotte, prier, et croire qu'un miracle se produirait dans leur vie ? Il rejoignit à pied la rue des marchands du temple et gagna la vaste esplanade qu'il fallait traverser pour atteindre le lieu de recueillement.

Une foule compacte et cosmopolite allait et venait, silencieuse, recueillie. En chemin, il s'arrêta devant les distributeurs d'eau bénite où de nombreuses personnes faisaient la queue pour remplir des bouteilles. Quelques-unes buvaient directement aux robinets d'un air contrit, puis récitaient des prières. Il les observa un moment et se rendit à la grotte devant laquelle patientait une longue procession de croyants. Certains, à genoux, étaient abîmés dans la contemplation, d'autres béats, quittaient les lieux, un cierge à la main. Il y avait des couples, des personnes seules, des handicapés, des vieux, des jeunes, des grands, des petits, des moches, des beaux, des blancs, des noirs ou des jaunes... Bref, un résumé de l'humanité.

Pour faire le point, Michel s'assit sur l'un des bancs, face à la statue de la Vierge. Après tout, lui aussi attendait un miracle pour éclairer cette affaire de plus en plus obscure.

13

Michel arriva à l'hôpital d'Oloron peu avant 18 heures. La nuit commençait à tomber. La température avait considérablement baissé. Il se sentait plutôt en forme. Sa petite pause devant la grotte de Lourdes n'avait pas été inutile. Aidé par le silence ambiant, il avait pu classer ses idées et commencer à bâtir une théorie qui s'inscrivait plutôt bien dans le paysage.

Il devait réfléchir et agir sur deux plans différents – la réalité des faits et la fiction –, la difficulté étant qu'ils se confondaient parfois chez certaines personnes. Cependant, il avait une certitude : l'affaire n'avait aucun fondement surnaturel, voire inexplicable. Elle ressemblait, comme toujours, à l'inextricable complexité de l'âme humaine.

Il grimpa jusqu'à l'étage où se trouvait Muriel, se promettant de ne pas lui faire part de ses dernières cogitations.

Il fut surpris de la trouver sur le point de partir, habillée, presque pimpante.

— Ah ! Tu tombes bien, dit-elle, je m'apprêtais à retourner à l'hôtel. J'ai essayé de t'appeler sur ton portable pour te prévenir, mais tu ne répondais pas.

Debout dans l'encadrement de la porte, Michel la dévisageait, ahuri.

— Eh bien quoi ? reprit-elle, amusée. Tu as une apparition ou quoi ?

— Écoute, presque. Je pensais te voir au fond d'un lit...

— Tu devrais savoir que je suis dotée d'une très bonne capacité de récupération !

— Mais...

Elle partit d'un rire sonore.

— Mais quoi ? J'ai vu les médecins. À part une petite blessure au cuir chevelu, sans gravité, je pète le feu. Un cœur excellent, des idées en place et une tension d'enfer. Pas de quoi encombrer l'hôpital !

Elle s'approcha de Michel et, plus caressante, ajouta :

— Je serais même heureuse que tu m'invites au restaurant ce soir. Ce serait l'occasion de faire le point et de fêter notre premier baiser !

Michel rougit violemment.

— Tu sais... Je... Ce n'était qu'une... Je...

Elle rit à nouveau et lui caressa la joue.

— Je te trouve un peu moyen, Casanova... Sauf à penser que tu embrasses les femmes seulement lorsqu'elles viennent d'échapper à une catastrophe ?

Il sourit à son tour. Lui prenant le bras, elle l'entraîna vers la sortie.

— Voilà ce que je te propose. On passe à l'hôtel, on se fait beaux et tu nous trouves un restau de rêve, avec chandelles et tout le tintouin !

Michel acquiesça d'un hochement de tête. Il était dans de beaux draps ! Il y avait un pas entre témoigner de son affection, même amoureuse, à une femme venant d'échapper à la mort, et se retrouver avec elle dans un face-à-face amoureux ! Dire qu'il ne se sentait pas prêt était un euphémisme ! Il était carrément paniqué !

De retour dans sa chambre, il reprit ses esprits. Muriel avait raison ! Ce fameux baiser n'était pas neutre !

Il devait assumer ! Aussi décida-t-il de ne plus s'interroger. Il serait toujours temps de répondre aux questions inévitables qui ne manqueraient pas de surgir.

Il réserva dans un bon restaurant de Pau, près du château, puis prit une douche et s'habilla. Genre « chic décontracté », décréta-t-il. Autrement dit comme tous les jours : jeans, chemise de coton blanc et mocassins. De toute manière, il n'avait pas le choix. En déplacement, il n'emportait que le strict nécessaire. Enfin, il téléphona à l'hôtelier pour qu'il fît livrer des fleurs dans la chambre de Muriel, après leur départ.

Situé en face du château, le restaurant était exigu et chaleureux. Toutefois, les tables étaient suffisamment éloignées les unes des autres pour préserver la tranquillité des convives. De vieilles estampes accrochées au mur, rappelant les heures de gloire d'Henri IV, les bouquets de fleurs et autres bibelots de bonne facture, accentuaient l'intimité du lieu. À la grande joie de Muriel, chaque table comportait une bougie.

Lorsqu'ils eurent composé leur menu – garbure et poule Henri IV maison –, arrosées de madiran, spécialités incontournables, Muriel planta son regard dans celui de Michel.

— Alors ? lui demanda-t-elle.

Il alluma une cigarette pour se donner une contenance.

— Alors quoi ?

— Où en es-tu de ta recherche ? Je ne sais toujours pas ce que tu fichais lorsque j'ai pris la maison sur la tête !

Soulagé d'échapper au registre « flirt », il raconta en détail son expédition avec Malthus, la disparition de celui-ci, puis ses entretiens avec Paul Conan et les Demaille. Omettant volontairement d'évoquer l'épisode de Barcus, ce qui l'amènerait à évoquer le fameux baiser, il enchaîna sur ses impressions à la grotte de Lourdes. Il parlait sans discontinuer quand, goguenarde, Muriel l'interrompit :

— C'est curieux. Tu parles de tout sauf de nos

retrouvailles à la maison de Jules ? Cela ne t'intéresse pas de savoir ce qui s'est passé ?

— Si ! Si ! Bien sûr ! se récria Michel, mais avant je voulais te mettre au courant de tout ce que j'avais fait...

La serveuse arriva avec une soupière de garbure et remplit leurs assiettes. Michel se détendit. Il bénéficiait d'un sursis.

Après quelques considérations élogieuses sur la soupe, Muriel conta ses mésaventures, déplorant au passage, la perte irréparable de son matériel.

— C'est incroyable que tu aies pu en réchapper ! s'exclama Michel.

— C'est vrai. Heureusement qu'au dernier moment je me suis mise à l'abri dans la cheminée. Le linteau a résisté et m'a sauvé la vie !

— Beau réflexe !

— Coup de chance, surtout !

Ils se resservirent de soupe. Muriel dévisagea Michel. Effrayé à l'idée de justifier son baiser, il cherchait vainement un sujet de substitution.

— Alors ? demanda-t-elle. Quelle est ta théorie sur tout cela ?

Michel s'avoua impuissant. Les protagonistes de l'affaire et leurs mobiles lui échappaient. Peut-être s'agissait-il d'une histoire de famille, mais il ne pouvait pas encore l'affirmer. Hormis l'attitude incompréhensible de Malthus et l'embarras suspect de Paul, il ne disposait guère d'éléments concluants !

Muriel se mit à rire.

— Tu mens comme un arracheur de dents ! Je te connais suffisamment pour savoir que tu n'es pas du genre à te satisfaire de vagues suppositions. Au contraire, tu as une opinion déjà arrêtée et sophistiquée ! Cependant tu ne souhaites sans doute pas m'en faire part ?

Michel sourit.

— C'est vrai, j'ai une idée sur ce qui est arrivé, mais

je ne tiens pas à te l'exposer maintenant. J'ai deux ou trois choses à faire avant...

— Quoi par exemple ?

— Discuter avec la fille de Colette. Elle est très probablement la clé de plusieurs pseudo-mystères.

— Ah bon ! Pourquoi ?

— Parce que chaque fois c'est le chaînon manquant...

— En d'autres termes, avec elle, l'affaire est résolue !

— Pour ainsi dire !

Muriel secoua la tête, l'air incrédule et agacé.

— Tu me fais rire ! Elle permettra peut-être d'en élucider certains aspects, mais pas tous. Sûrement pas le fait que toi comme moi avons été le jouet de forces invisibles, l'éboulement de la maison sur ma tête, la disparition de Malthus, etc.

Elle s'interrompit. La serveuse débarrassa les assiettes et posa le plat de poule Henri IV sur la table, puis elle reprit :

— Tu m'agaces, Michel ! Sous tes airs de flic à qui on ne la fait pas, tu éludes, comme d'habitude, le problème central. Les protagonistes de cette histoire ne ressemblent pas à des suspects habituels. Ils ont des pouvoirs, de vrais pouvoirs que tu t'échines à ignorer pour ne pas trahir tes *a priori*. Cette enquête est difficile, justement parce que rien n'y est rationnel et évident.

— Soit ! répliqua Michel. J'écoute ton interprétation !

— Certainement pas ! Moi aussi, je dois faire quelques vérifications !

— C'est-à-dire ?

— Tu peux te brosser ! J'agis comme toi, fit-elle en l'imitant. J'ai mon idée... Il s'agit d'une affaire... de spirites ! Il me manque plusieurs maillons pour y voir clair... Peut-être Melchior, Tarade, ou bien encore Leroy ! Quand je les aurai rencontrés, je te dirai ce que j'en pense !

Michel posa la main sur la sienne qu'elle retira aussitôt.

— Allons, ne nous fâchons pas ! Si je ne te confie rien, c'est par prudence...

— Je ne suis pas fâchée, seulement irritée ! Sous prétexte que j'envisage les choses sous un jour différent du tien, je n'ai droit, de ta part, qu'à une considération de bon aloi, légèrement condescendante... Je ne m'y ferai jamais. Quoi qu'il en soit, cette affaire est bien plus qu'une simple histoire de famille ! Tu verras...

Comme elle parlait un peu fort, certains convives s'étaient tournés vers eux et souriaient d'un air entendu, croyant à une querelle d'amoureux. Muriel demanda une cigarette à Michel.

— Je suis désolé, s'excusa-t-il, en la lui allumant. Je ne voulais pas t'énerver.

— C'est raté ! répliqua Muriel. Ce qui m'agace encore davantage, c'est que tu es stupide.

— Je ne comprends pas...

— C'est bien ce que je dis ! Je préfère rentrer.

— Tu ne veux pas un dessert ? Nous pourrions aussi aller prendre un pot...

— Non ! J'aimerais me coucher. Après la journée que j'ai passée, ce ne sera pas du luxe !

Michel sentit qu'il était inutile d'insister. Il héla la jeune fille et lui demanda un café et l'addition. Il s'amusait de cette « dispute ». L'énervement de Muriel n'était évidemment pas dû à leur différend sur la nature de l'enquête ou la manière de la mener ! Mais plutôt à leur incapacité d'exprimer leurs sentiments, l'un vis-à-vis de l'autre. À franchir le pas décisif qui fait évoluer une amitié en relation amoureuse. C'était certes décevant, mais Michel n'était pas disposé à se laisser enfermer dans une histoire sérieuse, encore moins à assumer un enfant qui n'était pas le sien. Il songea à crever l'abcès mais le courage lui manqua.

Il fut interrompu dans ses pensées par la serveuse qui apportait le café et l'addition. Il commença à le boire doucement, regardant Muriel à la dérobée. Perdue dans ses pensées, elle paraissait un peu triste. Il la trouva belle, mais se tut. Ce n'était pas le moment de le lui dire !

De retour à l'hôtel, ils se séparèrent en bas de l'escalier, aussi déçus l'un que l'autre de ne s'être pas parlé.

— On se voit au petit déjeuner ? demanda Michel en s'engageant dans l'escalier.

— On verra, rétorqua Muriel, attendant l'ascenseur. Je vais peut-être dormir un peu.

— OK, bonne nuit !

Tournée vers la porte d'ascenseur, Muriel ne répondit pas. Elle lui en voulait d'être beau, charmant, intelligent... Bref, de l'avoir séduite !

Dans l'ascenseur, elle eut du mal à retenir ses pleurs. Tout cela n'avait pas de sens ! Comment aimer à nouveau après tant d'années gâchées auprès d'un homme qu'elle adulait et qui le lui rendait si mal, puis d'autres années de solitude qui l'avaient amenée à ne plus faire confiance aux hommes.

Une fois dans sa chambre, découvrant l'immense bouquet de roses trônant sur la table, elle éclata franchement en sanglots. Cela faisait si longtemps que ce n'était pas arrivé ! Humant les fleurs, elle chercha vainement un mot d'accompagnement. Regrettant le silence de Michel, elle l'appela néanmoins pour le remercier.

— J'ai été très touchée par ton attention...

— J'avais envie que tu voies la vie en rose après l'avoir vue en noir.

— C'est gentil... Passe une bonne nuit !

— Toi aussi... Ah ? Au fait...

— Oui...

— Ce serait quand même bien qu'on s'informe de notre programme. Appelons-nous régulièrement...

— OK. Demain, j'irai à Pau, rencontrer ce Melchior. Et toi ?

— À Arette. Je veux discuter avec Colette et surtout mettre la main sur la petite.

Ils gardèrent le silence un moment, puis Muriel lui

demanda pardon pour sa mauvaise humeur. Michel répondit qu'il n'y avait rien à pardonner. C'était compréhensible après ce qu'elle venait d'endurer. Sur ces mots, ils raccrochèrent.

Le lendemain matin, Muriel se réveilla très tôt. Elle avait dormi d'un sommeil haché, s'éveillant au milieu de rêves incompréhensibles. Parfois, elle flirtait avec le bonheur, parfois avec la peur, sans comprendre pourquoi.

Avant de quitter son lit, elle réfléchit aux événements de la veille. Même si elle avait manqué y rester et avait perdu son matériel, c'était l'une de ses expériences les plus probantes. Elle apportait la preuve que des esprits, voire des fantômes, pouvaient exister et être dotés d'un fort pouvoir de destruction. Afin de n'oublier aucun détail, elle enclencha son dictaphone et raconta précisément ce qui était arrivé.

Elle insista sur le fait qu'il y avait plusieurs esprits présents dans la maison. Elle n'avait pas pu déterminer si c'étaient des esprits d'hommes et de femmes disparus, ou au contraire ceux de personnes vivantes, agissant sur elle à distance. En tout cas, ce devait être les mêmes forces maléfiques qu'à Arette, lorsque la voiture avait échappé à son contrôle, le mode opératoire étant similaire. Elle penchait plutôt pour la première hypothèse. En effet, il paraissait improbable que des esprits d'êtres vivants puissent intervenir à distance avec une telle puissance sur leurs semblables et sur la matière. Heureusement, d'ailleurs, sinon ils représenteraient une réelle menace pour l'humanité !

Il fallait donc découvrir la bonne explication. Quels morts avaient intérêt à détruire la maison ? Pourquoi au moment où elle s'y trouvait ? S'agissait-il d'esprits en colère contre Jules ? Si oui, pourquoi ? Par ailleurs, pour expliquer rationnellement une telle destruction, il fallait supposer le transfert et l'agrégation d'une formidable énergie équivalente à celle d'une ou plusieurs bombes !

Or cela semblait impossible de la part d'esprits, qu'ils fussent ceux de vivants ou de morts !

N'ayant plus rien à ajouter, elle se leva et prit une douche. Après, elle enfila un jean, un gros chandail de laine et des baskets, afin de se sentir à l'aise dans ses mouvements, puis elle descendit dans la salle de restaurant.

Il faisait à peine jour. Des néons diffusaient dans la pièce une lumière blanche et froide. Une seule table était occupée par deux hommes mangeant en silence, probablement des VRP.

Muriel s'assit au bar, derrière lequel l'hôtelier s'activait en râlant. Nom d'un chien ! Quand donc la serveuse arriverait-elle à l'heure ! C'était toujours la même chose ! Elle se pointait avec une heure de retard et lui se cognait les corvées ! Si cela continuait, il allait la virer ! Indifférente à ses problèmes, Muriel commanda un café noir et deux tartines beurrées, puis se plongea dans la lecture du journal local de la veille. À la page de Barcus, on évoquait l'effondrement de la maison, sans donner de détails. On ne signalait pas sa présence sous les décombres. Comme si l'information avait été volontairement tronquée...

Un peu plus tard, l'hôtelier revint la servir et entama la conversation, plus détendu.

— Alors ? Plus de serveuse fantôme pour vous embêter ? plaisanta-t-il.

Muriel releva la tête.

— Non ! D'ailleurs ça m'étonne ! Vous l'avez licenciée ?

Pris à contre-pied, son interlocuteur ricana.

— Je plaisantais. Mais ça n'arrête pas de me turlupiner votre histoire.

— Vous avez une explication ?

— Non aucune... C'est peut-être en rapport avec vous ? C'est quoi votre boulot ? Flic, aussi ?

— Je cherche à expliquer l'inexplicable.

— Vous n'avez pas fini ! répliqua l'hôtelier en astiquant le zinc. Des choses inexplicables, j'en vois et j'en entends tous les jours derrière ce comptoir. Mais moi, je ne cherche pas à comprendre. Les gens, ils n'aiment pas ça !

Le type lui conseillait ainsi de se mêler de ses affaires. Elle rétorqua aussitôt :

— Eh bien moi, voyez-vous, c'est l'inverse. Quand quelque chose m'échappe, je fais tout pour savoir...

— Libre à vous ! répondit l'hôtelier, mi-souriant, mi-menaçant, mais ici-bas, tout n'est pas accessible et trop de curiosité peut s'avérer dangereux...

Muriel paya et sortit. Décidément, elle n'aimait pas cet individu. Quant à ses menaces, elle s'en fichait ! Cela ne l'empêcherait pas d'aller jusqu'au bout de ses projets !

Elle arriva à Pau vers 10 heures. La route avait été encombrée et l'entrée en ville, difficile. Elle se gara au parking du château. Après avoir consulté le plan, elle gagna à pied l'avenue d'Alsace-Lorraine où se trouvait l'église Notre-Dame, et donc la librairie. Ce n'était pas un hasard. Ce Melchior, spécialiste de Nostradamus, devait posséder un sens très prononcé de la symbolique.

Le magasin, surmonté d'une enseigne « La librairie de Nostre Dame », était situé en face de l'église. La façade, peinte en bleu nuit, faisait tout au plus deux mètres de large. La vitrine, de la taille d'une fenêtre, ne contenait que quelques ouvrages traitant d'ésotérisme, de divination et de mystères. Un petit escalier permettait d'accéder à l'intérieur.

Après une courte hésitation, Muriel franchit la porte, faisant tinter une lointaine sonnette. Elle déboucha sur un couloir étroit, tout en longueur, aux murs couverts de rayonnages de livres. Il menait à une pièce sans fenêtre, éclairée par des lampes de faible intensité. On avait installé en son centre une table, sur laquelle étaient exposés de nombreux livres d'exégèse sur Nostradamus. Il n'y avait personne, mais convaincue d'être observée, Muriel commença à feuilleter certains ouvrages, en particulier de vieilles éditions des Centuries.

Soudain, une porte s'ouvrit, aménagée en trompe-l'œil dans une bibliothèque. Melchior apparut. La description de l'hôtelier laissait à désirer ! Certes, au premier coup d'œil, il évoquait vaguement Merlin, mais au second on l'imaginait davantage appartenant à une confrérie de vampires ! C'était sans doute l'effet recherché, à en juger par sa longue cape noire, doublée de rouge, ses cheveux bruns et son sourire carnassier ! Toutefois le plus perturbant pour Muriel, c'était son regard ! Du même bleu délavé que celui de Malthus, Cardec, la vieille de l'église et enfin la gamine d'Arette !

Alors qu'elle l'examinait avec insistance, Melchior éclata de rire.

— Pourquoi me fixez-vous ainsi ?

— Excusez-moi, bafouilla Muriel, je... Vos yeux bleus...

Il s'avança et se plaça de l'autre côté de la table, face à Muriel.

— C'est assez habituel dans la région ! On dit qu'ils témoignent de croisements pas toujours réussis !

— C'est pourtant une très belle couleur ! répliqua Muriel.

— Oui ! C'est aussi le signe de certaines tares... Mais au fait, que recherchez-vous comme ouvrage ?

Prise de court, Muriel improvisa :

— Je suis une passionnée de Nostradamus. Aussi, lorsqu'on m'a parlé de vous comme d'un spécialiste incontournable, j'ai eu envie de venir vous voir...

Les deux poings appuyés sur la table, il la dévisagea.

— Qui vous a parlé de moi ?

— Le propriétaire de mon hôtel, à Oloron.

— Ah ? Oloron... Le lieu sacré entre tous...

Il évoqua alors le 27e quatrain de la 1re centurie et le 1er quatrain de la 8e centurie, désignant la région d'Oloron comme le lieu d'un trésor inestimable pour l'humanité.

— Justement, intervint Muriel, cet aspect de la question m'intéresse et je suis heureuse de pouvoir en parler avec vous. Ce trésor ne serait-il pas celui que Tariq Ibn Ziyad aurait abandonné en 715 dans une grotte de la région ?

— Possible..., répondit Melchior. Ce n'est pas la première fois que j'entends dire cela.

Convaincue que celui-ci était bien plus au courant qu'il ne le prétendait, elle continua :

— J'ai imaginé cela après avoir appris qu'il contiendrait les recueils de la Connaissance que les Neuf Supérieurs Inconnus auraient transmis aux générations suivantes.

Melchior l'écoutait attentivement, la fixant avec un air de suspicion et d'agressivité mêlées.

— Dites-moi ! Pour une néophyte vous semblez en connaître long sur la question ! Mais, au risque de vous décevoir, j'ai bien peur que ce soient des élucubrations. À ma connaissance, personne n'a jamais pu apporter le début d'une preuve là-dessus. C'est pourquoi je ne m'y intéresse guère. Je préfère les textes. Au moins là, c'est du concret !

Il s'approcha des rayonnages de livres et en effleura certains de la main, comme s'il les caressait.

— Et où cela vous mène-t-il ? demanda-t-il, faussement indifférent.

Muriel réfléchit. Si son intuition était juste, c'était le moment de lancer son pavé dans la mare. Cela ne pourrait avoir que des conséquences positives !

— Même si je n'en ai pas encore la preuve formelle – elle pesa ses mots –, je pense que la société de ces Neuf Supérieurs Inconnus existe toujours et que ses membres sont détenteurs de ce trésor, donc du Savoir !

Melchior éclata d'un rire qui sonnait faux. Il se retourna. Rien n'avait changé dans sa physionomie. Seuls ses yeux avaient viré au gris.

— Quelle idée ! J'entends dire parfois que je suis un peu loufoque, mais à côté de vous, ce n'est rien !

— Le suis-je tant que cela ? demanda Muriel en

continuant de feuilleter les livres pour juguler sa nervosité. Tout prouve que j'ai raison. Ah ! Si seulement je pouvais rencontrer l'un de ces hommes ! Cela me permettrait d'avancer dans mes recherches. Sans compter que je pourrais demander à être initiée aux arcanes du savoir.

Melchior changea de place comme s'il voulait se rapprocher de Muriel. Celle-ci bougea également pour rester à distance.

— Pourquoi s'intéresser à de telles inepties ? s'enquit-il. Je vous crois suffisamment intelligente pour ne pas aimer perdre votre temps.

Muriel croisa son regard, cette fois-ci plus menaçant. Prudente, elle évita de le fixer trop longtemps au risque de tomber sous son emprise, ce qu'elle redoutait.

— Je suis convaincue que cette société de sages existe. Je voudrais en savoir plus. Grâce à elle nous pourrions aller plus loin dans la connaissance de l'histoire humaine, donner un sens à l'avenir du monde...

Soudain, la sonnette d'entrée retentit, mettant un terme à leur conversation. Muriel fut soulagée de pouvoir s'échapper. Elle remercia Melchior, puis, d'un pas pressé, rejoignit la sortie. Dans sa précipitation, elle ne prêta pas attention à la personne qu'elle croisa dans le couloir. Tout juste enregistra-t-elle qu'il s'agissait d'un homme.

Dehors, elle reprit son chemin plus lentement, vers le centre-ville. Elle songea à Melchior. Cet homme lui paraissait déroutant, illisible, peu rassurant. Cependant, il n'était pas un charlatan. Sa connaissance de Nostradamus était indiscutable. Ses réponses avaient été claires, précises. Restait à définir maintenant de quelle manière il pourrait lui être utile pour la suite de son enquête.

Comme il ne pleuvait pas, elle eut envie de faire les magasins. Qui sait ? Peut-être trouverait-elle une robe à son goût ? Elle entra successivement dans deux boutiques, essayant sans enthousiasme quelques modèles soi-disant branchés, et poursuivit sa promenade vers le château.

Soudain, alors qu'elle s'apprêtait à pénétrer chez un chausseur, elle fut bousculée par un passant.

— Oh ! Pardon ! s'exclama celui-ci en la rattrapant. Je suis affreusement distrait !

— Ce n'est rien, répondit Muriel.

— Je ne vous ai pas fait mal ?

— Non ! Non ! J'ai été un peu surprise, c'est tout !

L'homme lui sourit et reprit son chemin. De son côté, n'ayant plus envie d'acheter de chaussures, Muriel regagna son véhicule. Curieux, pensait-elle, comme un incident fortuit pouvait changer le cours des choses. Cet homme ne l'aurait pas heurtée, peut-être aurait-elle fait un achat ?

Alors qu'elle montait dans la voiture, son portable sonna. C'était Michel qui lui demandait de le rejoindre à Arette. Il y avait du nouveau, mais il ne pouvait pas lui en parler ! Devinant à sa voix qu'il y avait vraiment urgence, elle démarra aussitôt.

14

Michel se trouvait dans l'hôtel d'Arette en compagnie du capitaine des pompiers, de Seignolles et de plusieurs de ses collègues, dont le médecin légiste. Tous se perdaient en conjectures sur la mort de Colette, découverte dans sa voiture, au fond d'un ravin, sur la route venant de Sainte-Engrâce.

On n'avait relevé aucune trace de freinage, les enquêteurs pensaient qu'elle avait donc roulé directement dans le précipice. Deux hypothèses prévalaient : Colette s'était endormie ou bien avait été victime d'un accident cardiaque.

Michel écoutait les points de vue, sans être convaincu. Cet accident lui semblait bien soudain et troublant. Lorsqu'il était arrivé à l'hôtel, une heure auparavant, il avait eu la surprise d'y trouver Massard, Seignolles et quelques-uns de leurs collègues. Ils étaient venus prévenir Lou, la fille de Colette, mais n'ayant trouvé personne, ils s'apprêtaient à repartir.

Seignolles accueillit Michel avec sympathie.

— Incroyable ! On vous retrouve toujours là où il y a des catastrophes !

— Le flair du policier, je n'y peux rien ! rétorqua Michel en lui serrant la main.

Moins enthousiaste, le commandant Massard se contenta de le saluer d'un hochement de tête.

— Vous qui êtes au courant de tout ! reprit Seignolles à l'intention de Michel, vous ne savez pas où se trouve la fille de la victime ?

— Non.

— Qui veniez-vous voir ? s'enquit Massard.

— Personne ! mentit Michel. Je montais à Sainte-Engrâce rendre visite à Malthus.

— Malthus ? Vous ne risquiez pas... Enfin, je veux dire qu'à cette heure-là, vous aviez peu de chances de le trouver !

L'hésitation du commandant n'échappa pas à Michel. Cependant, il jugea plus opportun de n'en rien laisser paraître. Ce n'était pas le moment !

— Où se trouve la victime ? enchaîna-t-il aussitôt.

Seignolles lui expliqua alors que les pompiers remontaient la voiture pour désincarcérer le cadavre. Puis, il lui proposa de gagner les lieux de l'accident à pied, quelques centaines de mètres plus haut. Massard s'éclipsa, prétextant d'autres occupations.

Quelques instants plus tard, Michel et Seignolles regardaient le véhicule se balancer dans les airs, au bout d'un filin.

— Vous connaissiez cette femme ? demanda soudain Seignolles.

— Oui. Je l'ai vue une fois ou deux... À vrai dire, par hasard. Muriel et moi avons pris un café chez elle au début de l'enquête. Nous y sommes retournés une seconde fois, pour la même raison.

— Toujours par hasard ?

— Oui. Vraiment !

Seignolles n'insista pas, mais Michel sentit qu'il n'en croyait pas un mot. Ils se turent, observant la manœuvre. Le brigadier se tourna vers Michel.

— Vous ne croyez évidemment pas à la thèse de l'accident ?

— Pourquoi n'y croirais-je pas ? répliqua Michel. Vous même, vous en doutez ?

— Pour l'instant, non ! Je vous posais la question, à tout hasard...

Michel sourit. L'interrogation du brigadier était bien intentionnelle. Évidemment, Seignolles possédait des informations lui permettant au moins de douter de la thèse de l'accident. Mais il n'avait sans doute pas encore suffisamment confiance en lui pour les lui livrer. Peut-être aussi, voulait-il seulement l'inciter à réfléchir dans ce sens-là ?

La voiture récupérée, le légiste examina la position du cadavre, affaissé à l'intérieur de l'habitacle, puis demanda au photographe de prendre plusieurs clichés. Michel et Seignolles s'approchèrent. Colette était coincée entre la porte et le volant. Son visage avait terriblement souffert. Quant à la ceinture, elle paraissait ne pas avoir été utilisée. Peu après, le corps fut extrait de l'habitacle et déposé sur une civière. Michel s'accroupit, rassemblant les souvenirs qu'il avait de cette femme. Il l'observa. Soudain, un détail attira son attention. La bague qu'elle portait à l'annulaire de la main gauche lorsqu'il l'avait rencontrée, n'y était plus. C'était suffisant pour s'interroger.

Il se releva, sans confier sa découverte à Seignolles. Celui-ci le dévisagea, impatient.

— Qu'en pensez-vous ?

— Vous avez l'intention de demander une autopsie ? interrogea Michel.

— Pourquoi le ferions-nous ?

Sans répondre au brigadier, Michel se tourna vers le légiste. Il sollicita son avis sur l'opportunité d'un tel examen.

— *A priori*, je n'ai aucune raison d'en exiger une. Tout paraît affreusement normal et banal.

Seignolles entraîna Michel à l'écart.

— Écoutez, si vous avez le moindre doute sur la mort de cette femme, c'est le moment de le dire. Je ferai pratiquer une autopsie. Faites-moi confiance ! Je vous ai déjà donné des gages de ma bonne foi, non ?

Michel décida de plonger. Cela présentait au moins un avantage. Si Seignolles le trahissait, il le saurait très vite... Il évoqua alors l'absence de l'alliance, qui lui semblait troublante. Une femme se séparait rarement de ce genre de bijou.

— Ce n'est qu'un détail, conclut Michel. Mais vous le savez comme moi, ce sont souvent eux les plus importants.

Le brigadier approuva d'un hochement de tête puis, ayant rejoint le légiste, recommanda de pratiquer l'autopsie. Il lancerait les démarches nécessaires dès son retour à Oloron. À l'air étonné du médecin, il répondit qu'il agissait ainsi en vertu du sacro-saint principe de précaution. L'autre n'insista pas.

Alors que l'on emmenait le corps à la morgue de Pau, Michel et Seignolles regagnèrent l'hôtel. Massard s'y trouvait encore, visiblement énervé. Lorsque le brigadier lui expliqua qu'il avait décidé d'informer le juge et de requérir une autopsie, il explosa.

— Quoi ? Mais qui vous a permis ? Je suis le seul habilité à prendre cette décision ! Depuis quand pratique-t-on des autopsies sur les accidentés de la route ? Si on le faisait chaque fois, on n'en finirait pas ! Quelles sont les raisons qui vous ont poussé à faire ce choix ?

— L'intuition ! répliqua Seignolles en jetant un coup d'œil à Michel.

— L'intuition ! Mais je me fous de votre intuition ! Ce sont des faits qu'il nous faut, pas des impressions ! Arrêtez-moi cette procédure !

— Ce serait une erreur, capitaine, insista Michel. S'il existe le moindre doute sur le décès de cette femme, il doit être levé...

Le capitaine le dévisagea de la tête aux pieds, presque méprisant.

— Vous, je ne vous ai rien demandé ! Même flic,

vous n'avez aucune autorité pour intervenir sur cette affaire !

— C'est vrai, admit Michel, mais je peux en avoir une... Vous le savez ! Il suffit que je la réclame pour présomption d'homicide !

— Et quel argument donnerez-vous au juge pour qu'il vous l'accorde ? Hein ?

— Mon intime conviction. Cela suffira !

Hors de lui, Massard haussa les épaules et se dirigea vers la sortie. Avant de franchir le pas de la porte, il s'adressa à Seignolles.

— Je vous attends dans mon bureau. Je crois qu'une discussion s'impose !

Quand il fut parti, Seignolles et Michel échangèrent un regard de connivence.

— Ça va chauffer ! s'exclama le premier. Mais je m'en fous, je préfère vous suivre !

— Vous avez peut-être tort ?

— J'ai peut-être raison.

— De toute façon, le rassura Michel, vu l'ambiance, je vais demander une délégation d'enquête à Paris. Je devrais l'obtenir assez vite. De cette manière, j'aurais officiellement accès au dossier et nous pourrons nous épauler.

— Merci, répondit Seignolles. Votre aide ne sera pas de trop. Je trouve que cette affaire comporte de plus en plus de zones d'ombre et ça me turlupine.

— Je sais...

Ils se saluèrent, convenant de se tenir réciproquement informés.

Quand le brigadier fut sorti avec ses hommes, Michel se retrouva seul dans la salle de restaurant de l'hôtel. Il passa derrière le zinc, se servit un verre d'eau et alla s'asseoir.

Décidément, tout allait très vite, trop vite ! Une multitude de questions se pressaient dans sa tête. Avait-on tué Colette ? Et si oui, qui et pourquoi ? Où se trouvait sa fille ? Quel était son rapport avec les autres protagonistes ?

Il avait à peine entamé sa réflexion quand Muriel entra dans l'hôtel.

— Ah ! Enfin ! s'exclama-t-il, heureux de la revoir.

— Excuse-moi ! J'ai été coincée dans des embouteillages, à la sortie de Pau. Un accident apparemment... Alors où en est-on ?

Michel lui raconta ce qui venait de se passer, puis conclut en lui faisant part de ses interrogations sur la mort de Colette.

— Tu penses vraiment qu'elle a été tuée ? s'étonna la jeune femme. L'absence d'alliance ne prouve rien...

— Je sais, mais je persiste à penser que c'est étrange, non ?

— Oui.

— Pour quelle raison une femme se sépare-t-elle d'une alliance ?

Muriel haussa les épaules, l'air dubitatif.

— Ce que je sais, moi ! Quand on quitte l'homme avec lequel on est marié... Parce qu'elle est trop petite pour son doigt... Parce qu'on vous l'a enlevée !

— Justement, c'est cette dernière hypothèse qui me paraît la plus vraisemblable. *A priori*, elle n'a pas quitté son mari – en avait-elle un d'ailleurs ? –, et son doigt n'a pas enflé à ce point depuis qu'on l'a vue.

— C'est vrai, admit Muriel.

Elle but une gorgée d'eau dans le verre de Michel.

— Le meurtrier la lui aurait donc ôtée ? Qui cela pourrait-il être, à ton avis ?

— Je n'en sais rien.

— Celui ou celle qui semblait la surveiller ?

— Peut-être. Mais cela ne nous donne pas son identité !

Ils gardèrent le silence. La pièce s'assombrit soudain. Michel gagna la fenêtre donnant sur le jardin. Le ciel s'était obscurci tout à coup. Il allait pleuvoir à nouveau.

Michel éprouva un coup de déprime. Quel que soit le bout par lequel il l'appréhendait, cette affaire lui échappait. Tout lui glissait des doigts. Il se sentait un jouet entre les mains d'adversaires plus malins et plus puissants que lui.

— Tu as jeté un œil dans la maison ? questionna Muriel.

— Non. Je n'ai pas le droit de le faire ! Il faut d'abord que j'appelle Bertrand à Paris.

— C'est la première fois que je te vois aussi pointilleux sur la procédure.

— Je préfère la respecter, si je veux pouvoir la faire respecter.

Muriel siffla d'admiration.

— Mazette ! ironisa-t-elle, voilà que je travaille maintenant avec un flic modèle ! En revanche, moi, vois-tu, je n'ai aucune raison de respecter la loi. Je peux très bien aller fouiller les lieux sans qu'on me le reproche.

Michel sourit.

— Ce ne sera rien qu'une violation de domicile ! Mais après tout, je ne serai pas censé l'avoir vu.

Muriel se levait, prête à pénétrer dans les appartements, quand une femme, venant de l'extérieur, fit son entrée dans la salle. Les cheveux gris, ramenés en chignon, elle portait un tablier rose au-dessus d'une robe à fleurs et chaussait de vieilles charentaises rouges. Elle devait avoir une cinquantaine d'années, mais en paraissait vingt de plus.

— Oh ! Excusez-moi ! Je croyais qu'il n'y avait plus personne ! Vous êtes de la police ?

— Oui, répondit Michel. Et vous ?

— Je suis la voisine. Je venais fermer comme me l'ont dit les gendarmes.

— Et si la petite revenait ? s'inquiéta Muriel.

— Lou ? Ce n'est pas cela qui l'empêcherait d'entrer.

— Vous croyez qu'elle va venir ce soir ? interrogea Michel.

La femme émit un petit rire.

— Avec elle, autant demander quel temps il fera la semaine prochaine ! On a moins de chance de se tromper. Un jour ici, un jour là ! Une fille de l'air, la gamine !

— Vous la connaissez bien ?

— Depuis sa naissance ! Mais je n'irai pas jusqu'à dire que je la connais ! C'est une vraie sauvageonne.

— Elle s'entendait bien avec sa mère ?

— Ma foi oui !

— Et avec son père ? enchaîna Muriel.

La femme la dévisagea, l'air ahuri.

— Son père ? Dieu sait où il est celui-là ! Je n'ai jamais vu d'homme ici ! Sinon, je le saurais. Depuis le temps que je suis là !

À la fois bavarde et fière de témoigner, Michel se rapprocha de leur interlocutrice en souriant.

— Vous connaissiez intimement la propriétaire ?

— Colette ? Dame ! On est allées à l'école ensemble ! C'est bien triste ce qu'il lui est arrivé. Mais ça ne m'étonne pas. Elle conduisait trop vite. Je lui ai toujours dit.

— D'après vous, ce serait un accident...

— Que voulez-vous que ce soit d'autre ? Surtout à l'endroit où ça s'est passé ! Il suffit de rouler trop vite et on va droit dans le ravin !

Muriel s'approcha à son tour.

— Elle vous a semblé différente ces derniers temps ?

La femme réfléchit, l'air exagérément concentré.

— Je ne dirais pas ça, finit-elle par répondre. Elle était peut-être un peu plus tendue que d'habitude. À être toujours pressée. Il n'y avait plus moyen de discuter avec elle, comme avant... Elle avait peut-être des soucis ? On en a tous, hein ?

Michel et Muriel approuvèrent d'un hochement de tête.

— C'est bon, fit le premier. Fermez bien la maison ! Nous repasserons demain, voir si la petite est rentrée.

La femme les raccompagna jusqu'à la porte.

— Si vous avez besoin de moi, vous n'avez qu'à sonner. J'habite la maison, juste à côté.

Michel et Muriel regagnèrent leurs voitures après être convenus de se revoir à l'hôtel d'Oloron.

Ils se retrouvèrent au bar, vers 20 heures. Trop fatigués pour rouler sous la pluie à la recherche d'un restaurant, ils décidèrent de dîner à l'hôtel. Ils s'installèrent dans la salle à manger, un peu à l'écart. Ils passèrent rapidement la commande à Mathilde, la jeune serveuse, désormais moins réservée à leur égard. Souvent, elle s'occupait d'eux en priorité en leur donnant des conseils judicieux sur les menus.

Quand elle fut repartie, Michel jeta un œil par la baie vitrée. La place était déserte. Vaguement éclairée par quelques lampadaires, elle était sinistre.

— À quoi penses-tu ? s'enquit Muriel.

— À rien de précis. Je trouve notre affaire aussi obscure que cette place...

Muriel lui caressa la main et ajouta :

— Pardonne-moi pour mes accès de mauvaise humeur.

— Ne t'inquiète pas. Rien n'est simple dans la vie... Ton fils va bien ?

— Oui. Je l'ai tous les soirs au téléphone. Il commence à trouver le temps long. Chaque fois, il me demande quand je vais rentrer.

— Ça ne va pas tarder, l'assura Michel en dégageant sa main.

— Tu crois ?

— Oui.

Mathilde vint et disposa la soupière sur la table. Un velouté de champignons qui fleurait bon la cuisine de chez soi !

— Mangez pendant que c'est chaud ! leur conseilla-t-elle. C'est meilleur. Et prenez votre temps. Ce soir, le patron est absent. On est plus détendus !

Michel les servit puis ils se mirent à manger, silencieux. La pluie cinglait la vitre. Dans leur dos, au fond de la salle, un jeune jouait au flipper en faisant un raffut d'enfer.

— Qu'est-ce qui te fait croire que nous approchons du but ? demanda Muriel.

Michel haussa les épaules.

— Le simple jeu des probabilités. À force de lancer le filet, on attrape du poisson.

— Sois plus précis.

— Si on met de côté ce qui peut paraître inexplicable, il reste des éléments tangibles sur lesquels on peut s'appuyer. Malthus s'est volatilisé...

— Tu en es certain ? l'interrompit-elle.

— En tout cas, j'ai essayé de le joindre plusieurs fois au téléphone et ça ne répond jamais. Par ailleurs, Colette est morte, vraisemblablement assassinée.

— Tu n'en as pas la preuve.

— Certes, mais je m'en sers comme hypothèse de départ... Enfin, Lou demeure introuvable. Ce qui porte le nombre des disparitions à cinq personnes, Jules et Claire compris.

Muriel venait de terminer son assiette. Elle refusa que Michel la resserve.

— Quand tu dis cinq personnes, il n'y en a, en fait, que quatre. Colette est morte. Même si c'est tragique, on sait où elle est...

— Tu as raison, mais cela revient au même. Nous sommes dans l'impossibilité de communiquer avec chacune de ces personnes. Autrement dit, elles ne peuvent nous aider à avancer.

— Ce que je ne comprends pas dans ton raisonnement, c'est ce que tu recherches.

— J'en suis au stade des conjectures. J'essaie de trouver la logique de l'histoire. Si tu envisages que ces personnes, hormis Colette, ont disparu volontairement ou qu'elles ont été assassinées, les conséquences ne sont plus les mêmes.

— Pour toi, il est exclu que Jules et Claire aient été victimes d'un accident ?

Michel regarda la vitre contre laquelle coulaient les gouttes de pluie. Comme il le faisait, enfant, il dessina, à l'aide d'un doigt, quelques arabesques sur la buée, puis se tourna vers Muriel.

— S'ils s'étaient tués en tombant dans un ravin, les événements n'auraient pas été les mêmes. Personne n'aurait rien eu à cacher. Tout serait transparent. À mon avis, c'est justement parce qu'ils sont encore vivants que tout est arrivé de cette manière. Il n'y a pas de conséquence sans cause. Toi, la scientifique tu devrais savoir cela. En gros, il n'y a pas de hasard.

Muriel s'apprêtait à répondre quand la serveuse revint, leur demandant s'ils souhaitaient un fromage et un dessert. Ils refusèrent et commandèrent un café.

— Chouette ! s'exclama Muriel, lorsque la jeune fille fut repartie. Ce n'est pas ce soir que je vais grossir...

— Tu pourrais te le permettre !

— Tu trouves que je suis trop maigre ?

— Mais non ! Je voulais simplement dire que tu es mince et que... Oh ! Merde ! Tu es très bien balancée et tu n'as aucun souci à te faire.

Muriel le dévisagea, souriante.

— C'est chiant les femmes ? Hein ?

— Oui ! Surtout quand elles se regardent le nombril. Au lieu de toujours se demander si elles répondent à je ne sais quels critères de magazine, trop ceci ou pas assez cela, elles feraient mieux d'être ce qu'elles sont vraiment. Natures quoi ! Généralement, elles en sont d'autant plus séduisantes !

— Merci pour la leçon ! répliqua Muriel, acide. Donc, il n'y a pas de hasard. Autrement dit, tu peux décrire l'enchaînement des faits sans crainte de te tromper.

— Justement non ! Pour cela il me manque quelques informations, antérieures à notre venue, et même à la disparition de Jules et Claire. En particulier, ce qui unit les acteurs de cette affaire, les uns aux autres.

— En gros, ironisa Muriel, tandis que la serveuse posait les tasses sur la table, tu tournes en rond.

— C'est à peu près cela, reconnut Michel en croquant un morceau de sucre qu'il venait de plonger dans son café. Mais toi, tu vas peut-être pouvoir m'aider ? Avec tout ce qu'il t'est arrivé, tu as dû gamberger.

Muriel but une gorgée de café. Comme il était trop chaud, elle fit la grimace et reposa la tasse.

— Malheureusement, j'en suis au même point que toi, ou à peu près. Ce que j'ai compris, c'est qu'on ne nous veut pas du bien. Davantage à moi qu'à toi, d'ailleurs !

— Sans doute parce que tu es médium, ce qui en gêne certains.

— D'accord ! Mais qui ? Celui ou ceux qui sont à l'origine de mes malheurs demeurent invisibles. Autant dire que je lutte contre du vent.

— De tous les barjots que tu as vus, aucun ne t'a mise sur une piste ? Aucun ne semble suspect de quelque chose ? Je ne sais pas moi... Il doit bien exister un détail qui a retenu ton attention.

Muriel but son café.

— Je ne peux formuler qu'une hypothèse, mais elle mériterait d'être confirmée.

— Vas-y toujours.

— Je me demande si nous n'avons pas affaire à des extraterrestres.

— Quoi ! s'exclama Michel, éclatant de rire. Tu es sérieuse ?

— Plus que jamais !

— Tu es complètement folle, ma pauvre ! Des extraterrestres ! Il ne manquait plus que ça !

Reprenant difficilement son sérieux, il continua.

— Vas-y ! Explique ! J'avoue que je suis impatient de savoir !

— Tu n'es qu'un pauvre débile ! rétorqua Muriel,

l'air revêche. Si tu crois que je vais te confier quoi que ce soit, tu peux toujours courir !

— Ne te fâche pas... Mais j'ai juste été un peu surpris !

— Va te faire voir ! dit froidement Muriel.

Michel lui saisit la main et la regarda droit dans les yeux.

— Excuse-moi ! Tu es tellement imprévisible... Je t'écoute. Tu m'as déjà montré que tu pouvais avoir raison. Mais sois convaincante. Parce que là, tu pousses le bouchon un peu loin !

Muriel retira sa main et, s'essuyant la bouche, signifia qu'elle allait partir.

— Je n'insiste pas, fit Michel. Allons plutôt nous balader le long du gave. Qu'en penses-tu ?

Muriel le regarda, tentant d'apaiser son esprit en ébullition. Elle avait tellement envie d'accepter ! En même temps, sa petite voix intérieure lui conseillait de n'en rien faire. Elle devait aller se coucher et oublier. Michel n'était pas un homme pour elle. La preuve ! Dès que ses suggestions dépassaient la limite du raisonnable, il ne lui laissait aucune chance ! Un instant, elle se vit céder à la tentation. Ils allaient se promener et plus tard, faire l'amour... Non ! C'était impossible. Pour elle ! Pour Andrew ! Par cohérence, tout simplement !

— Non ! dit-elle en masquant sa déception, il faut justement que j'assemble quelques pièces du puzzle avant de t'en parler. J'ai compris qu'il me fallait être pertinente dans l'espoir d'être écoutée.

Elle se leva. Michel esquissa un geste pour la retenir, puis renonça. Après tout, Muriel avait raison de refuser. Sans doute lui aurait-il donné beaucoup moins que ce qu'elle attendait. Ils s'embrassèrent sur la joue.

— Que fais-tu demain ? demanda Michel, alors que la jeune femme s'apprêtait à partir.

— Je vais rencontrer Tarade au lycée de Pau. Je me suis renseignée. Il a cours demain.

— Tu l'as prévenu ?

— Non ! J'ai appelé le secrétariat. J'ai prétexté que j'étais une mère d'élève et que je souhaitais le voir. On m'a recommandé de passer à 10 heures. Il sera dans la salle des profs en attendant le cours suivant.

— Tu baratines mieux qu'un flic !

— J'ai un bon exemple ! Et toi, tu seras où ?

— Je vais tenter de mettre la main sur Lou, coûte que coûte !

— OK ! On s'appelle, on se tient au courant.

Michel acquiesça et la regarda s'éloigner avec une pointe de regret.

Muriel grimpa dans sa chambre par l'escalier, le cœur en berne. Elle était à peu près aussi gaie que les papiers peints collés sur les murs, des dessins de fleurs et d'oiseaux entrelacés.

Dans sa chambre, elle jeta son sac sur le lit et se déshabilla pour prendre une douche. Elle était impatiente de dormir et d'oublier ce dîner. Pourtant, sous le jet d'eau brûlante, elle songea à l'hypothèse des extraterrestres ! Aussi folle qu'elle pouvait sembler, cette idée avait néanmoins quelques fondements.

D'abord, les disparitions avaient eu lieu dans une zone où les apparitions d'OVNIS étaient fréquentes. Cette même région, désignée par Nostradamus à l'attention des hommes, était censée receler un trésor inestimable sur la connaissance humaine. Or cette connaissance, selon certains écrits dignes de foi, aurait été offerte à l'humanité par une civilisation extraterrestre et, depuis, jalousement conservée par les Neuf Supérieurs Inconnus. Et, d'après des travaux sérieux effectués dans le monde entier, on supposait que les dizaines d'hommes disparus dans les environs d'Oloron avaient probablement été enlevés par des extraterrestres...

Muriel sortit de la baignoire et se sécha. Puis, elle alla se glisser sous les draps. Son envie de dormir volatilisée, elle voulut mettre en place une théorie et voir si tout collait. Pour s'aider, elle enclencha son dictaphone et parla :

— En 715, Tariq Ibn Ziyad fait dissimuler son fameux trésor, dit « Trésor des Maures », dans une grotte de la région, proche d'Oloron. Lui-même est initié. Peut-être fait-il partie des Neuf Supérieurs Inconnus ? Il connaît l'importance de ce qu'il a abandonné, puisqu'il s'agit de la somme des connaissances humaines à son époque et de celles à venir. Il l'a volontairement enfoui dans la région d'Oloron. En effet, il sait que c'est l'un des lieux d'atterrissage des extraterrestres, issus d'une civilisation supérieure à la nôtre. En fait, les descendants des hommes qui ont quitté la terre à bord de vaisseaux spatiaux en 3113 av. J.-C. pour émigrer vers le cosmos. Le temps passe jusqu'à ce qu'un autre initié, Nostradamus, désigne le lieu sacré dans ses centuries. C'est voulu. Il s'agit de commencer à informer les hommes sur ce qu'ils auront un jour à découvrir et exploiter.

« La curiosité de certains humains est aiguisée. Plus lucides que d'autres ils se mettent en quête du trésor. Seulement, celui-ci est toujours gardé par des extraterrestres qui ont installé à proximité la confrérie des Neuf Supérieurs Inconnus et quelques représentants de leur civilisation. Des extraterrestres, si proches des humains, qu'ils se confondent facilement avec eux. Dans ces conditions, chaque fois que des curieux, non initiés, s'approchent du trésor, ils sont enlevés.

Muriel interrompit sa dictée, consciente de l'aspect délirant de son raisonnement. Mais l'était-il autant que cela ? Des milliers d'humains disparaissant chaque jour de la planète sans qu'on en retrouvât la trace, était-ce plausible aussi ?

Quoi qu'il en soit, dans ce contexte, l'affaire pouvait s'expliquer. Elle reprit sa dictée :

— Jules et Claire sont partis à la recherche de ce trésor. Ils en ont découvert l'emplacement et ont été enlevés, à l'instar de la centaine d'autres individus dont on n'a pas retrouvé la trace. Par ailleurs, ces extraterrestres sont doués de pouvoirs supérieurs aux nôtres et peuvent agir par transmission de pensée pour créer des champs de forces dissuasifs contre ceux qui, comme moi, cherchent à percer la vérité. D'où l'incident de la voiture échappant à mon contrôle, la présence invisible d'esprits, mes cauchemars et la maison qui s'écroule... Enfin, ceux qui ont disparu, tels Malthus, voire Lou, et d'autres que je ne connais pas font peut-être partie de ce monde parallèle.

Interrompant à nouveau sa dictée, Muriel s'étira pour se préparer au sommeil. Une technique issue d'un stage de naturothérapie suivi aux États-Unis, quelques années auparavant. Certes, une telle théorie, songea-t-elle, permettait de comprendre aisément quelques faits ou événements. À l'inverse, elle devenait inopérante pour répondre à certaines questions. Par exemple, quelle était la signification de la mort de Colette ? Était-ce un accident, une mise en scène ? Cette femme faisait-elle partie de cette « population E.T. » ou bien en connaissait-elle seulement l'existence ? Quel rôle jouait réellement Malthus ? Pourquoi avait-il tellement tenu à ce qu'ils s'occupent de cette enquête ? Qui étaient Eygun, Cardec, Melchior ? Faisaient-ils partie de la confrérie des Neuf Supérieurs Inconnus ? En connaissaient-ils uniquement l'existence ? Le regard bleu délavé, si particulier à quelques personnes rencontrées, avait-il une signification ?

Vaincue par l'envie de dormir, elle interrompit définitivement son enregistrement. Ne nageait-elle pas en plein délire ? Tout ce qu'elle venait d'évoquer paraissait si invraisemblable !

Tant pis ! se dit-elle en éteignant. Elle continuerait dans cette voie, quitte à se tromper. De toute manière, cette affaire ne pouvait avoir une explication aussi simpliste qu'une fumeuse histoire familiale, comme le prétendait Michel.

Elle éteignit, ne tarda pas à s'endormir, s'interrogeant sur ce que Michel avait fait après son départ.

15

Sitôt éveillé, Michel jeta un coup d'œil vers la fenêtre de sa chambre. Le jour venait de se lever. De lourds nuages gris filaient dans le ciel. La pluie menaçait encore.

Il sortit de son lit en soupirant, de mauvaise humeur. Pourtant il avait plutôt mieux dormi que d'habitude sans cauchemar, ni insomnie. Il prit une douche rapide. Sa toilette terminée, il choisit une tenue légère – jean et polo –, avala deux aspirines et une pastille de vitamine C, les meilleurs antidotes aux « états d'âme ».

Il se rendit au bar de l'hôtel où plusieurs types trinquaient, verre de rouge contre verre de blanc. Michel choisit de s'installer à une extrémité du zinc puis commanda un double café – un autre antidote –, et un croissant. L'espace d'un instant, il s'intéressa à ses voisins, ne comprenant pas comment on pouvait ainsi avaler de l'alcool à 7 heures du matin. Surtout des petits blancs secs, arrachant l'estomac.

Après tout cela ne le regardait pas, il attrapa le journal qui traînait à portée de main et l'ouvrit à la page d'Arette. L'accident de Colette y était relaté, mais de manière lapidaire, sans commentaires précis sur les circonstances. On supposait que la conductrice avait dû verser dans le ravin à cause d'une vitesse excessive. Puis on louait la célérité des services de gendarmerie et de pompiers. La photo montrait la grue à l'œuvre et le véhicule suspendu dans les airs avant qu'on ne le déposât sur le sol. Michel reposa le journal, la page ouverte sur le cliché. Il se fit la réflexion qu'il n'avait pas remarqué le photographe.

Quand l'hôtelier vint le servir, l'air affairé, sans doute pour ne pas avoir à lui parler, son regard s'attarda un bref instant sur la photo. Michel le nota et se mit ensuite à manger son croissant, la tête ailleurs.

Son « spleen du matin » persistait. Entre les égarés du petit matin, rassemblés autour du bar, la lumière crue des néons et la grisaille du dehors, le spectacle n'avait rien de réjouissant. Il ressentit un léger pincement au cœur en voyant la table où ils avaient dîné la veille. C'était cela la raison de sa mauvaise humeur ! Il avait cette soirée en travers de la gorge. Lorsqu'elle l'avait plaqué pour regagner sa chambre, il s'était retrouvé seul et con. Comme n'importe quel VRP, toujours éloigné de chez lui et rêvant d'une quiétude familiale inaccessible ! Du coup, il était monté se coucher et, après quelques minutes de télévision indigeste, s'était endormi.

Il commanda un nouveau café. De temps en temps, un client s'en allait, aussitôt remplacé par un autre. Pour la plupart, c'étaient des ouvriers ou des artisans, en tenue de travail et déjà l'esprit assez vif pour balancer des blagues.

Lorsque le patron s'approcha avec la tasse, Michel le cueillit à froid en lui montrant la photo de l'accident.

— Vous connaissiez la victime ? demanda-t-il.

Sur ses gardes, le type répondit par la négative après un trop rapide coup d'œil.

— Ça ne vous dit vraiment rien ?

— Ma foi, non ! Je ne connais pas tous les gens du département, répliqua-t-il précipitamment avant de rejoindre l'autre extrémité du bar.

Michel n'insista pas. À quoi bon ? Il était prêt à parier

qu'il mentait. Depuis le début, il n'envisageait pas que Lou ait pu traîner dans cet hôtel à l'insu de son propriétaire.

Lou... Michel répéta plusieurs fois ce prénom dans sa tête. C'était elle le centre de gravité de l'affaire. Il le sentait.

— Vous mettrez les cafés et le croissant sur ma note, lança-t-il à l'hôtelier en le gratifiant d'un sourire appuyé.

L'inspecteur gagna sa voiture, garée un peu plus loin. Il jeta un regard vers la chambre de Muriel qui donnait de ce côté. Les volets étaient fermés. Elle devait dormir avec les petits hommes verts, songea-t-il.

Il démarra, heureux de retrouver le paysage béarnais qu'il commençait à apprécier. Même sous la pluie ! Cela teintait la région des couleurs de la nostalgie, ce qui n'était pas désagréable.

Tandis qu'il roulait, il appela Seignolles sur son portable. Dès qu'il l'eut en ligne, ils échangèrent quelques politesses, puis Michel l'interrogea sur l'autopsie.

— Ce n'est pas gagné, rétorqua le brigadier. Massard fait de la résistance.

— Mais bon dieu, pourquoi ?

— Je ne sais pas.

— Il ne vous a pas donné d'explications ?

— Pas franchement... Ce n'est pas son genre.

Refoulant son agacement, Michel lui demanda si les gendarmes avaient des nouvelles de Lou. Seignolles répondant par la négative, il l'informa qu'il partait à sa recherche.

— Comment allez-vous vous y prendre ? s'enquit le brigadier.

— Comme d'habitude, au pif ! Je vous tiens au courant.

Il raccrocha. Puis, allumant la radio, il se mit à chanter *Philadelphia*, avec Bruce Springsteen.

Son rendez-vous avec le professeur Tarade au lycée Louis-Barthou étant fixé à 10 heures, Muriel se leva sans hâte et consacra plus de temps que d'ordinaire à se maquiller. Elle profita de ce moment de paix et de plaisir qui lui offrait l'occasion de se rassurer sur elle-même et sur sa capacité de séduire. Après sa séparation avec Jim, elle ne s'en était plus crue capable. Plaquée du jour au lendemain, elle avait perdu confiance en elle, durablement. Il avait alors fallu de longs mois et quelques hommes pour qu'elle retrouve un équilibre. Cependant, celui-ci demeurait encore précaire. Elle s'en rendait compte avec Michel. Elle se méfiait autant de lui que d'elle-même...

Lorsqu'elle eut terminé, elle enfila une robe noire, simple, mais sexy, puis après un dernier coup d'œil sur le contenu de son sac à main, elle sortit de la chambre en chantonnant. Sans raison particulière, elle se sentait plus légère, presque heureuse.

Elle gagna directement sa voiture, projetant de prendre un petit déjeuner à Pau où ce serait plus agréable, puis elle démarra. Elle s'engagea dans la rue principale, très commerçante et remplie de flâneurs. Soudain, alors qu'elle dépassait le bâtiment de la banque, une sorte d'hôtel particulier de style baroque, juché sur un promontoire, elle croisa le regard d'une passante, immobile au bord du trottoir. Un regard fixe, bizarre, inquiétant. Certaine de connaître cette personne, elle freina pour l'observer. Mais il était trop tard. Derrière elle, on klaxonnait à tout va. Furieuse, elle accéléra. Sa bonne humeur s'était brutalement envolée, cédant la place à une angoisse diffuse. Qui était cette inconnue ? Où l'avait-elle déjà vue ? Pourquoi interprétait-elle son regard comme un avertissement ?

Alors qu'elle roulait depuis un bon moment sur la route de Pau, elle se souvint. C'était à Sainte-Engrâce ! Elle était dans la procession la nuit où ils avaient quitté Malthus. Oui, c'était cela ! Elle en était certaine ! Elle se rassura. La présence de cette femme était fortuite. Elle faisait ses courses à Oloron, tout simplement.

À Pau, elle se gara boulevard Barbanègre, à quelques centaines de mètres du lycée. Comme elle disposait encore d'une demi-heure, elle entra dans le bar le plus proche et s'installa à une table, près de la fenêtre. Une place idéale pour profiter du spectacle de la rue.

Muriel adorait observer les passants. La manière dont ils marchaient trahissait leur personnalité. Si l'on y prêtait attention, on pouvait définir toute une gamme de tempéraments, du timide au fonceur, du curieux au rêveur...

Un barman, peu motivé, vint prendre sa commande puis repartit en traînant les pieds. Autour d'elle, de nombreux lycéens jacassaient, riaient, chahutaient, totalement insouciants. Muriel les envia. Elle aurait tellement aimé avoir encore leur âge.

À une table toute proche, elle entendit un gamin évoquer Tarade avec ses camarades. À propos d'une dissertation qu'il devait rendre mais qu'il n'avait pas encore finie. Muriel tendit l'oreille. Certains affirmaient que c'était un bon prof. D'autres le jugeaient obscur et peu intéressant. Finalement, tous reconnurent que cela n'avait pas d'importance, l'histoire n'étant pas une matière prioritaire.

Le serveur, toujours aussi nonchalant, apporta le café et la tartine beurrée. Oubliant ses voisins, Muriel mangea, réfléchissant à son entrée en matière avec Tarade. Bien qu'elle possédât de solides notions sur l'histoire des templiers et la mythologie, elle ne s'imaginait pas en train de disserter sur le sujet avec un spécialiste. Ce n'était d'ailleurs pas le but de sa visite. Elle voulait que Tarade lui parle de Claire et de Lou.

Une idée lui vint. Un peu tirée par les cheveux, mais qui se tenait pourtant. Elle prétendrait être une amie proche de Claire, venue de Toulouse. Elle avait parlé de Tarade en le couvrant d'éloges sur ses connaissances. Claire lui avait même confié qu'ils s'écrivaient. Apprenant avec stupeur la disparition de son amie, Muriel avait naturellement pensé rencontrer le professeur pour connaître son avis sur cet événement inexplicable.

Une telle approche avait l'avantage de donner un tour amical à leur conversation et de ne pas éveiller la méfiance de l'enseignant.

Michel sonna chez la voisine de l'hôtel, celui-ci étant toujours fermé. Il jeta un œil vers le ciel. Le temps ne s'était guère arrangé. S'il ne pleuvait pas, il faisait un froid de canard.

La femme ouvrit et sourit en le reconnaissant. Elle portait un tablier bleu maculé de taches et ses mains étaient noires de terre. Elle travaillait dans son jardin, mais lui proposa d'entrer. Il déclina la proposition, il ne voulait pas la déranger.

— Vous n'auriez pas vu la petite Lou depuis hier, par hasard ? demanda-t-il.

— Non ! Notez que je ne suis pas retournée à l'hôtel. Mais je l'aurais bien remarquée, si elle avait été là... C'est quand même incroyable ! La pauvre petite ! À traîner je ne sais où, sans même savoir que sa mère est morte !

— Oui, c'est triste, approuva Michel. On finira bien par la retrouver !

— Ça je n'en doute pas ! Je fais confiance à la police.

Écourtant cette conversation sans intérêt, Michel lui laissa son numéro de portable et lui demanda de l'appeler si elle revoyait Lou. Après quoi, il gagna sa voiture. Il s'agissait en fait d'un subterfuge. Décidé à pénétrer dans l'hôtel, coûte que coûte, il avait repéré qu'il pouvait atteindre l'autre façade par les champs. Il roula quelques centaines de mètres et gara la voiture près du tabac, à l'entrée du pont.

De là, il gagna la berge, puis s'arrêta un instant pour s'assurer qu'il n'était pas suivi. Comme ce n'était pas le cas, il marcha le long de la rive, assez pour s'éloigner du village. Plus tard, jugeant qu'il était hors de vue, il escalada le bas-côté, se faufilant au travers d'une végétation dense et trempée.

À la hauteur du champ, il se mit à couvert et s'assurant que personne ne se trouvait à proximité, il s'engagea dans le pré, d'une démarche tranquille et régulière afin de ne pas attirer l'attention. Parvenu au pied de la façade, il la longea jusqu'à une porte. Contrairement à ce qu'avait dit la voisine, elle était fermée à clé. De même, toutes les fenêtres étaient closes. Il repéra alors le soupirail d'une cave. L'ouverture étant obstruée par des planches grossièrement fixées, il les ôta sans difficulté puis se laissa glisser le long d'un conduit de pierres suintant l'humidité.

Ses pieds rencontrant un obstacle, il y prit appui avec précaution, puis se laissa aller de tout son poids. Il tomba sur une vieille commode, entreposée dans une sorte de débarras. Il y avait tout un fatras de meubles, chaises, et tables, plus ou moins abîmés, probablement récupérés au fil d'aménagements effectués dans l'hôtel. Personne n'avait dû mettre les pieds ici depuis des lustres, tant cela sentait le moisi.

Michel sauta sur le sol et, discrètement, se dirigea vers un escalier en pierre menant au rez-de-chaussée. Butant contre une porte close, il repéra le loquet à la lumière de son briquet et l'ouvrit facilement. La targette une fois soulevée avec d'infinies précautions, il poussa légèrement le battant et risqua un œil. Il débouchait apparemment dans une cuisine, lumineuse et bien rangée. Il s'y introduisit et tendit l'oreille. Excepté le tic-tac d'un gros réveil posé sur le rebord d'une cheminée, il n'y avait aucun bruit.

Sans s'attarder, il gagna une autre porte, entrouverte sur un corridor. Estimant que l'accès, à sa droite, donnait sur la salle de restaurant, il s'engagea dans l'escalier menant à l'étage. Grâce au passage en laine usagé, il ne faisait aucun bruit. Le mur était recouvert d'un papier à fleurs défraîchi et ne comportait aucune gravure ou tableau. Sur le palier, il s'arrêta, l'oreille aux aguets. Le silence était total. Cependant, il demeura sur le qui-vive. Ce calme l'inquiétait.

Muriel se présenta à la loge du lycée au moment où la sonnerie d'intercours retentit. Aussitôt, des élèves surgirent de toutes parts, créant une joyeuse bousculade. La gardienne, une Africaine souriante, distribuait les rollers et les skates laissés en consigne. Se frayant un passage dans la cohue, Muriel accéda au guichet. Elle demanda à la concierge de lui indiquer la salle des profs où elle avait rendez-vous avec M. Tarade.

Accaparée par les jeunes qui la harcelaient de questions, celle-ci répondit évasivement.

— Tout droit... Dans la première cour.

À nouveau dehors, Muriel suivit un long couloir qui déboucha dans une cour remplie d'autres lycéens en récréation. Indécise, elle en arrêta un qui lui indiqua la salle d'un mouvement de tête. Elle finit par la découvrir quelques mètres plus loin, signalée par un panonceau, fixé sur la porte.

Elle frappa et entra dans une pièce vaste et lumineuse. Plusieurs professeurs allaient et venaient. D'autres étaient attablés, corrigeant des devoirs. Quelques-uns rangeaient leurs casiers. C'était assez calme, ceux qui parlaient s'exprimant à voix basse.

Comme une femme s'apprêtait à sortir, Muriel lui demanda Tarade.

— C'est le monsieur, à côté de la machine à café, expliqua son interlocutrice en le désignant du doigt.

Muriel la remercia et s'avança. Elle était déçue. Au lieu de cet homme chétif, elle s'attendait à découvrir un « mec », plutôt beau, à l'allure avenante. Cela aurait mieux correspondu à l'idée qu'elle se faisait des goûts de Claire...

Lorsqu'elle fut encore plus proche de lui, sa déception s'accentua. Tarade ressemblait à un vieux rat de bibliothèque, au physique rabougri.

— Monsieur Tarade ? questionna-t-elle.

Sursautant légèrement comme s'il revenait à la réalité, il la dévisagea de ses yeux bleus, très clairs. Comme ceux des autres...

— Oui ? répliqua-t-il, à la fois craintif et soupçonneux.

Tout sourire, Muriel lui débita alors son baratin sans hésiter. Son amitié avec Claire... Son étonnement à la suite de sa disparition... Son désir d'en savoir davantage grâce à lui...

— Maintenant, vous comprenez pourquoi je me suis permis de vous déranger, conclut-elle.

Tarade l'observa en silence, méfiant.

— Que voulez-vous que je vous dise ? Je n'en sais guère plus que vous.

— Je me doute bien que vous ignorez où elle se trouve, mais comme vous la connaissiez tout particulièrement, je pensais que vous pourriez peut-être me rassurer.

Tarade saisit le gobelet qui venait de se remplir, et prit place à une table inoccupée. Muriel s'assit face à lui.

— Qu'est-ce qui vous laisse croire que je la connaissais si bien ?

— Nous avons souvent eu l'occasion de discuter ensemble de son travail, de ses collègues. Vous étiez celui qu'elle préférait. Enfin, elle vous trouvait tout à fait remarquable dans votre partie, moins ennuyeux que les autres. Elle m'a même confié que vous correspondiez parfois ensemble.

Tarade but son café à petites gorgées, sans cesser de la regarder.

— Je suis très affectée par sa disparition, reprit Muriel. J'ai besoin de parler d'elle avec des gens qui l'ont aimée.

— Qui sait si elle n'est pas partie de son plein gré ?

— Vous serez d'accord avec moi pour reconnaître que ce n'était pas son genre. De plus, elle devait se marier prochainement avec Jules...

Tarade reposa son verre vide et balaya la table de la main comme s'il voulait la débarrasser de miettes invisibles.

— Ils se sont volatilisés tous les deux. Probablement s'agit-il d'un projet commun ?

— Vous croyez ?

Il haussa les épaules, circonspect.

— Je ne crois rien. Elle était capable de tout et de son contraire...

— C'est vrai, confirma Muriel, complice.

Tarade se tut. Le regard perdu dans le vide, il semblait réellement affecté.

— Je m'y attendais un peu, reprit-il. Quelques jours avant, elle semblait plus excitée que d'habitude, évoquant de mystérieux projets.

— Elle vous a dit lesquels ?

— Non ! Elle m'assurait simplement que cela me servirait dans mes recherches et qu'elle ne manquerait pas de me tenir au courant.

— Vous avez eu des nouvelles d'elle, depuis ?

— Non ! répondit-il en relevant la tête.

Sa bouche était cernée de deux rides d'amertume lui donnant un air de chien battu. Affectant, elle aussi, une grande tristesse, Muriel continua :

— C'est vrai qu'elle me parlait également de projets extraordinaires. Je n'y comprenais pas grand-chose. Il était question d'un trésor... Le trésor des Maures, je crois. Elle m'a parlé aussi de neuf sages...

— Les Neuf Supérieurs Inconnus, la corrigea Tarade.

— Oui, c'est cela ! Je ne vois pas trop de quoi il s'agit, mais elle ne cessait de répéter qu'elle allait explorer la région d'Oloron. Enfin, bref ! Du chinois pour moi ! Elle vous en parlait aussi ?

Tarade lui sourit comme s'il venait de se défaire de ses préventions à son égard.

— Ce n'est pas du chinois, mademoiselle ! Ce sont des spéculations scientifiques très sérieuses auxquelles Claire paraissait proche de donner corps...

— Pardonnez mon ignorance, mais de quoi s'agit-il ?

— Ce serait trop long à expliquer, fit-il. Cependant il

est exact que cela recouvrait une partie de mes préoccupations d'historien...

— Spécialiste des templiers, c'est cela ?

— Elle vous en a parlé ? s'étonna Tarade.

Sa satisfaction paraissait tellement excessive que Muriel l'imagina un instant amoureux de Claire.

— Bien sûr ! Selon elle vous étiez le meilleur dans votre domaine !

La mine soudain plus épanouie, Tarade hocha la tête à plusieurs reprises.

— Incroyable, je n'aurais pas cru cela d'elle.

— Pourquoi ?

— Je ne sais pas... J'avais parfois l'impression qu'elle ne me prenait pas au sérieux.

— Oh si ! Je peux vous l'affirmer... Mais, à propos, quel est l'objet de votre travail sur les templiers ?

— Je recherche des réponses, mademoiselle ! Des réponses au grand mystère humain ! Nous ne sommes pas sur terre par hasard ! Nous sommes des enfants de dieux, des demi-dieux ! Évidemment trop stupides pour nous en rendre compte ! Justement, Claire le savait et s'apprêtait à le prouver. C'est pour cela que je l'aimais...

Il s'interrompit, conscient d'avoir parlé trop fort. Certains de ses collègues le dévisageant d'un air de reproche, il se leva, agacé.

— Venez ! dit-il à Muriel, sortons ! Nous serons mieux pour parler.

Dehors, des élèves en récréation jouaient au ballon en criant. D'autres parlaient, disséminés dans la cour en petits groupes.

— Je n'ai malheureusement pas le temps de sortir du lycée, s'excusa Tarade en l'entraînant à l'écart sous un auvent. J'ai cours dans quelques minutes. Oui ! Claire savait beaucoup de choses. Je suis même convaincu qu'elle était initiée à des mystères inaccessibles au commun des mortels.

— Lesquels ?

— Celui des origines de notre univers. Ceux de la vie, mais aussi ceux de notre avenir. Cette même connaissance qui valut aux templiers d'être mis à mort. Seulement, si l'on tue des hommes, on ne tue pas la Connaissance. Il y en a toujours d'autres, comme Claire, pour reprendre le flambeau.

— Vous croyez qu'on va la retrouver ? s'inquiéta Muriel.

— Si elle le veut...

— Et Jules, son ami ?

Tarade haussa les épaules.

— Je pense que..., hésita-t-il. Je n'en sais rien ! Je ne l'ai pas rencontré souvent.

— J'espère qu'on le retrouvera aussi. Ils semblaient tellement heureux.

— Lui l'était, certainement. Elle, j'en doute...

— Elle vous l'a dit ?

— Non. Mais chaque fois qu'elle parlait de lui ce n'était pas comme une amoureuse... Vous avez dû en discuter avec elle, j'imagine. À ce sujet, les femmes sont intarissables.

— Elle ne m'en a jamais franchement parlé. Par pudeur, peut-être ? Cependant elle ne paraissait pas totalement épanouie. D'ailleurs, il lui est arrivé d'évoquer un autre homme qui comptait beaucoup pour elle. Mais elle a toujours refusé de me dire de qui il s'agissait.

Tourné vers la cour, Tarade alluma une cigarette, ce qui paraissait incongru chez un homme tel que lui. Muriel l'observa. Sa main tremblait légèrement.

— C'est vrai. Il y avait un autre homme...

— Vous savez qui c'est ?

— Oui. Je l'ai découvert par hasard. Elle m'a fait jurer de ne jamais rien dire.

Muriel sentit son cœur s'emballer. Il fallait qu'elle sache ! Mais bon dieu, comment s'y prendre ?

— Oh ! Je crois qu'elle ne vous en voudrait pas de me l'avoir confié... Nous étions très liées.

— Non ! répliqua Tarade, il n'en est pas question. Il y va de mon honneur.

— Je comprends...

La récréation allait bientôt prendre fin. Muriel enchaîna aussitôt :

— Au fait ! Elle me parlait souvent d'une de ses élèves, une certaine Lou qu'elle trouvait très intelligente. J'aimerais bien la voir...

Tarade se tourna vers elle, à nouveau soupçonneux.

— Elle vous a parlé d'elle ?

— Oui ! Elle la trouvait particulièrement brillante. Vous voyez de qui il s'agit ?

— Non ! Je ne l'ai jamais eue comme élève.

— Peut-être est-elle au lycée en ce moment ? risqua Muriel.

— Oh non ! rétorqua-t-il trop vite. Enfin, je veux dire que je ne l'ai pas vue depuis un bon moment. Mais il suffirait de demander à l'une de ses copines.

Parmi quelques adolescents qui se trouvaient à proximité, il héla une jeune fille et lui demanda si Lou était présente. Celle-ci répondit qu'elle n'avait pas assisté aux cours depuis plusieurs jours.

— Ce n'est pas grave, fit Muriel. De toute manière, je ne sais pas ce que j'aurais eu à lui dire...

— Effectivement, répliqua Tarade.

Comme la sonnerie retentissait, il tendit la main à Muriel.

— Il faut que j'y aille. Merci d'avoir pris l'initiative de venir ici. Cela m'a fait plaisir d'évoquer Claire avec vous. Quoi qu'il en soit, je ne pense pas qu'il faille s'inquiéter. Elle fait partie des êtres d'exception... On ne les comprend pas toujours.

Il s'éloigna, d'un pas pressé, le dos voûté, indifférent aux quolibets des élèves qu'il essuyait au passage. Muriel l'observa jusqu'à ce qu'il eût pénétré dans la salle des professeurs. Elle avait appris au moins trois choses. Tarade entretenait des rapports très intimes avec Claire. Celle-ci aimait un autre homme que Jules. Enfin, et c'était le plus important, elle apparaissait de plus en plus au centre de cette affaire.

Lorsque tous les élèves furent entrés en classe, elle se dirigea vers la sortie. Elle tenta de joindre Michel sur son portable, mais dut se contenter de la boîte vocale. Agacée, elle ne laissa aucun message. Il serait toujours temps de lui raconter cette conversation lorsqu'ils se retrouveraient à l'hôtel dans la soirée.

16

Après quelques secondes d'immobilité, Michel avait ouvert l'une des deux portes donnant sur le palier et était entré. La chambre était de style ancien, les murs recouverts d'un papier à fleurs rouges et jaunes entrelacées. Le lit, immense, trônait au milieu de la pièce. Les draps et couvertures en désordre, une grande croix, barrée d'un brin de gui, était accrochée au montant. Une armoire à glace occupait un pan de mur, à gauche du lit. En vis-à-vis, il y avait une commode, vaguement empire, surmontée d'une gravure ancienne, représentant des anges volant au-dessus de la planète terre. Sur le plateau, des flacons de parfum, des crèmes et du maquillage indiquaient la présence récente d'une femme. Supposant qu'il s'agissait de la chambre de Colette, Michel trouva qu'elle ne lui correspondait pas. Cette femme ne lui avait pas semblé si excessivement féminine...

Balayant la pièce du regard, il eut l'intuition qu'elle avait déjà été fouillée. Immobile, il observa chaque chose, notant les détails, renforçant sa conviction. Les draps avaient été volontairement défaits et remis en place n'importe comment. Personne n'avait dormi ici ! La gravure, au-dessus de la commode, était également inclinée, comme si on avait regardé derrière, sans prendre le temps de la remettre d'aplomb. Enfin, les tiroirs et les portes des meubles étaient mal refermés.

Se mouvant en silence, Michel fouilla minutieusement chaque tiroir. Tous contenaient des vêtements et sous-vêtements féminins, très datés et en grand désordre. Bredouille, il inspecta l'armoire, remplie d'habits, mais aussi de linge de couchage en piles désordonnées. Il glissa la main entre chaque drap, sans rien trouver.

Il se rabattit alors sur la table de chevet en merisier dont le tiroir se trouvait à moitié ouvert. Il en tira un album photos qu'il examina, assis sur le bord du lit. Les premières pages rassemblaient des clichés de Colette et d'un bébé qui s'avéra plus loin être Lou. En revanche, il y avait ici et là des emplacements libres aux empreintes visibles, laissant supposer qu'on avait enlevé certains clichés.

Intrigué, Michel se rapprocha de la fenêtre et les observa à nouveau à la lumière du jour. Soudain, l'un d'eux attira son regard. Debout devant un miroir, Colette était photographiée avec Lou, encore bébé, dans les bras. L'étudiant plus attentivement, Michel distingua alors le visage du photographe, réfléchi par le miroir. Son cœur fit un bond ! Sans aucun doute, il s'agissait de Paul Conan !

Michel eut alors la conviction qu'il touchait presque au but. Ce qu'il pressentait depuis un bon moment devenait évident. Paul jouait un rôle majeur dans cette affaire ! Il connaissait Colette depuis longtemps !

Le sourire affectueux de la jeune femme laissait supposer une réelle complicité entre eux, voire de l'amour. De là à penser que Paul était le père de Lou, il n'y avait qu'un pas, facile à franchir !

Une telle découverte donnait évidemment un éclairage inédit aux événements. Michel était tellement excité, qu'il dut se raisonner pour ne pas foncer à Pau, y interroger Paul. Non ! Il fallait au contraire attendre, réfléchir, comprendre. Et surtout se méfier de tirer des conclusions trop hâtives. Après tout, cette photo pouvait avoir d'autres explications...

La glissant dans sa poche, il sortit sur le palier. Il ouvrit la seconde porte avec précaution. Une autre surprise l'attendait : Lou dormait au travers de son lit, à moitié dénudée. Conscient de violer son intimité, Michel ramena le drap sur elle, ce qui la réveilla en sursaut.

Elle lança un regard méchant à Michel.

— Que faites-vous ici ?

— Je vous cherchais.

— Pour quelle raison ? Je n'ai rien à voir avec vous !

— Moi si. Votre mère est morte et je voulais vous en avertir !

Elle éclata de rire.

— Comme si je ne le savais pas !

— Dans ce cas, pourquoi n'êtes-vous pas auprès d'elle ?

— Qu'est-ce que ça peut vous faire ! Ça ne vous regarde pas ! Foutez le camp d'ici ! Vous êtes entré par effraction !

Placide, Michel s'assit dans un fauteuil, proche du lit.

— C'est vrai ! Mais il fallait absolument que je vous retrouve pour vous parler.

— Je n'ai rien à vous dire ! répliqua-t-elle d'un ton mordant. Laissez-moi tranquille !

— Au contraire, je crois que nous avons beaucoup à apprendre l'un de l'autre.

— Moi pas !

Elle se leva alors d'un bond, enfila une culotte, un jean et un tee-shirt, puis mit des baskets.

— Puisque vous voulez rester, moi je me tire !

— Vous n'irez pas bien loin !

— Je vous emmerde !

D'une seule enjambée, elle gagna la porte. L'ayant violemment fermée, elle dévala l'escalier. Surpris par sa rapidité, Michel se lança à sa poursuite. Trop tard ! Déjà, la porte du bas claquait. Lorsqu'il fut dehors, Lou avait disparu.

La rue déserte, il renonça à courir au jugé et referma derrière lui. Il était furieux. Par excès de confiance en soi, il venait de laisser échapper son principal témoin !

Quelques instants après, alors qu'il s'apprêtait à regagner sa voiture, il aperçut la voisine qui l'observait, derrière la fenêtre. Il s'approcha. Elle ouvrit.

— Avez-vous vu Lou s'échapper ?

— Je n'ai rien vu ! répondit-elle précipitamment.

— Je vous en prie ! Vous taire la met en danger !

Après une hésitation, elle lui indiqua la rue d'en face d'un hochement de tête, puis elle referma la fenêtre.

Sans moyen légal pour la forcer à témoigner, Michel n'insista pas. Cela faisait d'ailleurs belle lurette que Lou s'était enfuie.

En colère contre lui-même, il rejoignit sa voiture, toujours garée près du tabac, et démarra sur les chapeaux de roue.

À vive allure il fila sur la route d'Oloron, réfléchissant à ses possibilités d'intervention. En gros, aucune ! Il n'avait pas encore obtenu de délégation pour enquêter. Quant aux témoins clés, ils s'étaient envolés. Se lancer à leur recherche reviendrait à courir après des fantômes !

Du coup, il estima plus profitable de retourner à l'hôtel et d'y faire le point avec Muriel. Alors qu'il s'engageait dans une descente, à la hauteur du village d'Aramits, la pluie se remit à tomber. Contraint de ralentir, il appuya sur la pédale de frein. Sans résultat ! Malgré le frein à main qu'il venait de tirer, le véhicule continuait à rouler... de plus en plus vite !

Après Pau, Muriel roulait vers Tardets depuis déjà un moment. Elle comptait y rencontrer Leroy, spécialiste réputé de l'histoire cathare. Ainsi, songeait-elle, elle aurait fini le tour des personnes citées par Malthus et pourrait en tirer, du moins l'espérait-elle, quelques conclusions fondées. Méthodique, elle récapitula tous les éléments dont elle disposait. D'abord, il y avait les personnages clés : Malthus... Cardec... Melchior... Eygun...

La place et le rôle de quelques autres paraissaient plus flous : Tarade... Colette et sa fille Lou... Les derniers, comme l'hôtelier d'Oloron, la patronne du restaurant de Barcus, les énigmatiques personnages de Sainte-Engrâce...

Il y avait ensuite les faits : la disparition de Jules et Claire, celles de Malthus et de Lou, la mort de Colette – peut-être assassinée, selon Michel –, la voiture dont elle avait perdu le contrôle, la maison qui s'était effondrée sur sa tête. À cela s'ajoutaient des questions non résolues : Quel était le rôle de Malthus ? Pourquoi avait-il souhaité qu'ils enquêtent ? Pourquoi les avait-il orientés sur certaines personnes ? La même chose pour Colette ? Que savait-elle exactement qui lui faisait si peur et lui avait peut-être coûté la vie ? Qui la surveillait ? Pourquoi, aussi, à Sainte-Engrâce, cette curieuse sensation de se trouver « ailleurs » ? Pourquoi, enfin, la plupart de ses interlocuteurs avaient-ils les yeux d'un bleu identique ?

Elle se remémora également d'autres épisodes la concernant directement : l'impression d'être très surveillée... L'appel téléphonique menaçant au restaurant de Licq Atherey... Son esprit dominé chez Cardec et Eygun, parfois lors de son sommeil... Le parfum détecté chez Claire...

À Tardets, elle interrompit ses réflexions pour repérer la maison de Leroy et se faire recevoir. Ce ne serait sans doute pas facile vu qu'elle arrivait à l'improviste. Elle sourit, songeant qu'elle adoptait de plus en plus souvent les méthodes de Michel !

Elle se gara devant le seul café-tabac-épicerie du village et y entra. Une clochette retentit lorsqu'elle ferma la porte. Il n'y avait personne. Elle prit place sur un tabouret, devant le bar, et attendit. Ça fleurait la bonne cuisine, sans qu'il fût possible de deviner ce qui mijotait.

La patronne apparut quelques minutes plus tard, s'essuyant les mains sur son tablier. C'était une femme accorte d'une soixantaine d'années, au sourire sympathique.

— Ça sent drôlement bon ! remarqua Muriel. Qu'est-ce que vous préparez ?

— Un bœuf miroton ! Ma spécialité.

— Ce n'est pas de la région, ça ?

— Non ! Mais je suis d'origine bourguignonne...

Muriel commanda un café. Tandis que la femme s'affairait à la machine, elle reprit la conversation.

— Ça doit vous changer de votre région le Béarn, non ?

— Un peu... Mais je m'en fiche ! Je suis bien partout. De toute manière, je n'ai pas eu le choix. Je suis tombée amoureuse d'un gars d'ici.

Elle posa la tasse devant Muriel et poussa le sucrier vers elle.

— Et vous, ma petite dame ? Que faites-vous dans ce coin perdu ? Vous n'êtes pas d'ici ?

— Non, je viens de Toulouse.

— Une bien belle ville ! J'y suis allée dans le temps et j'en ai gardé un bon souvenir. Mais dame, ça a dû changer depuis... Alors, en balade dans la région ?

— Non ! Non ! Je fais des recherches, répondit Muriel en se servant de sucre. À ce propos, je voudrais rencontrer M. Leroy. On m'a dit qu'il habitait ici.

La femme la dévisagea d'un regard soudain plus hostile.

— Ça, pour habiter ici, il y habite ! Mais qu'est-ce que vous pouvez bien vouloir à ce drôle ?

— Pourquoi ? Il est fou ?

— Ça se pourrait bien, répondit la femme, l'air entendu. Un gars qui ne sort jamais de chez lui et qui ne reçoit pas non plus, c'est bizarre, non ? Comment il se nourrit ? S'habille ? Hein ? Moi, je vous le dis, il n'est pas très catholique, ce type-là.

— Vous l'avez déjà vu ?

— Une fois, il y a pas mal de temps. Mais je me passe

bien de le revoir. Il fait peur, je vous préviens ! En tout cas, c'est la première fois que je vois quelqu'un demander après lui. Vous êtes de sa famille ?

— Non ! se récria Muriel. J'ai simplement besoin de l'interroger dans le cadre de mes recherches. C'est un spécialiste des cathares.

La femme hocha la tête et se servit un verre de bière qu'elle blanchit avec un peu de limonade.

— Si je me doutais qu'il avait des connaissances celui-là, marmonna-t-elle. Les cathares... C'est quoi d'ailleurs, ça ?

— Des religieux hérétiques qui ont été pourchassés et exterminés au XIIIe siècle. Montségur, ça vous dit quelque chose ?

— Ma foi non, répondit la femme en éclatant de rire. Pour tout dire, je m'en fiche. Le savoir ne me rendra pas plus intelligente, hein ?

— C'est vrai que ce n'est pas essentiel pour vivre heureux, temporisa Muriel avec le sourire. Enfin en ce qui me concerne, c'est mon travail.

— Je comprends. Pour aller chez lui, c'est simple. Il habite la dernière maison du village, à droite, juste après le calvaire. Vous verrez, elle est en contrebas, pas loin de la rivière.

Muriel avala son café d'un trait et paya.

En sortant, elle jeta un œil sur le gros titre du journal local, disposé sur le présentoir. Il allait encore pleuvoir toute la semaine... On craignait des inondations. Cela lui ficha un sacré bourdon.

Dans sa voiture, elle essaya à nouveau de joindre Michel. Elle lui laissa un message, indiquant qu'elle se trouvait à Tardets et allait rendre visite à Leroy. Elle lui donna rendez-vous à l'hôtel, laissant échapper qu'elle serait heureuse de passer une soirée tranquille en sa compagnie. Après avoir raccroché, elle regretta cette invite. Elle exprimait un désir qu'elle était incapable d'assumer. Ce n'était pas honnête.

Puisqu'il était inutile de s'acharner sur la pédale de frein, Michel rétrograda de deux vitesses, faisant hurler le moteur, puis tira à fond le frein à main. Certes, la voiture ne s'arrêta pas, mais elle roulait nettement moins vite.

Au cours de sa manœuvre, un camion qui le suivait faillit l'emboutir. Son conducteur le gratifia de plusieurs coups de klaxon assourdissants. Michel enclencha ses warnings, puis ouvrant la vitre, il lui fit signe de passer. L'autre, ivre de rage, le frôla littéralement en le doublant. Michel attendait une montée ou un dégagement pour y engager la voiture. Ainsi, elle finirait bien par s'arrêter toute seule.

L'occasion se présenta un peu plus loin. Un chemin de terre partait sur la droite. Michel l'emprunta. Une dizaine de mètres plus loin le véhicule stoppa après avoir bringuebalé sur des nids-de-poule remplis d'eau.

Furieux, encore sous le coup de la peur, Michel jaillit du véhicule et claqua la portière en jurant. Bon dieu ! Passait qu'on le fît tourner en bourrique ! Mais qu'on voulût le tuer, ça non ! Il ouvrit le capot, vérifia le moteur. Il n'eut pas à chercher longtemps. On avait sectionné l'arrivée du liquide de freinage !

La pluie redoublant d'intensité, il se réfugia dans l'habitacle et appela Muriel sur son portable. Évidemment, celui-ci était éteint ou inatteignable ! Il écouta néanmoins son message et raccrocha, irrité. Il se fichait qu'elle fût allée interroger un nouvel illuminé ! Elle aurait mieux fait de l'accompagner ! Au moins, il ne serait pas là, en carafe sous la pluie et au milieu de nulle part ! Soudain conscient de sa mauvaise foi, il interrompit sa diatribe. Muriel à ses côtés, il aurait surtout été beaucoup plus heureux.

Son portable à la main, le regard perdu au loin vers la campagne qu'il distinguait vaguement derrière la vitre ruisselante de pluie, il se trouvait ridicule, incompétent, médiocre. Lui, le flic parisien surdoué, soi-disant revenu de tout, se retrouvait planté sur un chemin boueux, en pleine montagne et au fond d'un cul-de-sac. Rien à dire ! Pour une enquête foirée, c'en était une !

Il finit par émerger de ses pensées moroses, et alluma une cigarette. Il n'allait pas passer sa vie ici ! Il devait bouger !

Michel appela d'abord Bertrand qu'il obtint sans difficulté. Celui-ci lui confirma qu'il avait convaincu le juge de Pau de lui accorder une délégation d'enquête sur l'affaire. Il n'aurait qu'à se mettre en contact avec lui pour les détails. Il lui recommanda aussi, avec humour, de boucler son dossier sans se mettre la gendarmerie à dos. Avec l'histoire des paillotes corses, ils étaient encore plus chatouilleux que d'ordinaire.

Michel lui demanda des nouvelles de sa femme et des enfants. Tout le monde allait très bien, on l'attendait à dîner quand il voulait. Bertrand ajouta, comme il le faisait traditionnellement, qu'il pourrait venir avec sa compagne du moment. Michel promit de s'inviter dès son retour... mais seul ! Ils se quittèrent sur quelques considérations concernant le temps plus que médiocre de ces dernières semaines... Apparemment, il pleuvait autant à Paris qu'à Pau.

Quand il eut raccroché, Michel se sentit mieux. Il sortit du véhicule et rejoignit la route, engoncé dans son imperméable. Il allait rentrer en stop à Oloron ! Une lubie, évidemment ! Mais qu'importait ! Ça lui faisait du bien ! Agissant ainsi, il avait l'impression de rajeunir, au moins de ne pas vieillir.

Une demi-heure plus tard, après quelques tentatives infructueuses, une voiture s'arrêta. La vitre s'ouvrit.

— Où allez-vous ? demanda le conducteur.

— À Oloron !

— C'est bon ! Montez ! J'y passe.

Michel grimpa en s'excusant de mouiller le siège. L'autre haussa les épaules. Il s'en fichait ! Étant VRP, c'était en quelque sorte une voiture de fonction ! Gentiment, il demanda à Michel ce qu'il lui arrivait. Ce dernier lui expliqua, sans entrer dans les détails.

Après avoir compati, l'autre alluma la radio. Il ne voulait en aucun cas rater les fameuses grosses têtes d'une station périphérique... Une fois en ville, le type déposa Michel devant l'hôtel.

— Ce fut un plaisir ! lança-t-il avant de redémarrer.

Michel se demanda s'il ne s'était pas moqué de lui. Mais non ! Ces quelques kilomètres effectués en compagnie d'une personne, même silencieuse, avaient dû interrompre agréablement sa solitude.

Dans sa chambre, il récapitula son programme : prendre une douche, avaler un sandwich, régler son problème de voiture, voir Seignolles et filer à Pau interroger Paul. Comme il était déjà 13 heures, il n'avait plus une minute à perdre.

Muriel stoppa devant la demeure de Leroy. Le mot n'était pas usurpé. Il s'agissait d'une sorte de manoir, assez ancien. La façade, imposante, comprenait une dizaine de fenêtres à linteaux. L'entrée imitait celle d'un château fort. C'était très laid mais on pouvait supposer qu'il s'agissait d'un clin d'œil du propriétaire. Ici et là, quelques gargouilles aux rictus agressifs semblaient jaillir des murs. Elles étaient reliées entre elles par des signes et inscriptions obscurs sculptés dans la pierre, que Muriel ne réussit pas à interpréter. Il s'agissait sans doute de signes cabalistiques destinés aux initiés. Quelques-uns d'entre eux lui rappelaient ceux qu'elle avait vus au château de Nicolas Flamel, le fameux alchimiste.

Elle arrêta le moteur et descendit de voiture. Lorsqu'elle fut au pied de la façade, elle l'observa plus attentivement. Elle ne s'était pas trompée. Il s'agissait bien de figures de Nicolas Flamel auxquelles se mêlaient des représentations de chevaliers templiers. Une phrase courait sur toute la largeur du mur : « *Non nobis domine, non nobis, Sed nominituo da Gloriam* », ce qui signifiait : « Non pour nous seigneur, non pour nous mais pour ta gloire... »

Muriel s'avança vers la porte, intriguée par cette filiation entre les templiers et Flamel. Puis, elle songea que ces deux traditions étaient relativement proches. En effet, les maîtres templiers Jacques de Molay et Geoffroy de Charnay avaient été mis à mort sur l'ordre de Philippe le Bel en 1312, soit peu de temps avant la naissance de Nicolas Flamel aux environs de 1330.

Elle s'annonça en actionnant une poignée ancienne qui fit résonner une lointaine clochette. Quelques minutes passèrent, d'autant plus longues pour Muriel qu'elle avait la désagréable impression d'être observée.

Le silence profond régnant alentour lui mettait les nerfs en pelote. Le moindre bruit la faisait sursauter. Une fois même, elle se retourna vivement, croyant deviner une présence dans son dos. Elle dut même se convaincre fermement que les gargouilles ne ricanaient pas pour de bon ! Enfin, il y eut un grésillement venant d'un interphone, scellé dans le mur et dissimulé par un fin grillage.

— Que voulez-vous ? demanda quelqu'un d'une voix grave et posée.

— Je voudrais parler à M. Leroy...

— C'est moi.

Muriel expliqua alors qu'elle entreprenait une étude sur les cathares et qu'elle souhaitait le rencontrer, tant sa réputation était grande à ce sujet. Il y eut alors un silence, puis la porte s'ouvrit. Muriel hésita un instant.

— Allez, mademoiselle ! lui lança son mystérieux interlocuteur par l'interphone. N'ayez crainte ! Je ne peux faire autrement. Je suis paralysé.

Muriel avança de quelques pas dans l'entrée. La porte claqua dans son dos.

— Je me trouve dans une pièce, au fond du couloir qui vous fait face, reprit l'homme invisible par l'intermédiaire d'un second émetteur.

Alors qu'elle s'engageait dans le corridor éclairé par

quelques spots de faible intensité, une porte à glissière, dissimulée dans le mur, se ferma derrière elle. Simultanément, une autre s'ouvrit, à l'extrémité du couloir.

Muriel déboucha dans une pièce gigantesque, sans aucune fenêtre. Les murs, très hauts, supportaient d'innombrables rayonnages de livres anciens. C'était impressionnant, mais étouffant.

Assis derrière son bureau, l'homme la fit approcher. Curieusement, son visage était dénué d'expression, comme s'il se fût agi d'un masque de cire. Il était impossible de lui donner un âge. Seul son regard, bleu délavé, semblait exprimer un peu de vie.

Prenant place dans un fauteuil, face au bureau, Muriel se sentit soudain sereine. Sa quiétude s'accentua encore davantage lorsqu'elle dévisagea son interlocuteur. Elle n'était pas certaine qu'il fût vivant. Tout au moins, au sens où les humains l'entendent... C'était un homme, sans l'être vraiment. Une sorte de compromis d'humanité et d'autre chose, indéfinissable, inconnu. Elle concevait qu'il eût pu ficher la frousse à l'épicière. Elle-même n'en menait pas large.

Soudain, son bien-être s'amplifiant, elle comprit qu'elle venait de tomber sous sa domination psychique. Mais il était trop tard pour réagir ! Elle ne pouvait plus ni bouger ni parler ! Elle le vit se lever, sans effort, faire le tour du bureau et s'approcher d'elle. Puis, hypnotisée par son regard, elle plongea dans une sorte de profond sommeil éveillé. C'était indéfinissable. Elle dormait, voyant tout ce qui se passait, les personnes qui apparaissaient dans la pièce... Elle en reconnaissait certaines, en découvrait d'autres... Enfin, elle comprenait !

En même temps, elle eut la conviction que cela n'avait plus aucune importance. D'une certaine manière, elle était déjà morte ! Fermant les yeux, elle se fondit alors dans une sorte de vide absolu.

Michel, dans sa voiture de location, prit la direction de la gendarmerie, où Seignolles l'attendait. Il l'avait appelé de l'hôtel. Décidé à lui faire totalement confiance, il lui avait expliqué tout ce qui venait d'arriver : sa rencontre avec Lou, la fuite de celle-ci, l'agression dont il avait été victime...

Le brigadier lui avait alors demandé de venir le rejoindre, suggérant qu'ils avaient désormais tout intérêt à travailler ensemble. En effet, de son côté, ça bougeait aussi ! Michel en avait éprouvé quelque réconfort, se sentant moins seul et moins inopérant.

Lorsqu'il se présenta au guichet, le planton lui indiqua qu'il devait se rendre directement chez le capitaine Massard qui l'attendait en compagnie du brigadier. Cette situation convenait parfaitement à Michel. En effet, il avait pas mal de questions à lui poser.

Quand il pénétra dans la pièce, il comprit au regard glacé de Massard qu'il n'était pas le bienvenu. Assis derrière son bureau, celui-ci ne se leva même pas pour le saluer. À l'inverse, Seignolles vint au devant de lui et lui serra la main.

— Alors ? commença Massard d'un ton rogue. J'apprends par télex que vous avez obtenu une délégation pour enquêter au nom de la PJ.

— C'est exact ! répliqua sèchement Michel.

Massard fit une moue de dédain.

— Ça ne change pas chez vous ! On prend toujours les gendarmes pour des cons.

— Je vous en prie ! répondit Michel, excédé. Arrêtez vos conneries ! J'ai le plus grand respect pour votre travail. Je souhaite simplement aboutir en collaborant loyalement avec vous.

— J'en prends note, fit Massard, soudain radouci. Que savez-vous que nous ne sachions déjà ?

Michel s'assit. Seignolles lui adressa un sourire encourageant.

— Pas grand-chose de tangible, c'est vrai. Mais j'ai beaucoup de questions...

Il énuméra alors celles qui lui venaient à l'esprit, passant toutefois sous silence quelques épisodes comme la disparition de Malthus, sa rencontre avec Lou ou encore sa fouille des habitations de Claire et Jules. L'exercice était délicat. S'il savait Seignolles au courant d'à peu près tout, puisqu'il l'avait lui-même informé, il ignorait totalement ce que connaissait Massard.

Poursuivant son exposé, il s'interrogea sur les rôles respectifs de Malthus et de Paul Conan, soulignant les incohérences qu'il avait relevées chez eux. Il fit également une allusion aux dossiers de gendarmerie qui lui paraissaient bien maigres. Enfin, il en vint à Colette, regrettant qu'on n'eût pas requis une autopsie au moment où il l'avait suggérée. Mais, ajouta-t-il, il n'était pas trop tard.

Massard le fixait de ses yeux malins, cherchant apparemment à démêler la part de vrai et de faux dans les propos de Michel.

Après un silence assez long et pesant, il prit la parole :

— Je n'ai pas demandé d'autopsie parce que je suis certain qu'il s'agit d'un accident. Nous avons assez de cas d'homicides à traiter pour ne pas en rajouter.

— Ce n'est pas un accident, affirma calmement Michel, mais un crime maquillé.

— Pourquoi êtes-vous si sûr de vous ?

Michel expliqua alors la disparition de l'alliance.

— C'est tout ! s'exclama Massard. C'est peu, non ? Qu'en pensez-vous, Seignolles ?

Le brigadier demeura de glace.

— Qui ne dit mot, consent ! conclut-il, manifestement perturbé par l'attitude de son subordonné.

Il ajouta en se levant :

— Après tout, je m'en fous ! Faites comme bon vous semble. Seignolles ? Prenez les initiatives que vous jugerez nécessaires.

Ce renoncement subit étonna Michel, qui n'en laissa rien paraître. Satisfait du quitus qu'il venait d'obtenir si facilement, il prit congé et proposa à Seignolles de poursuivre la conversation dans son propre bureau.

— Cela libérera le commandant qui doit être fort occupé, conclut-il.

Dehors, Seignolles gloussa.

— Je crois que vous l'avez mis de méchante humeur !

— Il l'a cherché, non ? Il n'est pas spécialement coopératif.

— C'est vrai. En fait, je crois qu'il est de l'ancienne école et n'aime pas trop les flics... Lui, c'est l'armée sa patrie...

Michel ne fit aucun commentaire. Cependant, il n'en pensait pas moins. Surtout, il ne le trouvait pas franc du collier. Lorsqu'ils furent installés, Seignolles proposa un café à Michel qui l'accepta.

— Alors, demanda-t-il, que comptez-vous faire ? Comment souhaitez-vous que nous procédions ?

Michel sourit.

— Je veux résoudre cette affaire et le plus vite possible...

— Dans ce cas, précisez-moi ce que vous savez...

— Pas grand-chose de plus que ce que je vous ai déjà raconté. En revanche, je viens de vivre quelques moments un peu particuliers.

Il narra alors son passage chez Lou, la découverte de la photo, qu'il montra à Seignolles, la fuite de la jeune fille, et enfin son étrange « panne »...

— Dites donc, ça s'accélère ! Il faudrait peut-être agir, non ?

— C'est ce que j'allais vous proposer. Je crois qu'il serait bon de lancer un avis de recherche sur la petite et de questionner Paul, ensemble. Qu'en pensez-vous ?

— Je suis d'accord. Quelle est votre hypothèse en ce qui le concerne ?

— Il a été l'amant de Colette. Peut-être est-il le père de Lou, ce qui signifierait que Jules et elle sont demi-frère et sœur. Colette est morte. Peut-être a-t-elle été assassinée ? Lou et Jules se sont envolés. Cela fait beaucoup pour un seul homme. Dire qu'il est au centre de cette histoire serait un euphémisme. Vous comprenez pourquoi je tiens à l'interroger.

— OK. Je m'occupe immédiatement de l'avis de recherche et nous fonçons chez lui !

Lorsqu'il eut quitté le bureau, Michel appela Muriel. Il tomba à nouveau sur la messagerie. Par acquit de conscience, il téléphona à l'hôtel mais le patron lui répondit qu'elle n'était pas repassée. Michel ne s'inquiéta pas. Sans doute se trouvait-elle encore chez Leroy en train d'évoquer des « cathares volants »...

Seignolles revint au moment où il raccrochait.

— Ça y est, j'ai fait le nécessaire.

— Vous avez revu Massard ? demanda Michel.

— Non ! Je voulais l'informer qu'on y allait, mais sa secrétaire m'a précisé qu'il venait de partir.

Ils décidèrent de prendre la voiture de Michel afin de rester ensemble, puis ils se mirent en route.

Les deux enquêteurs rejoignirent en une demi-heure le centre de Pau, juste le temps d'échanger quelques considérations sur l'affaire.

Comme Michel, Seignolles était totalement réfractaire à l'ésotérisme. Il considérait que le trésor des Maures était une élucubration de pseudo-scientifiques. Pour toute enquête, il ne s'intéressait qu'aux faits avérés. D'après lui, il n'existait pas de mystère chez l'homme, plutôt une part d'ombre peu avouable, et donc dissimulée. Au sujet des disparitions de Jules et Claire et des rôles respectifs de Paul, Lou et Colette, les deux hommes avaient vainement tenté d'ébaucher une théorie. Mais les explications de Paul étaient indispensables.

Lorsqu'ils arrivèrent dans l'immeuble, ils montèrent directement chez lui et sonnèrent. Il n'y eut aucune réponse. N'ayant pas prévenu, ils ne s'en étonnèrent pas outre mesure. Michel proposa alors de grimper voir sa femme. Celle-ci leur ouvrit aussitôt.

— Tiens ! Les flics ! lança-t-elle avec une certaine morgue. J'ai commis une infraction au code de la route ?

Seignolles la salua.

— Non, madame, répondit-il avec une courtoisie excessive, voilà bien longtemps qu'on ne se déplace plus pour ce genre de vétilles. Nous cherchons simplement à rencontrer votre mari ! Peut-être pourriez-vous nous indiquer où il se trouve ?

Elle se tourna vers Michel, un sourire ironique au coin des lèvres.

— Alors ? On a perdu le contrôle des opérations ?

— Au contraire ! rétorqua-t-il sèchement, j'associe l'armée à mes recherches !

— À ce rythme-là, on ne va pas tarder à remettre la main sur Jules et...

— Sans doute, l'interrompit Seignolles, légèrement excédé. Enfin, pour l'instant, c'est votre mari qui nous intéresse.

— Je comprends... Écoutez ! Je ne suis plus au courant de ce qu'il fait depuis belle lurette. Mais il se trouve que je l'ai croisé hier soir dans l'escalier. Il partait pour quelques jours, m'a-t-il dit.

— Il vous a précisé l'endroit ?

— Non !

— Vous n'en avez aucune idée ?

— Pas la moindre. Ce sera tout ?

— Oui ! répondit Michel. Merci de votre collaboration.

— Je vous en prie, répliqua-t-elle en refermant la porte.

Son sourire en coin n'avait pas échappé à Michel. Sans doute avait-elle menti ? Mais comment aurait-il pu la forcer à parler ? *A priori*, elle n'était coupable de rien.

Les deux hommes descendirent en silence. Ils firent une halte sur le perron, aussi indécis l'un que l'autre.

— Que fait-on ? questionna Seignolles.

— Je n'en sais fichtre rien ! Si ça continue, ils vont tous finir par s'évanouir dans la nature.

— Vous avez raison, mais en ce qui le concerne, nous

disposons de présomptions qui autorisent à le rechercher activement. Je propose qu'on demande au juge de délivrer un mandat à son encontre.

— C'est une bonne idée... Il me semble toutefois que nous devons encore agir plus discrètement.

— Pourquoi ? Vous le soupçonnez, non ?

— Vous avez raison... Allons-y !

Une fois dans la voiture, Michel tenta d'appeler Muriel sur son portable et à l'hôtel. Comme il était près de 15 heures, il commença à s'inquiéter et s'en ouvrit à Seignolles.

Le brigadier esquissa un sourire.

— Vous avez raison de ne pas être tranquille, s'écria-t-il. Il me semble qu'elle a souvent la malencontreuse idée de se fourrer dans des situations inconfortables.

Ces mots suscitèrent une forte angoisse chez Michel. Bon dieu ! Normalement, elle était chez ce Leroy depuis la fin de la matinée ! Cela faisait beaucoup ! Beaucoup trop, à son goût !

— Son silence me préoccupe, avoua-t-il. Je vais aller faire un tour chez ce Leroy.

— Ça vous ennuie que je vous accompagne ?

— Au contraire. Ça me rassure plutôt !

Sur ces mots, ils prirent la route de Tardets. Durant le trajet, Seignolles passa plusieurs coups de fil. Il appela d'abord la gendarmerie pour avoir l'adresse exacte de Leroy. Ensuite, il téléphona au juge d'instruction et à ses collègues pour qu'un mandat fût lancé à l'encontre de Paul.

— Au moins, avec vous, ça ne traîne pas ! le félicita Michel.

— Je suis énervé, répondit le brigadier, d'un ton laconique, je n'aime pas être pris pour un con !

Michel approuva d'un hochement de tête.

— Moi non plus ! À ce propos, vous m'avez tout dit ?

— Comment ça ? s'étonna Seignolles.

— Vous n'avez pas l'impression d'avoir été baladé ?

— Par qui ?

— Allons, Olivier ! Ne faites pas l'imbécile ! s'exclama Michel d'un air complice.

Seignolles échangea un sourire avec lui. Ils s'étaient compris.

17

Grâce aux indications fournies par le fichier de la gendarmerie, ils trouvèrent facilement la demeure de Leroy. Pénétrant dans la propriété, Michel poussa un soupir de soulagement : la voiture de Muriel était là !

— Ah la vache ! s'exclama-t-il en coupant le moteur, je ne savais pas qu'il y avait tant à raconter sur les cathares !

— C'est ça, les femmes ! ironisa Seignolles, ça cause, ça ne voit pas le temps passer !

Michel se dirigea vers la porte d'entrée du manoir, jetant un œil amusé sur les inscriptions de la façade. Encore l'un de ces doux dingues qu'elle affectionne tant ! songea-t-il.

Il sonna. Seignolles le rejoignit.

— Ça ne répond pas ?

— Non ! répliqua Michel à nouveau inquiet.

Il l'était d'autant plus que le silence environnant le troublait. Il ne lui semblait pas normal. Alentour, tout paraissait immobile. Comme si la nature exprimait quelque hostilité à leur égard. C'était perturbant, agaçant même.

Après plusieurs sonneries infructueuses, Michel et Seignolles firent le tour de la maison. Les quelques rares fenêtres à hauteur d'homme étaient toutes protégées par des grilles en fer forgé. Celles des étages avaient leurs volets clos.

— En voilà un qui craint les voleurs ! remarqua Seignolles.

Michel ne broncha pas. Le silence, quasi menaçant, cette demeure isolée, la voiture de Muriel comme abandonnée, tout accentuait son malaise.

Devant la façade, Michel examina plus attentivement le mur et les ouvertures. Sans résultat. Il n'y avait aucune chance de pénétrer à l'intérieur. Pendant ce temps-là, Seignolles allait et venait avec précaution dans la cour encore boueuse à cause des pluies récentes.

— Venez voir, dit-il à Michel, il y a quelque chose de bizarre, ici.

— Quoi donc ? demanda celui-ci en s'approchant.

— Regardez ces marques de pneus. Récemment, plusieurs voitures ont manœuvré ici !

— OK ! Et alors ?

— Alors rien !

Désemparé, Michel s'assit sur une marche de l'escalier menant au perron de la maison et alluma une cigarette. L'angoisse le gagnait, la colère aussi. Les mêmes questions revenaient, lancinantes. Qu'est-ce que Muriel avait fabriqué durant tout ce temps ? Où était-elle en ce moment ? Comment pouvait-il la retrouver ?

Seignolles proposa une explication.

— Si ça se trouve, elle s'est rendue quelque part avec ce type. Voir un château ? Chercher de la doc ? Ce que je sais ! Et elle va revenir bientôt.

— Je n'y crois pas, fit Michel. Dans ce cas, elle m'aurait laissé un message ! Non ! Il faut qu'on rentre là-dedans ! ajouta-t-il, désignant la maison.

— Vous n'y pensez pas ! Nous n'avons aucun mandat et jusqu'à plus ample information, ce Leroy n'est coupable de rien !

— Soit ! reconnut Michel, mais la voiture de Muriel

est là, et pas elle ! Je préfère envisager le pire, quitte à me tromper ! Peut-être est-elle en train de croupir à l'intérieur !

— J'admets que tout cela est troublant, mais rien ne nous autorise à violer ce domicile. Vous savez aussi bien que moi ce que cela nous vaudrait au cas où Leroy n'aurait rien à se reprocher.

— Je m'en fiche ! s'exclama Michel en gagnant la porte d'entrée. Nous perdons du temps, alors que Muriel a peut-être besoin d'aide.

— Pourquoi pensez-vous qu'elle est en danger ?

— Mon intuition me le dit. Ça suffit !

Il étudia alors minutieusement la porte et le chambranle, puis abandonna son projet.

— Putain de merde ! s'écria-t-il, il faudrait quasiment des explosifs pour entrer là-dedans !

Soudain, alors qu'il redescendait les marches, son portable se mit à sonner. Il décrocha.

— Allô ?

— C'est Lou ! Venez vite... Ils sont devenus fous !

— Où ça ? cria Michel malgré lui.

— À Sainte-Engrâce dans les...

— Allô ! Allô !

Il perçut alors un brouhaha, semblable à celui d'une lutte. Aux cris et aux invectives qu'il entendait, Michel comprit qu'on essayait d'arracher le téléphone des mains de la petite.

— Salope ! lança un homme.

Lou cria, puis ce fut le silence.

— Qu'est-ce qui se passe ? questionna Seignolles, frappé par la mine défaite de Michel.

— Lou ! répondit celui-ci en se précipitant vers la voiture. Elle appelait au secours de Sainte-Engrâce. Vite ! Il faut qu'on file là-haut !

Une fois sur la départementale, Michel fonça vers le village, situé à quelques kilomètres. En même temps, il demanda à Seignolles de vérifier le numéro d'appel sur le portable pour voir s'il s'agissait de Muriel. Malheureusement, celui-ci ne s'inscrivit pas sur l'écran.

— Où devons-nous aller, là haut ? se renseigna le brigadier. Elle vous a donné une indication ?

— Non ! Seulement à les... L'é... Lai... Je ne sais pas !

La route déserte, Michel accélérait à son aise, coupait les virages, poussant le moteur à l'extrême limite de ses possibilités. Concentré sur sa conduite, il n'en pensait pas moins à Muriel, certainement en danger. Tout cela était de sa faute ! Il aurait dû suivre son intuition ! Admettre que cette enquête recelait une part de risque et qu'il n'avait pas le droit d'y exposer la jeune femme !

Lorsqu'ils arrivèrent, le ciel s'était encore obscurci. De sombres nuages filaient dans le ciel, poussés par un vent d'altitude assez violent. La pluie s'était remise à tomber dru.

Michel se gara devant l'église, à côté d'autres voitures dont la présence lui parut insolite.

— Allons d'abord chez Malthus ! proposa-t-il à Seignolles en jaillissant du véhicule. Peut-être est-il là ?

Il sonna puis tambourina à la porte, sans cesser d'appeler. Peine perdue ! Comme il s'y attendait, il n'obtint aucune réponse.

— Allons frapper chez les autres ! suggéra Seignolles. On y trouvera bien quelqu'un susceptible de nous renseigner.

Remontant la rue, ils cognèrent aux portes des autres habitations, ainsi qu'à celles de l'auberge et de la mairie. Chaque fois, elles demeuraient closes. Personne ne se manifestait.

— Merde ! s'exclama Michel. Il y a quand même bien quelqu'un dans ce fichu patelin !

— En tout cas, ça ne saute pas aux yeux ! fit Seignolles. On dirait vraiment que le village est abandonné.

Michel jeta un œil aux cheminées. Cette fois-ci, aucun filet de fumée ne s'en échappait. Toutes les maisons paraissaient désespérément vides. Trempés, les deux hommes revinrent sur leurs pas. Michel essayait de comprendre. Comment ce village pouvait-il avoir été vidé de ses habitants ? Quelle en était la raison ? Où pouvaient-ils être passés ? Il s'en ouvrit à Seignolles qui était tout aussi perplexe.

Les deux hommes s'approchèrent des véhicules stationnés devant l'église.

— Curieux, tout de même, nota Michel. Il y a davantage de voitures dans ce village que d'habitants !

— Oui, d'ailleurs c'est tellement étonnant, ajouta Seignolles en ouvrant son portable, que je vais appeler la gendarmerie pour obtenir le nom des propriétaires. Qui sait, cela nous donnera peut-être une piste ?

Tandis qu'il téléphonait, Michel les examina attentivement. Toutes présentaient des traces de boue sur leur carrosserie et leurs pneus. Bien que la déduction lui parût un peu hâtive, il se dit qu'elles pouvaient être passées chez Leroy.

Michel fit quelques pas en attendant que Seignolles eût obtenu les renseignements. La pluie avait mouillé sa veste. Parfois, une goutte s'infiltrait dans son col et coulait le long de son dos, ce qui l'agaçait.

Observant autour de lui, il trouva l'endroit encore plus lugubre que la première fois. Plus rien ne correspondait aux souvenirs qu'il conservait du temps où il faisait de la montagne ici. Plus rien ! C'était isolé, inquiétant, sinistre...

Ses yeux se posèrent sur le clocher de l'église où il aperçut à nouveau un rapace, sans doute un aigle, se tenant sur un bras de la croix. Stupidement, il en conçut une inquiétude supplémentaire. Ce ne pouvait être qu'un oiseau de mauvais augure ! Il était d'autant plus énervé qu'il n'avait aucune idée de ce qu'il devait faire.

Il fut tiré de ses pensées par Seignolles qui s'approchait, la mine réjouie.

— Incroyable ! D'après les plaques minéralogiques,

ces voitures appartiennent chacune à des gens qu'on connaît...

— Qui ça ?

— L'Alfa est à Paul Conan, la Passat à Cardec, la R 25 à Melchior, et enfin la vieille 403 à Tarade. Curieux, non ? Ça ressemble fichtrement à un rassemblement.

— OK ! Mais où sont-ils ? Ils ne se sont tout de même pas évaporés !

— Peut-être sont-ils allés faire une balade en montagne ?

— Par ce temps ? Vous rigolez !

Soudain, ils perçurent un bruit sourd, mais violent provenant de l'église. Les deux hommes se précipitèrent. Après avoir traversé le cimetière, ils pénétrèrent dans la nef, plongée dans l'obscurité. Le froid y était intense, le silence profond.

— À votre avis, c'était quoi ce bruit ? demanda Seignolles.

— Je l'ignore. On aurait dit une lourde porte qu'on referme !

Avec leurs briquets respectifs, ils cherchèrent un interrupteur. Seignolles le repéra au-dessus du bénitier. Ils l'actionnèrent. Une ampoule de faible intensité s'alluma sur la gauche, éclairant un texte consacré à Sainte-Engrâce. Cette vague lueur ne suffisait pas pour voir jusqu'au fond de l'église.

Grâce à la flamme vacillante de leur briquet, les deux hommes s'arrêtèrent devant la grille entrouverte, séparant le chœur de la nef. Ils poussèrent le battant, provoquant ainsi un grincement sinistre amplifié par l'écho. Après le tour du chœur où trônait un autel en pierre aux formes épurées, ils revinrent à leur point de départ.

Par curiosité, Seignolles s'accroupit et éclaira le sol.

— Tenez ! Regardez cette dalle mortuaire ! s'exclama-t-il. Elle est curieuse, non ?

Michel l'examina. Il s'agissait d'une grande pierre

plate, polie par le va-et-vient des fidèles. Subsistaient quelques traces d'un texte latin qui y avait été gravé.

— Une tombe ? suggéra Michel.

— À l'origine, sans doute ! répondit Seignolles. Mais regardez. D'habitude, ces dalles sont scellées. Or celle-ci ne l'est pas du tout ! Ses bords sont même très dégagés. Un peu comme si elle était amovible.

— Vous voulez dire que ce pourrait être l'entrée d'une trappe ?

Seignolles se redressa.

— Je n'en sais rien. Je trouve ça bizarre, c'est tout !

Michel se releva à son tour.

— Quoi qu'il en soit, vu les dimensions de la pierre et son épaisseur probable, je vois mal comment on pourrait la soulever.

Seignolles promena la flamme de son briquet le long du mur, refaisant ainsi le tour du chœur.

— Peut-être existe-t-il un truc pour l'actionner ? Une manette, un poussoir, une pierre amovible, que sais-je ?

Avec précaution, chacun d'eux se mit à explorer minutieusement les lieux, en quête d'un détail insolite, d'une anomalie... En vain ! Qui plus est, les briquets devenus brûlants ne leur permettaient plus une observation prolongée.

Michel se dirigea vers la sortie.

— Chou blanc ! s'exclama-t-il avec amertume. Il va falloir prendre le problème autrement. Et vite !

Seignolles avait choisi d'explorer le fond de l'église, toujours à l'aide de son feu. Dans la lueur dansante de la flamme, les représentations sculptées du chemin de croix paraissaient presque animées. À un moment, il buta contre une chaise renversée sur le sol. Scrutant l'obscurité, il en distingua d'autres en grand désordre. Plus il avançait, plus le froid était intense.

Soudain, son pied rencontra un objet qui glissa sur le sol. Il le ramassa.

— Un portable !

Rappliquant aussitôt, Michel le lui arracha quasiment des mains.

— Bon dieu ! C'est celui de Muriel !

Le cœur battant, ils promenaient leurs briquets autour d'eux, espérant découvrir la jeune femme, lorsqu'ils perçurent un gémissement. Cela provenait d'un peu plus loin. Avançant prudemment, ils butèrent bientôt contre le mur du fond. Pourtant, ils entendaient d'autres plaintes, étouffées mais proches.

Plusieurs fois, ils longèrent le mur à tâtons, sans rien trouver. Enfin, apercevant un gisant derrière l'amas de chaises, ils comprirent. Quelqu'un était enfermé dedans ! Comme le couvercle de pierre avait été remis en place, ils unirent leurs forces pour le déplacer. Lorsque l'ouverture fut suffisante, ils éclairèrent l'intérieur. C'était Lou, recroquevillée sur elle-même, la tête en sang, grelottante.

— Vite ! murmura-t-elle avant de sombrer dans l'inconscience. Il faut les arrêter... Ils...

L'ayant extraite de sa prison de pierre, les deux hommes s'apprêtaient à la transporter dehors, quand un grondement lointain se fit entendre, de plus en plus distinctement. Bientôt, le sol se mit à trembler. Violemment secouée, l'église semblait sur le point de s'effondrer.

Michel et Seignolles se précipitèrent vers la sortie, portant le corps inerte de Lou. Toutefois, le temps d'aller dehors, le vacarme avait cessé. C'était à nouveau silencieux.

Ils allongèrent Lou sous l'auvent, à l'abri de la pluie et l'enveloppèrent le mieux qu'ils purent dans leurs vestes. Seignolles appela la gendarmerie et demanda Massard. Étonné d'apprendre que le commandant était toujours absent, il relata les derniers événements à son interlocuteur. Puis, il ordonna qu'on lui dépêchât un hélicoptère de sauvetage en montagne avec une équipe médicale et deux sauveteurs. Enfin, d'autres renforts devaient rejoindre Sainte-Engrâce par la route. Il raccrocha.

— Ce serait mieux de mettre la petite à l'abri, suggéra-t-il.

Michel proposa de l'installer chez Malthus. Au moins, ils pourraient l'allonger sur un divan, disposer d'eau et faire un feu ! Ils la portèrent jusqu'à l'entrée de la maison. Il fallait se dépêcher. La pluie redoublait d'intensité, le vent se levait, des éclairs commençaient à zébrer le ciel. Un orage allait éclater. D'un coup de coude, Michel brisa la vitre, ouvrit la fenêtre et pénétra à l'intérieur. Une surprise l'y attendait : la maison avait été totalement vidée ! Au point de douter que quelqu'un y eût habité un jour !

Michel ouvrit pour que Seignolles pût entrer avec Lou. Celui-ci s'étonna à son tour.

— C'est là que Malthus habitait ?

— Oui, répliqua Michel. Encore récemment, en tout cas.

— Ça veut dire quoi ? Qu'il a fichu le camp ?

— Probablement !

Michel humecta un mouchoir au robinet de la cuisine afin de laver le visage ensanglanté de la gamine. Il ne comprenait plus rien ! À croire que Malthus avait voulu effacer toute trace de son existence ! Cette histoire n'avait plus aucun sens !

De retour au salon, il nettoya la plaie de Lou, au cuir chevelu. Visiblement, elle avait pris un coup violent sur la tête.

Subitement, celle-ci grimaça. Elle ouvrit les yeux. Son regard était éteint. Elle paraissait très faible, au bord de défaillir à nouveau. Michel et Seignolles lui souriaient en la réconfortant. Qu'elle ne s'inquiétât pas ! Les secours allaient arriver ! Bientôt, elle serait hors de danger.

Elle tenta alors de parler, mais aucun son ne sortit de sa bouche.

— Reste tranquille ! lui conseilla Michel avec douceur.

Soudain, elle ânonna quelques mots.

— Le Grand Étroit... Vite... Jules... Muriel...

— Qu'est-ce que tu veux dire ? s'inquiéta Michel en se penchant vers elle. C'est quoi le grand étroit ?

Lou ne répondit pas. Elle avait à nouveau perdu connaissance. Michel se redressa, lançant un regard désemparé à Seignolles.

— Si c'est ce que je pense, ajouta celui-ci, il s'agit d'un sommet sur le versant ouest des gorges de Kakouetta.

— Bon dieu ! Tout concorde !

— Mais encore ? demanda Seignolles qui avait du mal à suivre.

Michel lui raconta alors sa récente ascension en compagnie de Malthus et la manière dont elle s'était terminée.

— Vous auriez dû m'en parler ! lui reprocha Seignolles. On aurait entrepris des recherches !

— C'est vrai, reconnut Michel, il fallait pourtant que je sois totalement sûr de vous. Pendant longtemps, j'ai cru que je ne pourrais faire confiance à personne.

— Et alors ?

— Alors, je pense que là-bas, nous allons résoudre notre affaire.

— Pourquoi ?

— Parce que cela renvoie à ce fameux trésor des Maures...

Seignolles haussa les épaules, l'air navré.

— Mon dieu ! Vous n'allez pas vous y mettre, vous aussi ! Ce trésor n'a jamais existé, excepté dans la tête de quelques illuminés.

— Je le crois aussi... Mais peut-être s'agit-il de tout autre chose ? Je dois m'en assurer. Restez auprès de Lou. Moi, je fonce sur place...

Seignolles éclata de rire.

— Pour un ancien montagnard, vous n'êtes pas fortiche ! Vous voyez l'heure qu'il est ? Pour atteindre ce sommet, il faut au moins trois heures dans de bonnes conditions physiques et avec un temps ensoleillé. Sans compter que vous n'êtes pas équipé ! Non ! C'est une idiotie ! J'ai une meilleure idée. Faisons-nous déposer le plus près possible.

— Comment ça ? s'étonna Michel.

— Par l'hélicoptère, pardi !

Sur ces mots, il appela la gendarmerie d'Oloron. Massard étant toujours absent, il ordonna à son interlocuteur de se mettre en relation avec les équipes en route pour Sainte-Engrâce et leur demanda de communiquer ses instructions.

Quelques hommes iraient jusqu'au village, tandis que les autres, les plus expérimentés, s'arrêteraient au parking de Kakouetta et viendraient à leur rencontre par le GR.

Michel sortit sur le perron, guettant l'hélicoptère. La pluie s'était un peu calmée, mais le vent soufflait maintenant par rafales. Il était impatient de retrouver Muriel et que toute cette affaire cesse enfin...

— Vous êtes certain qu'ils vont pouvoir atterrir ? s'enquit Michel.

— Ils en ont vu d'autres ! Ça souffle parfois autrement plus fort lorsqu'ils vont récupérer des mecs sur les sommets !

Soudain, le vrombissement lointain des rotors fut perceptible et se rapprocha. Seignolles s'avança de quelques pas, indifférent à la pluie qui trempait sa chemise. Lorsque l'hélico fut en vue, il agita un bras pour que le pilote le repérât. L'engin prit alors de la hauteur, tournoya au-dessus de la maison, puis disparut derrière.

Michel et Seignolles se précipitèrent. Visiblement le pilote avait décidé de se poser dans le champ, ce qui représentait une petite prouesse, compte tenu de ses dimensions et du vent de travers ! L'hélico immobilisé, deux types s'en éjectèrent avec une civière, deux autres avec du matériel de secours. Ils accoururent à l'intérieur de la maison.

Tandis que le médecin et l'infirmier s'affairaient autour de Lou, Seignolles entraîna Michel vers l'hélico.

— On va discuter avec le pilote, dit-il, accompagnant ses propos d'un clin d'œil. C'est un as ! Il s'appelle Romain. Je le connais bien. À mon avis il sera d'accord pour nous jeter au passage.

Le jeune homme à l'allure décontractée avait déjà le visage tanné et strié de ridules profondes, laissant supposer qu'il devait passer le plus clair de son temps dehors. Après l'avoir salué, Seignolles lui présenta Michel. Ce dernier apprécia sa franche poignée de main et son sourire.

Le brigadier expliqua alors leur projet de monter au Grand Étroit et les raisons qui les poussaient à le faire. Romain écouta jusqu'à la fin, sans dire un mot puis éclata de rire.

— Tu n'es pas un peu marteau, non ? Le Grand Étroit ! Pourquoi pas au fond des gorges aussi, pendant que tu y es ! Tu as vu comme c'est fichu là-bas ? C'est raide, lisse, friable ! En plus, avec le vent qu'il fait, jamais je ne pourrai conserver mon assiette. Non ! Non ! C'est de la folie ! Je suis là pour sauver des gens pas pour les emmener au casse-pipe !

Voyant la tournure que prenait la conversation, Michel crut bon d'intervenir.

— Écoutez, je comprends vos réticences, mais il y a plusieurs personnes qui sont en danger... dont une amie proche.

Romain le dévisagea.

— Elle est jolie au moins ?

— Plus que cela, répliqua Michel, elle est belle.

— Dans ce cas, on y va ! J'en ai marre de m'envoyer en l'air tout seul !

Le médecin et l'infirmier ramenèrent Lou, désormais enveloppée dans une couverture d'amiante, et la hissèrent dans l'appareil. Au même moment, deux voitures de gendarmerie se garèrent devant la maison de Malthus.

Seignolles les rejoignit avec Michel. Les présentations

faites, le brigadier indiqua à ses collègues de faire le tour des habitations et d'interroger les éventuels occupants sur les dernières quarante-huit heures. Michel ajouta que tous les détails, y compris les plus anodins, devraient être soigneusement notés. On confirma à Michel et Seignolles que personne n'avait revu Massard. On n'avait pas pu le joindre, y compris chez lui.

Le brigadier échangea un regard perplexe avec Michel, puis recommanda aux hommes de le tenir informé par radio de toutes les découvertes qui pourraient être faites.

— Vous semblez soucieux, fit remarquer Michel.

— Oui... Je ne comprends pas où est passé Massard. Vous avez une idée ?

— J'en ai une... comme vous ! Je le crois mouillé.

Seignolles ne répondit rien, ce qui signifiait qu'il partageait son point de vue. Les deux hommes récupérèrent dans la maison de Malthus leurs vestes trempées, puis coururent jusqu'à l'appareil dont les pales commençaient à tourner.

— On se magne ! hurla Romain. Le temps va se gâter !

Effectivement, le vent n'avait pas faibli et la pluie redoublait. Plus loin, vers les gorges de Kakouetta, des éclairs zébraient le ciel chargé de nuages. Michel et Seignolles s'installèrent derrière Romain qui lançait les turbines.

— Toujours envie d'aller vous foutre dans ce merdier ? cria-t-il pour couvrir le bruit.

Ils acquiescèrent d'un hochement de tête et mirent leurs casques. Bientôt, la carlingue trembla, le vacarme s'amplifia, puis l'appareil commença à s'élever. Quand il eut atteint une altitude suffisante, Romain poussa alors les gaz et prit la direction des gorges.

— Ça ne va pas être de la tarte ! lança-t-il. On va en pleine tourmente !

— Arrête de nous la jouer ! lui rétorqua Seignolles, ce n'est pas la première fois !

— Ouais ! Mais ce n'est pas pour autant que j'aime ça !

Sur ces mots, il éclata d'un grand rire et piqua droit sur l'orage.

Tandis que l'appareil tanguait au gré du vent et des dépressions, les deux sauveteurs vinrent les rejoindre et se présentèrent. L'un s'appelait François, l'autre Christophe. Tous deux étaient guides de haute montagne. Ils travaillaient pour la sécurité civile et prêtaient souvent main-forte à la gendarmerie.

Ils demandèrent à Seignolles et Michel pourquoi ils tenaient tant à être déposés sur les pentes du Grand Étroit.

— On cherche une grotte ! précisa Michel.

Ils échangèrent un regard amusé.

— Une grotte ! s'exclama François, mais c'en est truffé, là-bas !

— Je sais ! Mais on doit le faire ! Une vie, voire plusieurs, en dépend !

— C'est de la folie, intervint Christophe. C'est une montagne super dangereuse ! En plus on ne va rien voir et on ne saura pas...

— C'est bon, l'interrompit Seignolles. Vous avez sans doute raison ! Mais il faut qu'on tente le coup quand même !

Renonçant à discuter davantage, Christophe expliqua alors quel serait le déroulement des opérations lorsqu'ils seraient parvenus au point de dépose. Lui descendrait en premier par le filin et le maintiendrait au sol pour permettre aux autres de s'y laisser glisser.

Michel et Seignolles approuvèrent, puis enfilèrent les gilets que leur tendit François.

— Que pensez-vous trouver au Grand Étroit ? demanda le brigadier à Michel tout en l'aidant à passer une manche.

— Je n'en sais rien ! Des fous furieux !

— Mais encore ?

— Je ne sais vraiment pas.

En fait, Michel éludait parce qu'aucune réponse ne lui paraissait acceptable. Refusant d'entrer dans les délires de Muriel autour des légendes du trésor des Maures et des Neuf Supérieurs Inconnus, il préférait s'intéresser aux rapports ayant pu exister entre Paul Conan, Colette et Lou, Jules, et enfin Claire.

Selon lui, c'était cela la clé du mystère, et rien d'autre. Le trésor des Maures, les extraterrestres, Nostradamus et les autres billevesées du même genre n'étaient que de la poudre aux yeux pour masquer un mélange nauséabond de haines, ressentiments, et échecs... Bref, l'un de ces brouets que les hommes savent servir tout au long de leur vie avec leurs ingrédients habituels, mensonges, lâcheté et imbécillité...

Quant à l'habillage de tout cela, il s'attendait à tout. Comme Muriel l'avait constaté durant son enquête, ces femmes et ces hommes n'avaient pas hésité à justifier leurs actes en se référant à de prétendues certitudes ésotériques. Cependant la réalité demeurait la même, toujours aussi triste. Des hommes et des femmes s'étaient aimés, puis déchirés avant de se haïr.

Tiré de ses réflexions par une secousse plus forte que les autres, l'hélicoptère venait de pénétrer dans la zone orageuse. Devenu sensible aux tourbillons, aux trous d'air, fouetté par la pluie, il tanguait de-ci, de-là, dirigé par Romain arc-bouté sur son manche.

— Là, en dessous ! cria-t-il. Un surplomb ! Il faut y aller maintenant !

Michel et Seignolles défirent leurs ceintures et gagnèrent l'arrière de l'appareil, ballottés dans tous les sens. Déjà, les deux sauveteurs avaient ouvert la trappe et préparaient le filin. Christophe s'assura et se laissa glisser dans le vide, muni d'une corde de rappel et d'un sac de montagne.

— Magnez-vous ! hurlait Romain à l'avant de l'appareil. Sinon, on va se scratcher !

D'un geste, François indiqua à Seignolles d'y aller. Puis, ce fut au tour de Michel de plonger dans le vide, après un dernier regard vers Lou, toujours inconsciente, veillée par le médecin.

Après un atterrissage rude, Seignolles l'aida à se relever. Christophe continuait à maintenir le filin. Des éclairs aveuglants striaient le ciel, suivis de coups de tonnerre assourdissants. La pluie, violente, fouettait les visages.

Michel défit sa ceinture, prêtant main-forte à Seignolles et à Christophe pour bloquer le filin afin que François pût descendre à son tour. Mais ils durent lâcher très vite sous l'effet d'une forte tension. Ne pouvant maintenir son assiette, Romain avait dû remettre les gaz. L'hélicoptère s'éleva et disparut dans les nuages.

— Il a bien fait ! jugea Christophe. Sinon ils se plantaient !

Endossant son sac, il indiqua à Michel et Seignolles un passage qui leur permettrait d'atteindre un autre surplomb, plus élevé, où ils pourraient s'abriter.

— Vous pourrez peut-être alors m'expliquer ce que vous cherchez ?

— C'est où le Grand Étroit ? s'inquiéta Michel.

— Nous y sommes !

Michel regarda autour de lui. La visibilité était excessivement réduite à cause de la brume et de la pluie. Au-dessus d'eux, la montagne se perdait dans les nuages. En dessous, les gorges bruyantes étaient invisibles.

L'inspecteur éprouva un fort sentiment de solitude et d'impuissance. La lassitude le gagna. Comment allait-il retrouver Muriel dans une telle poisse ? Repérer la bonne grotte au milieu de dizaines d'autres ? Cela revenait à chercher une aiguille dans une botte de foin !

Un peu plus loin, à l'abri de la pluie, Michel et Seignolles expliquèrent à Christophe ce qu'ils recherchaient.

— On a deux options, précisa-t-il. Monter jusqu'au

sommet, ou descendre vers les gorges. Dans les deux cas, on trouvera des grottes... À vous de voir.

— Vous connaissez le coin ? demanda Michel.

— Pas mal ! J'y ai fait beaucoup de varappe...

Michel raconta alors l'ascension faite avec Malthus, donnant le maximum de détails sur la voie qu'ils avaient empruntée.

— Si c'est là où je pense, répondit Christophe après un temps de réflexion, il vaut mieux redescendre. D'après ce que vous me racontez, l'endroit où il vous a planté doit se situer plus près du GR que du sommet.

Un grondement, assez proche, les interrompit. Peu après, le sol trembla, puis des pierres dévalèrent devant leurs yeux.

— Ben ça alors ! s'exclama Christophe, heureusement qu'on est à l'abri, sinon on aurait morflé !

— La foudre ? demanda Seignolles.

— Ça m'étonnerait...

— C'était quoi, alors ? insista Michel, sceptique lui aussi.

— Je n'en sais rien. Un glissement de terrain ou quelque chose de ce genre...

L'orage s'étant éloigné, Michel pensait qu'il pouvait s'agir d'une explosion. Cependant, il ne dit rien et s'encorda avec les deux autres afin d'entamer la descente. Christophe était un excellent alpiniste. Sûr de lui, il trouvait rapidement le passage le moins risqué, puis le bon appui afin d'assurer les deux autres. Seignolles, lui, compensait son manque de technique par une certaine témérité. Michel, enfin, se sentait à l'aise, même si ses muscles ne répondaient plus comme naguère.

Leur seul handicap était la pluie fine qui dégringolait en ruissellements dangereux. Malgré cela, les trois hommes atteignirent bientôt un autre surplomb. Sa position était intéressante. En effet, il donnait une visibilité à la fois sur les gorges et sur le GR, serpentant plus bas.

Lorsqu'ils furent réunis, Christophe proposa d'entamer une progression horizontale, quelques entrées de grottes se situant à cette hauteur. Avec l'assentiment des deux autres, ils repartirent sans trop de difficulté, la pente étant à cet endroit moins accentuée.

Soudain, alors qu'ils arrivaient devant une entrée de grotte, visiblement pas fréquentée, un nouveau grondement, très proche, fit trembler le sol. Aussitôt, ils se mirent à couvert, craignant de nouvelles chutes de pierres.

— Cette fois-ci, dit Christophe, ma main à couper que ce n'était pas l'orage !

— Non ! Ça ressemblait même à une explosion, suggéra Michel.

Seignolles approuva.

— À mon avis, pour une raison que j'ignore, ils sont en train de tout faire sauter !

— Mais qu'est-ce qu'ils font sauter ? demanda le brigadier.

— Je n'en sais foutrement rien !

Comme pour donner raison à Michel, il y eut une nouvelle déflagration, suivie de chutes de pierres et de terre. Réfugiés dans l'excavation, les trois hommes entendirent des cris d'angoisse. Ils ne venaient pas de très loin mais il était difficile de situer leur provenance.

Les éboulements ayant cessé, ils sortirent de la grotte et regardèrent au-dessus d'eux. À quelques dizaines de mètres en amont, un homme accroché à la pente, visiblement expérimenté, aidait une femme hésitante. Encore trop éloignés, on ne pouvait les reconnaître. Le grondement du gave, amplifié par les parois des gorges, masquait ce qu'ils disaient, mais on devinait que l'un encourageait l'autre et lui désignait la voie à suivre.

— Bon dieu, s'exclama soudain Michel, c'est Muriel ! Il faut aller les chercher !

Oubliant les deux autres, Christophe se défit de la corde et de son sac puis, avec une agilité étonnante, se lança à l'assaut de la pente. Plus lents, Michel et Seignolles grimpèrent à leur tour, appelant Muriel. Quand ils furent suffisamment proches, celle-ci cria :

— Vite ! Ils vont tout faire péter !

Christophe demeura auprès de Muriel. L'inconnu en profita pour prendre du champ et venir à hauteur de Michel et Seignolles. C'était Jules Conan !

— Dépêchons-nous de descendre et de nous mettre à l'abri, confirma-t-il calmement, tout va exploser dans quelques minutes !

— Qu'est-ce que vous voulez dire ? demanda Seignolles.

— Pas le temps de vous expliquer ! Il faut descendre, sinon on va tout prendre sur la tête !

Il continua alors la descente, suivi de Seignolles. Michel attendit que Muriel et Christophe fussent arrivés à sa hauteur.

— Je suis tellement heureuse de te revoir ! s'exclama la jeune femme. Je ne t'embrasse pas, mais le cœur y est !

— Tu devrais !

— Pas au-dessus du vide !

Ils échangèrent un bref regard complice puis reprirent la descente. Michel était bouleversé. Muriel avait le visage tuméfié, les traits creusés, les yeux enfoncés dans leurs orbites.

— Il faut se magner, répétait-elle, tout va sauter.

— Comment ça ? demanda Michel.

— Fais-moi confiance. Je t'expliquerai plus tard ! Pour l'instant, j'ai froid, je meurs de trouille, je n'en peux plus !

Elle était à bout de nerfs. Michel l'encadra avec Christophe, lui indiquant les prises et les appuis. Malgré sa peur et sa fatigue, Muriel s'appliquait et progressait assez rapidement.

Michel regarda vers le bas pour apprécier la distance qui les séparait encore du GR. Jules et Seignolles s'en rapprochaient et les premiers gendarmes arrivaient. Il fallait vraiment se dépêcher. Non seulement l'explosion menaçait de se produire à tout instant, mais la nuit allait tomber rapidement.

Lorsqu'ils eurent rejoint la grotte où ils se trouvaient précédemment, Christophe endossa son sac et s'encorda avec Muriel et Michel. Subitement, juste avant de repartir, la jeune femme éclata en sanglots et s'affaissa. Ses jambes ne la portaient plus. Michel la serra dans ses bras.

— Courage ! Nous sommes quasiment arrivés.

— Je n'en peux plus, avoua-t-elle dans un souffle en s'abandonnant contre lui.

À cet instant, une terrible explosion se produisit plus haut. La terre trembla. Puis il y eut un grondement sans fin, s'amplifiant rapidement.

— Les pierres ! cria Christophe en poussant Michel et Muriel à l'abri de l'excavation.

Un déluge de pierres et de terre dévala la montagne durant plusieurs secondes, puis ce fut le silence.

Après avoir patienté une longue minute, ils risquèrent un œil vers le GR. Ils comprirent alors l'ampleur de l'avalanche aux ravines profondes qu'elle avait creusées. Rien n'avait résisté. Pas même le GR, complètement détruit sur une centaine de mètres !

— Mon dieu, murmura Muriel, pourvu que personne n'ait été emporté !

Il était difficile d'avoir une quelconque certitude dans ce paysage obscur et bouleversé. Ils appelèrent sans obtenir de réponse.

— Il faut y aller absolument, ordonna Christophe. On ne sait jamais ce qui peut se passer après une pareille explosion. D'autres chutes peuvent se produire bientôt.

Plus vigoureuse, Muriel entama la descente sans faiblir, toujours encadrée par les deux hommes. Ils se hâtaient, regardant le ciel qui s'obscurcissait.

Alors qu'ils atteignaient le GR, il y eut des cris, un peu plus loin. Sortant de leurs abris, Seignolles, Jules et les gendarmes les appelaient en leur faisant signe. Michel, Christophe et Muriel leur répondirent joyeusement. Dieu merci ! Ils étaient saufs ! Quelques minutes plus tard, tout le monde se congratulait. Quelle chance d'avoir échappé à un tel séisme ! Quelle joie de se sentir vivre !

Seignolles fut le premier à revenir à des considérations plus prosaïques.

— La nuit est en train de tomber ! Il vaut mieux se mettre en route. Surtout que quelques-uns doivent se sentir fatigués, ajouta-t-il en regardant Muriel.

La jeune femme approuva d'un sourire et se réfugia dans les bras de Michel.

— Merci, lui souffla-t-elle à l'oreille.

— Il n'y a pas de quoi ! plaisanta-t-il. Toujours à ton service !

Le groupe se remit en marche sous la conduite de Christophe qui ouvrait le chemin. Chacun avançait rapidement, impatient de se reposer.

Soudain, alors qu'ils commençaient à s'engager dans le chemin des gorges, il y eut une grande lueur dans le ciel, là-bas, près du Grand Étroit. Tous s'arrêtèrent fascinés par l'immense halo de lumière orangée. Puis, celle-ci parut se diffuser dans le ciel jusqu'à disparaître totalement au bout de quelques minutes.

— Qu'est-ce que c'était ? demanda Seignolles.

— Un OVNI ! plaisanta Michel.

— Tu es un vrai gogo ! répliqua Muriel. C'était tout simplement un phénomène de ionisation de l'atmosphère qui a donné lieu à la formation électriquement stable de boules de plasma, analogues à...

— C'est ça ! la coupa Seignolles, amusé. Vous nous expliquerez ça demain, si vous le voulez bien ! Nous serons plus réceptifs !

Tout le monde rit, sauf Michel. Il percevait tant de regret dans le regard que Muriel portait vers le sommet...

18

En cette journée de printemps, Paris retrouvait un peu de gaieté après les pluies ininterrompues de ces derniers mois. Le ciel était dégagé. Le soleil brillait. Les terrasses de café envahissaient à nouveau les trottoirs.

Michel remontait à pied la rue Bonaparte en direction de Saint-Germain. Comme beaucoup d'autres Parisiens, il appréciait de se promener sans craindre une ondée, sans grelotter aussi. Sa bonne humeur n'était pas seulement due aux seules conditions météorologiques. Le fait de retrouver Muriel chez Lipp, pour le déjeuner, y était aussi pour beaucoup.

À cette occasion-là, ils devaient mettre un point final à l'enquête menée dans les Pyrénées. Michel espérait davantage. Il souhaitait en particulier évoquer leur étrange relation, constituée de tant de sentiments contradictoires qu'elle en devenait illisible. Il en avait besoin, pour ne plus buter sur d'éternels non-dit.

Il ne se faisait pourtant pas beaucoup d'illusions ! Il connaissait suffisamment la jeune femme pour imaginer qu'elle demeurerait muette sur ce sujet. Elle le lui avait déjà dit, lors d'une récente conversation téléphonique, ils étaient amis, point barre ! Et si quelques écarts s'étaient produits, genre main dans la main ou baiser sur la bouche, cela n'avait rien de choquant dans le cadre d'une relation d'amitié amoureuse. Il suffisait simplement d'en maîtriser les conséquences. Michel trouvait évidemment cette explication un peu courte. Selon lui, elle était son « Barrage contre le Pacifique » lui permettant de vivre sans se remettre trop violemment en question.

Arrivé chez Lipp, il abandonna ses réflexions, laissant le hasard décider de ce qui se passerait.

Comme Michel l'avait demandé en réservant, leur table se trouvait à l'étage, proche de l'une des fenêtres. C'était l'un des coins les plus agréables de la brasserie. Un peu à l'écart, il permettait de discuter sans être dérangé par le va-et-vient du personnel et des clients.

Muriel l'y attendait déjà. Comme toute bonne provinciale, elle était à l'heure ! Ils s'embrassèrent, puis se regardèrent dans les yeux un petit moment, souriants.

— Je suis heureuse d'être ici ! dit-elle. J'espère qu'ils ont autre chose que de la garbure ! Pour tout dire, j'en avais un peu ma claque de ce plat quasi obligatoire !

— Moi aussi ! Mais le temps et la région s'y prêtaient.

— Alors tu as revu Seignolles, comme prévu ?

— Oui ! Il est venu à Paris pour une réunion à la rue des Saussaies. Nous avons déjeuné ensemble et comparé nos conclusions. Elles ne divergent guère. Dommage que tu n'aies pas pu venir.

Muriel lui sourit, dubitative.

— Je ne pense pas vous avoir manqué. Mon point de vue sur les événements n'est pas « politiquement correct ». Je le sais. Ni pour la PJ, ni pour la gendarmerie !

— Allons ! Ne sois pas parano ! Une partie de tes conclusions nous conviennent, ce sont les interprétations que tu en tires qui nous paraissent tirées par les cheveux.

— Elles ne figureront donc pas dans ton rapport...

— Elles n'y figurent pas ! dit-il en lui tendant quelques feuillets qu'il gardait pliés dans la poche intérieure de sa veste. Mais, avant de lire, choisissons un plat.

Ils optèrent tous les deux pour un grand classique :

un tournedos frites arrosé d'un vin de Loire. Aujourd'hui, c'était Alex qui avait la responsabilité de la rangée de tables. Un vieux copain de Michel, qu'il avait connu aux plus belles heures de La Muniche, rue de Buci, une brasserie de « oufs », comme on dirait actuellement. Ils se saluèrent. Michel lui présenta Muriel, puis passa la commande.

Muriel se plongea dans la lecture de ce pré-rapport. C'était aussi agréable à lire qu'un constat d'adultère rédigé par un huissier, mais cela présentait au moins l'intérêt d'être précis.

Quand elle eut fini, elle garda les feuillets en main afin de commenter, certains points lui paraissant contestables.

— Ce n'est pas du Mauriac, mais...

— Pour le style, certainement pas, l'interrompit Michel, mais sur le fond, ça s'en rapproche ! Non ?

— Si on veut.

— Imagine ! Paul Conan est marié à une femme qui lui donne un fils, Jules, hyper brillant. Bonheur court, mais réel. Plus tard, il a une autre liaison avec Colette dont il a une fille, Lou. Chaque femme ignore l'existence de l'autre. Au fil des années, ce type vire fou à lier, de mon point de vue s'entend...

— J'apprécie ta prudence, l'interrompit Muriel.

— Psy, passionné de symbolisme, d'inexplicable, capable des plus extravagantes interprétations de la psyché humaine, il glisse de plus en plus dans l'ésotérique. Intelligent, brillant même, convivial, il parvient à convaincre plein de monde autour de lui de la justesse de ses thèses délirantes sur la Connaissance, le savoir, et sur une autre explication de l'histoire des hommes, etc. Il tente alors d'entraîner sa première femme dans sa folie. Elle lui résiste, intellectuellement, mais aussi sentimentalement. Isolée, quasi répudiée, elle se réfugie dans la réalisation de ses propres désirs homosexuels... Elle s'éloigne du mari mais aussi de son fils qui tombe de plus en plus sous la coupe de son père.

— Brillant mais faible, ce Jules ! remarqua Muriel. Après avoir été dominé par son père, il le sera par Claire. Une dépendance à l'égard des autres qui, à mon sens, explique bien des choses !

— C'est vrai ! Mais reprenons ! Paul se fiche de perdre sa première femme. Cependant, doté d'un fort tempérament il a envie d'une autre. Il rencontre alors Colette qui lui apporte tout ce dont il a besoin. De l'admiration, de la simplicité et du dévouement. Elle lui est d'autant plus indispensable, qu'à l'inverse de sa première femme, elle croit en son « message ». De fil en aiguille, encouragé par Colette qui le vénère, et d'autres comme Eygun, Cardec ou Melchior, de psy Paul devient gourou. Colette lui donne alors une fille, Lou, élevée elle aussi dans l'ésotérisme.

— Ce qui explique qu'elle sera complice de son père, presque jusqu'à la fin. Il faudra qu'elle ait compris qu'il était un assassin pour réagir ! Drôle de famille, tout de même !

— C'est vrai qu'elle a réagi fort tard ! Mais à l'époque dont je te parle, elle était trop jeune pour se rendre compte de quoi que ce soit. Tout roule. Son père et sa mère sont amoureux. Elle grandit plutôt harmonieusement. C'est alors que la machine se grippe avec l'apparition de Claire. Le genre de nana splendide physiquement, parfaite intellectuellement. La perle quoi ! D'abord, elle rencontre Jules. Il en tombe passionnément amoureux. Elle est sa muse, son passé et son avenir. Elle est tout pour lui ! Cependant, Claire est fragile. Sans doute parce qu'elle est le fruit d'un amour tardif et d'une éducation plan-plan. Son enfance a été solitaire. Elle s'est exclusivement consacrée aux études. Du coup, elle a laissé une grande liberté à son imagination, le seul moyen de sortir de cet enfermement petit-bourgeois... Elle a vécu dans ses rêves.

Comme Alex arrivait avec les plats, Michel s'interrompit.

— Je vous remercie, fit Muriel au serveur, je crois que je ne serai pas parvenue à l'arrêter moi-même !

— Je suis désolé, se défendit Michel, je pensais que cela t'intéressait et que...

Alex les regardait, amusé.

— Vous feriez mieux de manger au lieu de jacasser, dit-il, ce n'est pas bon quand c'est froid !

Lorsqu'il fut parti, Michel reprit, agacé :

— Tu charries quand même ! Si j'étais à ce point ennuyeux, il fallait m'interrompre avant !

— Tu n'étais pas barbant du tout, mais tellement énervant. Si sûr de toi ! Si convaincu de ton analyse ! Paul est fou. Les femmes ont le feu au cul, les enfants sont des victimes ! Et voilà le tour est joué. Tout cela explique une montagne qui explose, la disparition de plusieurs personnes, la mort de certaines autres. Avec toi, c'est simple d'être policier !

— OK ! Je t'écoute !

— Non ! Au contraire, continue ! J'ai hâte de voir où cela nous mène ! D'autant plus que je ne suis pas nécessairement en désaccord avec ce que tu viens de dire...

Boudeur, Michel continua de manger en silence, puis reprit :

— Écoute ! Je finis ma version et tu l'enrichis avec la tienne ! Ça roule ?

— Dans ce cas, il faudra réécrire ton rapport !

— Pourquoi pas ? Donc, Claire est très imaginative. Elle tord un peu les principes philosophiques qu'elle assimile au cours de ses études pour les mettre au service d'autres interprétations sur le passé et le futur des hommes. L'idée que d'autres mondes peuvent exister la fascine. Aussi, quand Jules, lui-même passionné, lui parle de tout cela, elle marche à fond. Tout paraît idyllique. Non seulement ils s'aiment, mais en plus, ils ont les mêmes idées. Cependant, il y a un hic ! Autant Jules est exclusif en amour, autant Claire ne l'est pas. Elle ne s'est jamais contentée d'un seul homme. Au contraire, elle serait même le symbole de la femme plurielle. D'où plusieurs histoires sentimentales, ici et là, qu'on a pu reconstituer. Cependant, rien de grave, jusqu'à ce qu'elle rencontre Paul. Là, c'est différent. L'homme la fascine. Il lui apporte beaucoup plus que Jules. Non seulement une part de rêve supplémentaire, avec ses délires autour de Neuf Supérieurs Inconnus, mais surtout une plus grande satisfaction physique... L'homme est beau, brillant, amoureux d'elle et excellent amant. Jusque-là ce n'est pas encore le drame. Certes, Paul entretient des rapports avec trois femmes, a deux enfants qui ne se connaissent pas. Certes, il partage la même femme avec son fils, sans que ce dernier le sache. Mais quoi ! On a connu des cas de figure bien plus tordus ! Il n'est qu'un brillant adepte de la famille recomposée. Non, le plus grave, c'est son délire ! Son esprit fout le camp ! Sa pensée devient une grande divagation autour du trésor des Maures, de la connaissance universelle, des civilisations venues d'ailleurs, etc. Autant de thèmes avec lesquels il entraîne les autres dans sa propre folie.

— Justement, c'est à propos de ces thèmes que je serai plus précise dans la rédaction du rapport, si tu n'y vois pas d'inconvénient ?

— Au contraire ! Je reconnais que mes commentaires à ce sujet sont un peu légers ! Mais je comptais sur toi.

Leur plat fini, Michel suggéra à Muriel de prendre une spécialité en dessert. Tous les deux optèrent pour un baba au rhum, puis ils reprirent leur conversation.

— Tu arrives à la conclusion ? demanda Muriel.

— Non ! Pas tout à fait ! De plus en plus dingue, mais toujours aussi convaincant, Paul entraîne femmes, enfants, et pour finir amis, dont Malthus, Eygun, Cardec, Tarade Leroy, Melchior et Massard dans un dernier délire : désigner son fils comme le Neuvième Supérieur Inconnu ! Cela afin que soit respectée la légende des Neuf Supérieurs Inconnus et que soit préservée la Connaissance. Comme il n'y a pas de trésor il s'en approprie un, celui des Maures, auquel on prête beaucoup... Malin, il trouve une grotte, met au point un discours convaincant, et c'est parti !

— Pardonne-moi de te couper dans ton élan ! s'exclama Muriel, amusée. Mais, avant l'arrivée de Paul sur la scène, près de cent personnes ont disparu en le recherchant...

— Soit, mais rien ne prouve que ces disparitions étaient liées à ce trésor... Donc, Paul organise tout pour faire sacrer son fils. Cependant, la machine se grippe à nouveau. Colette menace de tout révéler sur ses amours parallèles. Elle agit ainsi parce qu'elle est de plus en plus effrayée par la folie de Paul et prend conscience qu'il devient dangereux pour elle, mais surtout pour sa fille. Paradoxalement, Lou prend plutôt le parti de son père. La vie continue donc normalement jusqu'au jour de la cérémonie d'intronisation, quelques semaines avant que Malthus nous écrive. Tout se passe bien sauf que de chef spirituel des Neuf Supérieurs Inconnus, Jules devient l'otage de Paul et Claire. En effet, entre-temps, Colette lui a appris la vérité : Claire le trompe avec son propre père ! Désespéré, Jules veut alors s'échapper. C'est évidemment impossible à accepter pour Paul et Claire, devenue aussi folle que son amant ! Impossible également pour les autres membres de cette organisation dont la folie est au moins aussi totale et destructrice que celle de Paul. Jules est donc gardé prisonnier contre son gré, là-haut dans cette fameuse grotte du Grand Étroit, un univers aménagé depuis des années par Paul et les autres. Cependant, il en est un qui ne joue plus totalement le jeu – l'a-t-il d'ailleurs vraiment joué ? – c'est Malthus ! Dans un éclair de lucidité, il se rend compte qu'il ne peut pas tout cautionner. Aussi m'écrit-il pour que je mette un terme à cette folie en enquêtant sur la disparition de Claire et Jules. Sans doute ignore-t-il la vraie nature des relations entre Claire et Paul. Malheureusement, ce remède devient alors pire que le mal. Prenant conscience de la menace que nous représentons, tous les moyens sont bons pour nous dissuader de continuer. D'où les innombrables incidents dont nous avons été victimes... D'où, également, l'assassinat de Colette par Paul qui comprend qu'elle l'a trahi ! D'où la pression des autres guignols que tu as rencontrés ! Le rôle de Lou qui prend d'abord le parti de son père et le lâche quand elle apprend qu'il a tué Colette, sa mère. D'où le rôle ambigu de Malthus, sous domination de Paul et des autres, qui essaie de nous dire des choses sans les avouer vraiment... D'où l'attitude de notre hôtelier puis de la patronne de Barcus, liés à plusieurs d'entre eux, etc. Voilà ! L'essentiel de mes propos, comme tu peux le voir en bas du rapport est confirmé par Seignolles qui a aussi interrogé Lou et Jules.

— Tu as fini ? questionna Muriel.

— Absolument ! Je suis tout ouïe pour entendre ta version.

— Pas maintenant ! suggéra-t-elle. Regarde, il fait beau. J'aimerais bien me balader dans le quartier. Qu'en penses-tu ?

— Super idée ! Je peux même te faire découvrir ma péniche, c'est à deux pas !

— La péniche ou tes estampes japonaises ? plaisanta-t-elle.

Michel ne répondit pas. Il proposa à Muriel de prendre leur café à une terrasse pour profiter du soleil. Elle accepta, enthousiaste.

Quelques minutes plus tard, après un tour à la librairie la Hune, ils s'installèrent aux Deux-Magots, juste sur le boulevard Saint-Germain.

Tandis que Michel s'était éclipsé pour aller aux toilettes, Muriel regardait avec plaisir la foule de promeneurs, dense, chamarrée, souriante qui allait et venait. Les robes étaient plus courtes, les vêtements s'étaient allégés. Les visages paraissaient moins tendus. Le désir, l'amour se lisaient dans les regards, les gestes, les sourires.

Cela lui donna envie de se promener au bras d'un homme...

— À quoi pensais-tu ? demanda Michel de retour.

— À rien ! mentit-elle. Je profitais du soleil.

— Tu as raison. Avec toute la pluie qu'on a eue là-bas, on a du retard.

— Ce n'était pas si désagréable. Je trouve que ça convenait au paysage et à notre affaire.

— C'est vrai.

Ils gardèrent le silence. Muriel essayait de classer ses idées, sachant que Michel attendait ses conclusions.

— J'ai une lecture de cette affaire différente de la tienne, dit-elle enfin, ce qui ne t'étonnera pas, je suppose. Simplement parce que mon point de départ est différent. D'abord, je ne crois pas que Paul ait été aussi fou que ça. De même que tous ceux que tu as cités. Ils étaient différents. Je persiste à penser qu'ils n'étaient pas totalement humains. Je veux dire qu'ils étaient aussi autre chose.

— Des ET ?

— Oui et non. En fait, ils appartenaient à une catégorie d'êtres vivants, issus d'une histoire plus originale et vraisemblable que celle que nous servent la plupart des religions. Ces hommes, Paul, Malthus, Cardec, Eygun, étaient les héritiers de vieilles générations d'hommes ayant atteint un développement bien supérieur à celui d'aujourd'hui, et parties à la recherche d'autres planètes habitables. De ce fait, ils étaient détenteurs d'un savoir que nous n'imaginons même pas. Cela te fera rire, évidemment, mais je suis convaincue de l'existence de ce trésor des Maures. D'ailleurs le témoignage de Jules en atteste, même si je sais que vous n'en avez tenu aucun compte parce qu'il est enfermé pour suivre des soins psychiatriques. Rappelle-toi ce qu'il nous a raconté. Il faisait partie d'une grande population d'habitants de cette terre, aux origines différentes. Des hommes et des femmes évoluant sur terre à notre barbe, y venant et en repartant comme bon leur semblait.

— Pour aller où ?

— Ce que je sais ! On croit avoir tout découvert sur

l'univers. On part de la théorie banale que l'espace est unique et infini. Et si en fait, il était constitué d'une multiplicité d'espaces, accolés les uns aux autres comme plusieurs bulles de savon peuvent l'être ? Si ces espaces étaient reliés entre eux par des passages ? On évoque les fameux trous noirs comme de possibles passerelles entre différents univers, ou même comme des raccourcis pour aller d'un point à un autre de notre propre univers. Si cela est vrai, le problème des distances est déjà résolu en partie. Nous les hommes, en sommes aux balbutiements de la recherche scientifique. Qui dit que d'autres civilisations ne possèdent pas déjà une connaissance suffisante pour défier les lois physiques de notre univers, dites intangibles parce qu'on ne parvient pas à imaginer autre chose ? Paul et les autres n'étaient donc pas fous, simplement partagés entre deux appartenances. D'une part à cette population venue d'ailleurs, d'autre part aux hommes comme nous, héritiers de ceux qui étaient restés à l'époque. Ce qui explique qu'ils étaient partagés entre deux consciences du monde et donc deux comportements. D'un côté la sagesse et le savoir, issus de leurs origines, de l'autre la folie de l'homme sous-développé que nous sommes... Paul est exemplaire à ce propos. À la fois humain, si humain et si loin de l'être ! Ce qui explique sa manière d'aimer et de haïr. Sa passion pour Claire, sa haine pour Colette qu'il tue d'ailleurs à distance. L'accident dont elle a été victime s'est sans doute déroulé sur le même mode que le mien. La voiture a échappé à son contrôle sous l'influence de Paul...

— Tu ne fais qu'enjoliver la réalité. Ce type était surtout complètement dingue !

— À tes yeux. Parce que tu n'abandonnes pas un instant tes schémas de pensée, si cartésiens. Parce que tu restes enfermé dans tes certitudes. Mais ouvre les yeux et tu découvriras d'autres horizons ! Au travers des dérèglements de la pensée que j'ai vécus, des possessions, des incidents, dont toi aussi tu as été victime, ils nous mettaient en garde, ou plutôt nous informaient de leur réel pouvoir, bien supérieur au nôtre. Comme ils l'ont fait en détruisant une maison ou en dirigeant une voiture par la seule force de la pensée.

— Peut-être, mais je te rappelle que ce n'était pas toujours l'esprit qui était à l'œuvre. Regarde au restaurant de Barcus, on nous a baladés en coupant le delco ! Lorsque je roulais vers Oloron pour te rejoindre, c'est le *lookheed* qui a été trafiqué !

— OK ! Mais peut-être qu'à ces moments précis, ils ne pouvaient pas agir autrement. Le soir du restau, à Barcus, c'était bien Malthus qu'on avait vu. Il était avec d'autres individus, comme lui. Ils découvraient que nous étions là mais ne voulaient pas nous rencontrer pour une raison que j'ignore. Ils ont donc trafiqué le moteur pour pouvoir disparaître sans que nous puissions les remarquer.

— Qu'est-ce qui prouve ce que tu avances sur leur prétendue constitution « humanoïde » ? Le mot convient, n'est-ce pas ?

— Oui, le mot convient... Mais il est vrai que je dispose d'assez peu d'éléments pour prouver ce que j'avance. Si ce n'est qu'ils avaient tous un regard différent. Ce bleu si particulier que je n'ai jamais vu nulle part ailleurs.

— Je vais me méfier de tous ceux qui ont les yeux bleus, maintenant ! ironisa Michel.

— Cesse de plaisanter ! Leur résistance, leur agilité malgré l'âge, la puissance de leur esprit, sont des débuts de preuves. Le fait aussi qu'ils se sont montrés très solidaires, au point de disparaître ensemble.

— De mourir !

— En sommes-nous si certains ? Tu te souviens de la lueur quand nous avons quitté les lieux. Ce n'était pas un phénomène de ionisation comme je l'ai prétendu. Il s'agissait d'un départ...

— Tu veux dire qu'on serait venu les chercher... en vaisseau ?

— Oui ! Ce soir-là, les huit personnages clés de l'affaire, mais aussi tous les autres, comme les habitants de Sainte-Engrâce qu'on n'a jamais retrouvés, sont partis. Ils allaient retrouver leurs ancêtres, qui sont un peu les nôtres aussi. Des humanoïdes, si éloignés de nous par la distance, et pourtant si proches, par leur constitution, leurs manières d'être et de penser.

— En d'autres termes nous avons été témoins d'un atterrissage d'OVNIS, c'est bien ce que tu crois ?

— C'est tout à fait plausible !

— Ça ne tient pas debout, tu veux dire ! La montagne a été détruite ! Ils ont tous été ensevelis !

— Qu'en sais-tu ? Sans doute n'ont-ils pas besoin d'échelle pour accéder à un vaisseau spatial. Peut-être se servent-ils de la gravitation ou de toute autre énergie ? Rappelle-toi, quand nous sommes retournés sur les lieux avec Seignolles et des spécialistes de séismes en tout genre, on n'a rien retrouvé. Pas la moindre trace d'explosif ! En revanche, on a relevé des taux anormalement élevés de radioactivité et la présence de composés chimiques qui n'avaient rien à faire là, comme l'ortho-silicate de magnésium ! Leur plan de départ était certainement établi à l'avance et l'explosion ne fut qu'une diversion...

— Tout cela ce sont des spéculations, pas des preuves !

— C'est vrai, concéda Muriel. Mais elles permettent en tout cas de répondre à des questions demeurées ouvertes ! Et qui le resteront, malheureusement ! Lou ne se souvient de rien ! Jules est plongé dans un grand désordre mental. Moi-même, je n'ai plus aucun souvenir précis de ce qu'il m'est arrivé après qu'ils m'ont endormie chez Leroy.

Michel commanda deux cafés et alluma une cigarette. Il aurait pu rire à ce que racontait Muriel. Pourtant il n'en avait pas envie. D'abord, pour ne pas la vexer mais aussi parce qu'il subsistait effectivement trop d'interrogations non résolues pour qu'il fût possible d'évacuer purement et simplement une telle interprétation. Il n'était pas assez stupide pour penser que tout était réglé. Par exemple, pourquoi les habitants de Sainte-Engrâce avaient-ils purement et simplement disparu ? Qui étaient-ils vraiment ? Pourquoi étaient-ils inconnus de tout le monde ? Il posa ces questions à Muriel, heureuse de le voir douter.

— Ils étaient une sorte d'armée des ombres, prête à intervenir pour protéger ce fameux trésor. Quand il y avait danger, ils se cachaient dans l'église et allaient probablement jusqu'à la grotte.

— Celui que tu as dû emprunter après qu'ils t'ont enlevée chez Leroy.

— Oui ! Celui qu'on a découvert au départ de l'église de Sainte-Engrâce mais qu'ils ont totalement détruit parce qu'il menait probablement à leur Graal ! C'est le grondement que vous avez entendu, Seignolles et toi, lorsque vous me couriez après.

— Mais bon dieu ! Pourquoi étaient-ils si vieux, si rabougris, si moches ? Pas un enfant parmi eux !

— Quel âge avaient-ils réellement ? Tu en sais quelque chose ? Depuis combien de temps existaient-ils parmi nous ? L'âge est-il aussi important pour eux que pour nous ? Est-ce un handicap ? Vivent-ils sur la même échelle de temps que nous ?

Ils gardèrent le silence durant un long moment profitant du spectacle de la rue, chacun était perdu dans ses réflexions. Michel ressassait ses convictions pour ne pas avoir à penser différemment. Malthus lui avait sans doute demandé de venir parce qu'il voulait mettre un terme au dérapage mental de Paul... Les dossiers vides de la gendarmerie étaient le fait de Massard qui avait disparu avec eux... Celle qui surveillait Colette, affolée, c'était sa propre fille, Lou, alors sous la coupe de son père... Mais l'aspect étrange et irrésolu de l'affaire s'imposait à nouveau.

— Je repense à la sensation tenace que nous éprouvions à Sainte-Engrâce, d'être ailleurs. C'était dû à quoi à ton avis ?

Muriel haussa les épaules.

— Je n'en sais rien. Sans doute, parce qu'on y respirait un air différent. Le leur ! Je pense un air chargé d'autres pensées, karmas ou idées. Ce que je sais ? L'esprit n'est qu'électricité. Ce sont des ondes...

— Et le cimetière alors ? Ce serait qui sous les tombes ?

— Demande qu'on exhume les cadavres et qu'on les analyse. Tu le sauras !

— OK ! Mais ce n'est pas cela que je te demande ! C'est ton point de vue !

— À mon avis, il n'y a personne. Je crois qu'ils avaient choisi ce village pour vivre avec nous mais pas parmi nous ! Il devait présenter une situation tout à fait exceptionnelle pour communiquer avec leurs semblables, que ceux-ci soient sur terre ou dans l'espace. Ce n'est pas un hasard si cette région a depuis toujours été le lieu de multiples observations d'OVNIS. D'un point de vue énergétique, elle doit présenter des caractéristiques tout à fait exceptionnelles. Je ne sais.

— Et les neuf tombes dans le cimetière ?

— Un symbole ! D'un côté ceux qui savent, de l'autre ceux qui doivent apprendre à savoir.

Leur café terminé, Michel paya et proposa de marcher un peu. Il faisait bon et ce serait agréable de redescendre le boulevard Saint-Germain jusqu'à Odéon. Muriel accepta. Ils firent quelques pas l'un à côté de l'autre puis Muriel prit le bras de Michel. Cela s'était fait naturellement, sans calcul. Elle était bien et lui semblait l'être aussi.

Tandis qu'ils déambulaient le long du jardin de l'église Saint-Germain, Muriel reprit :

— Tu sais, je réfléchis souvent à tous ces types que j'ai rencontrés. Malthus, Eygun, Melchior, Cardec et les autres... Pour la plupart ils m'ont fait peur, justement parce qu'ils étaient différents de moi. Ce qui m'effrayait c'est que je le pressentais sans en avoir conscience intellectuellement. Pourtant, tous à leur manière, ils m'ont fait comprendre que je devais accepter nos différences et surtout ne pas chercher à être comme eux. Cardec m'a montré en faisant de la voyance qu'il connaissait parfaitement ma vie et que je ne devais pas souhaiter être initiée ! Eygun m'a redit la même chose. Melchior aussi. On ne pouvait pas être initié à ce qu'ils étaient. Ils étaient autres, tout simplement.

— Ce qui est dingue, intervint Michel, c'est qu'on n'a pas réussi à en prendre un seul !

Muriel sourit.

— Si ma thèse est exacte, ils nous observaient sans cesse. Soit par la pensée, soit physiquement. Lou nous a surveillés à l'hôtel, au restaurant... Le patron de notre hôtel également. La patronne de Barcus... Sans compter tous ceux que j'ai vus et qui pour certains d'entre eux s'immisçaient dans mes pensées. Ils étaient même au téléphone. Rappelle-toi à Licq Atherey !

— Qui t'a appelée ?

— Je n'en sais rien ! Je n'ai jamais identifié la voix. Mais peu importe !

— Tu peux me dire ce que tu veux ! Ils étaient tout de même drôlement incompétents ! Regarde ! Claire qui laisse des lettres dans son blouson et oublie de vider son disque dur d'ordinateur lorsqu'elle revient ranger sa chambre. C'est curieux, non ?

— Pourquoi seraient-ils parfaits ? Ils aiment, haïssent, font des erreurs, comme nous !

— Nous ne sommes donc pas si éloignés d'eux ?

— Je ne le crois pas. Mais des millénaires de conscience, de culture, d'apprentissage de la vie nous séparent. C'est quand même beaucoup...

Ils marchèrent encore un moment jusqu'à la rue de Buci qu'ils empruntèrent.

— Où tu m'emmènes ? demanda Muriel.

— Voir quelques galeries de peintures, rue de Seine. Ça ne t'ennuie pas ?

— Pas du tout ! Tu vois, au chapitre des erreurs, Claire en a commis une autre. Avec son parfum... Tu sais, celui qui flottait dans son appartement ? Je me suis demandé où je l'avais déjà respiré. J'ai mis du temps à trouver ! C'était sur toi !

— Sur moi ?

— Eh oui ! Tu en avais capté sur tes vêtements, probablement en passant chez ses parents.

— Plutôt chez Paul ! Je crois d'ailleurs l'avoir reconnu lorsque je suis allé lui rendre visite la dernière fois. Je suis certain maintenant qu'il était au lit avec Claire quand j'ai sonné ! C'est rageant. J'aurais pu la voir en chair et en os.

— Tu le regrettes ?

— Honnêtement elle devait être très jolie si l'on s'en réfère aux photos.

— Tu les as rendues à ses parents au fait ? s'inquiéta Muriel.

— Oui.

— Comment ont-ils pris la nouvelle de l'explosion et donc de la disparition de leur fille ?

— Plutôt bien, j'ai trouvé. On s'est d'ailleurs fait la réflexion avec Seignolles qui était venu avec moi. Comme si...

— Ils savaient déjà la vérité ?

— Mais alors, selon toi, eux seraient aussi des...

— Peut-être ? On ignore totalement comment ils s'introduisent parmi nous... Comment ils se reproduisent ? Quels visages ils empruntent ?

À l'angle des rues de Seine et de Buci, ils virent un attroupement et s'arrêtèrent. Un jongleur faisait des prouesses avec toutes sortes d'ustensiles. Ils regardèrent un moment, puis reprirent leur chemin vers les galeries.

— Dis donc ? demanda Muriel. Je te trouve bien

attentif à mes interprétations. Je t'ai connu plus sectaire que ça !

Michel la dévisagea, ironique.

— Tu me fais rêver, que veux-tu ! Je ne vais tout de même pas me priver d'un tel plaisir !

— Évidemment, rien de ce que je t'ai dit ne figurera dans ton rapport définitif ?

— Certainement pas tout, mais j'y instillerai quand même quelques questions apparemment non résolues. Mes supérieurs en feront ce qu'ils voudront !

Devant une galerie qui présentait un peintre contemporain, ils s'arrêtèrent pour admirer les tableaux. Leur silhouette se reflétait dans la vitre. Se tenant par le bras, ils ressemblaient à n'importe quel couple d'amoureux.

Ils échangèrent un regard.

— Au fait, demanda Muriel, où elle est ta péniche ?

D'un hochement de tête, Michel désigna le prolongement de la rue de Seine. Sans un mot, ils partirent dans cette direction.

Photocomposition Nord Compo
59650 Villeneuve-d'Ascq

Impression réalisée sur CAMERON
par BRODARD ET TAUPIN
La Flèche
en décembre 2002

Imprimé en France
Dépôt légal : décembre 2002
N° d'édition : 33085 – N° d'impression : 16623